Commissaire Carlucci:
Die Richterin von Nizza

Monsieur Rainer

Commissaire Carlucci:

Die Richterin von Nizza

Kriminalroman

Anmerkung des Autors

Jede Ähnlichkeit mit lebenden oder verstorbenen Personen wäre rein zufällig, da die Handlung dieses Romans und die Personen der Handlung frei erfunden sind. Dieses Buch ist das Produkt der Phantasie des Autors und daher pure Fiktion.

Bibliografische Information der Deutschen Nationalbibliothek
Die Deutsche Nationalbibliothek verzeichnet diese Publikation in der Deutschen Nationalbibliografie; detaillierte bibliografische Daten sind im Internet über http://dnb.d-nb.de abrufbar.

© 2009 Monsieur Rainer
Satz, Umschlaggestaltung, Herstellung und Verlag:
Books on Demand GmbH, Norderstedt
ISBN: 978-3-8370-5265-7

Personen der Handlung

Flavio Carlucci
Commissaire divisionnaire und Chef der Police Nationale von Antibes und Juan-les-Pins, Département Alpes Maritimes

Lucia Carlucci
Tochter von Flavio Carlucci
Untersuchungsrichterin am Landgericht Nizza

Annie Gastaud
Greffière (Rechtspflegerin) am Cabinet III des Landgerichts Nizza

Jean-Baptiste Carlucci
Sohn von Flavio Carlucci
Lieutenant beim Mobilen Einsatzkommando GIPN der Police Nationale in Paris

Maria-Augusta Carlucci
Mutter von Flavio Carlucci
Inhaberin der Pension Jacob in der Rue Jacob Saint-Germain-des-Prés, Paris

Mario Carlucci
Vater von Flavio Carlucci

Antonio Carlucci
Bruder von Flavio Carlucci

»Rossini«
Rot-blauer Ara-Papagei von Flavio Carlucci

Marie-Antoinette Raibaud, genannt »Nénette«
Commissaire und Chefin der Police Nationale von Cannes

Bixente Isetegui
Commandant der Police Nationale von Antibes und Juan-les-Pins

Simone Boué
Assistentin von Flavio Carlucci, Brigadier-Chef der Police Nationale von Antibes

Daniel »Mamou« Cohen
Capitaine der Kriminalpolizei der Police Nationale von Antibes

Xavier Quinti
Chef der gesamten Ordnungskräfte und verantwortlich für die öffentliche Sicherheit im Département Alpes Maritimes (Directeur Départemental de la Sécurité publique DDSP)

Dennis Melano
Direktor der Kriminalpolizei des Département Alpes Maritimes (Directeur Départemental de la Police Judiciaire DDPJ)

Nguyén Thi-Xem
Lieutenant der Kriminalpolizei von Antibes

Odette Sarazin-Ponti
Capitaine der Kriminalpolizei von Antibes

Karim Ben Sousson
Lieutenant der Kriminalpolizei von Antibes

Colette Mouchard
Untersuchungsrichterin am Landgericht Grasse

Olivier Petacci
Freund von Flavio Carlucci
Ex-Brigadier-Major in der Brigade Antibanditisme Paris

Jocelyn Garbi genannt »Commissaire Josse«
Patron des Bistros »Café des Chineurs« in Antibes. Pensionierter Commissaire der Police Nationale von Algerien

Colonel Philippe Desfreux
Commandant der Gendarmerie Nationale des Département Alpes Maritimes

Maître Alphonse Donnedieu de Nièvre †
Seniorpartner und Chef der Anwaltskanzlei Donnedieu de Nièvre & Fils, Paris, Place Victor Hugo, 16ème Arr.

Maître Alexandre Kerensky †
Darsteller Napoléons I. beim alljährlichen Débarquement am 1. März in Golfe-Juan. Mitglied eines reputierten Notariats in Antibes, Place Charles de Gaulle

Oleg Abramowitsch Walunjin
Russischer Oligarch

Frère Michel
Zisterziensermönch im Kloster »Abbaye De Lerins« auf der Ile Saint-Honorat. Prior der Bruderschaft der St. Sauveur

Colonel Maurice Le Gen †
Pensionierter Offizier mit Einsätzen in der Normandie, in Indochina und in Algerien

Professor Jean-Baptiste Astier †
Direktor des Instituts für Rechtsmedizin an der Universität von Nizza

Capitaine Alain Girardot †
Kriminalpolizei von Nizza, Brigade Anti-criminelle (BAC)

Docteur Jean-Pierre Schweitzer †
Chefarzt der Kardiologie in der »La Fontonne« (Hospital von Antibes)

Jean de Sobieski
SAS Prince de Pologne
Lieutenant-Colonel beim militärischen Geheimdienst DGSE

Dragan Krcic alias Pierre Godin †
Ex-Adjudant-Chef der französischen Fremdenlegion

Henry de Billancourt
Ex-Colonel eines Fallschirmjägerregimentes mit Einsätzen in Afrika, in der Normandie, in Indochina und Algerien

Pierre Gomez
Ex-Adjudant-Chef des 2ème REP, Leibwächter von Henry de Billancourt

Was bisher geschah …

Commissaire Flavio Carlucci ist am Ende. Eigentlich begann seine Karriere sehr hoffnungsvoll. Der Sohn sizilianischer Einwanderer absolvierte zunächst erfolgreich ein Studium der Rechte an der Universität von Paris. Die Offiziersakademie der Police Nationale in Saint-Cyr verließ er anschließend als Jahrgangsbester. Auf Grund seiner herausragenden Leistungen wurde er an das begehrteste Polizeirevier Frankreichs kommandiert, Numéro 36, Quai des Orfèvres in Paris. Flavio Carlucci wurde der gefürchtete Chef der Brigade Antibanditisme, arbeitete wie ein Besessener und entwickelte sich bald zum Schrecken der Pariser Unterwelt. Bei den Ermittlungen zu einem der spektakulärsten Banküberfälle Frankreichs geriet er in ein Netz politischer Intrigen und Verschwörungen. Um ihn aus der politischen Schusslinie zu nehmen, versetzte der Contrôleur Général der Police Nationale Flavio Carlucci an das Commissariat de Police nach Antibes an der Côte d'Azur. Sein erster Fall in dieser neuen Position war eine mysteriöse Selbstmordepidemie. Neugierig geworden, nahm er die Ermittlungen auf und stieß dabei auf eine international operierende Verbrecherbande, die die Hausbesitzer ruinierte und in den Tod trieb. Die Spur dieses Falles führte überraschenderweise zurück nach Paris an seinen Ausgangspunkt. Flavio Carlucci rächte sich bitter und brachte die Schuldigen hinter Schloss und Riegel. Ein Riesenskandal war die Folge. Politiker, hohe Richter und Staatsanwälte verloren ihre Ämter und wurden zu Haftstrafen verurteilt. Man bot Flavio Carlucci hohe Posten in der Hierarchie der Polizei von Paris an, doch er lehnte ab und kehrte zurück zu seinen Freunden nach Antibes.

Buch II.

1.

Friedhof Père-Lachaise
Paris 20ème Arr.

Die Aussegnung in der Kirche Saint Sulpice hat zu lange gedauert. Maman ist am Ende ihrer Kräfte, als sie, von ihrem Sohn René gestützt, in ihrem dunkelblauen Citroën C 6 Platz nimmt. Fabien, der Chauffeur, schließt behutsam die Tür der Limousine und öffnet den Wagenschlag dem Sohn von »Madame«, Général René Gabriel Donnedieu de Nièvre.

Der ist nicht weniger erschöpft als seine geliebte Mama, die er nach wie vor respektvoll mit »Maman« und »Sie« anspricht.

»All diese Reden, diese Heuchelei, dieses Getue, ach, wie mich dies langweilt«, seufzt Madame Catharine Beatrice Hortense Donnedieu de Nièvre. »Was wissen diese lächerlichen Wichtigtuer schon, was Vater für Frankreich geleistet hat. Schau dir diese Politiker von heute nur an, Bébé, alles eine Ansammlung von Hurensöhnen, Strauchdieben und Arrivisten!«

Maman sagt immer »Bébé« zu ihrem Sohn, wenn sie besonders von Liebe zu ihm erfüllt ist. Oft kommt das nicht vor, denn »Bebé« hat seiner Maman schon manchen Kummer bereitet. Anstatt in das renommierte Cabinet d'Avocat seines Vaters am Place Victor Hugo im 16ème Arr. einzutreten, ging er nach Saint-Cyr und an die Ecole Militaire, um eine Laufbahn als Generalstabsoffizier einzuschlagen.

Nach langen Jahren an der nachrichtendienstlichen Front – Verwendung in Algerien, Gabun, dem Tschad, dem Kongo, in Übersee und bei den UN-Friedenstruppen in aller Herren Ländern – wurde »Bébé« in den DGSE, den französischen militärischen Auslands-Nachrichtendienst berufen. Dort versieht er bis zu seiner nunmehr bald anstehenden Pensionierung den Rang des Chefs des militärischen Geheimdienst-Cabinets des französischen Verteidigungsministers. Damit dürfte er zu den best-informierten Männern Frankreichs gehören.

Dies ist auch der Grund, warum er »Maman« nicht antwortet. Seine über lange Jahre gesammelten Informationen über die Aktivitäten seines Vaters während des Zweiten Weltkrieges und des Krieges in Algerien entsprechen nun nicht gerade dem Bild, das in den vielen Grabesreden zu Ehren seines Vaters von den Notabeln gezeichnet wurde.

Der einzige Kommentar zu dem Lamento seiner »Maman« ist dann auch ein fast unverständliches Gegrummel: »Das Personal war zu Zeiten Papas kein bisschen besser!«

Die Wagenkolonne hält vor dem Friedhof »Père-Lachaise«. Hunderte von Ehrengästen steigen aus ihren Limousinen. Eine Formation der Garde Républicaine intoniert den Trauermarsch von Frédéric Chopin. Ein ehemaliges Mitglied der Résistance trägt ein Samtkissen mit all den Orden und Ehrenzeichen, die Papa im Laufe seines ereignisreichen Lebens verliehen bekam. Das rote Schulterband und das Großkreuz der Ehrenlegion werden von einem Offizier der Garde Républicaine vor dem Sarg aufgestellt.

Zuerst spricht das älteste noch lebende Mitglied des »Maquis«, dann der Bâtonnier du Barreau von Paris in seiner feierlichen Robe, dann ergreift Père Latour noch das Wort zu einem letzten Gruß. Die Ehrenformation der Garde Republicaine spielt die Marseillaise. Die anwesenden Offiziere salutieren, die Zivilisten nehmen ihre Kopfbedeckung ab. Der Sarg von Papa wird in die Gruft hinabgelassen und mit den vielen Blumengebinden bedeckt.

2.

Place Victor Hugo
Paris 16${}^{\text{ème}}$ Arr.

Schon bei der Einfahrt in den Place Etoile betätigt Fabien, der Chauffeur, einen elektrischen Kontakt über der Konsole am Rückspiegel, was dem Concierge am Sitz der Familie am Place Victor Hugo anzeigt, dass der Wagen von Madame in wenigen Minuten eintreffen wird und er das sieben Meter hohe schwere Eingangstor zum Wohnsitz der Familie Donnedieu de Nièvre zu öffnen hat. Keine drei Minuten später rauscht die schwere Limousine in den Ehrenhof des Gebäudekomplexes.

Madame steigt aus und strebt dem Hauptgebäude auf der Frontseite des Cour d'Honneur zu, wo sie bereits von ihrer Hausdame und ihrem Butler empfangen wird. Sie wird in ihre Gemächer in der Beletage geleitet und legt sich erst einmal eine Stunde zur Ruhe. Anschließend will sie sich mit einigen geladenen Familienmitgliedern und Freunden zu einem kleinen Cocktail dinatoire im mittleren Salon des Parterre treffen.

Général Donnedieu de Nièvre begibt sich in den rechten Flügel des kleinen Stadtpalais, wo sich seine Gemächer, seine Bibliothek, eine Küche, ein Speisesalon, seine Bar und seine Salons befinden. Im oberen Stockwerk befinden sich sein Appartement de Maître und mehrere Gästezimmer, die aber selten genutzt werden. Lediglich sein Mann für alle Fälle und Bursche seit dem Algerienkrieg, Leibdiener, Fahrer und auch Vertrauter wohnt gleich nebenan in einer eigenen kleinen Wohnung.

Vis-à-vis, auf der linken Seite des Ehrenhofes, befindet sich das Cabinet d'Avocat seines Vaters. Am Eingang zu der mächtigen Glastür, die einen Blick auf den Empfang freigibt, hängen die in Messing eingelassenen Namensschilder der zahlreichen Associés des Cabinet.

An erster Stelle unter dem Patron und Namensgeber dieser hochangesehenen Anwaltskanzlei steht natürlich der Name des jüngeren Bruders von Général Donnedieu de Nièvre, Maître Hervé Donnedieu de Nièvre, Avocat au Barreau de Paris. Der ist zurzeit jedoch nicht in der Kanzlei tätig, da er seinen Dienst als Generalsekretär des Elyséepalastes versieht. Doch er wohnt mit seiner Frau und seinen vier Kindern in der obersten Etage des Cabinet.

Im Gebäude der Haupteinfahrt befinden sich neben der Conciergerie die Wohnungen des gesamten Personals.

»Bebé« wirft seine Generalsmütze mit gekonntem Schwung auf die Garderobe und ruft seinem sofort herbeieilenden Diener in grobem Ton ein »Cognac – Cigarre« zu.

Der ehemalige Caporal-Chef der Fremdenlegion Hans Pawlovsky war mit seinen Eltern als Baby aus Schlesien vor den anrückenden Russen in den Westen Deutschlands geflüchtet und suchte mit siebzehn Jahren sein Heil in der französischen Fremdenlegion. Im Algerienkrieg wurde er bald verwundet und sollte schon ausgemustert werden, als sich der damalige Nachrichtenoffizier des Fallschirmjägerregimentes seiner annahm und ihn als Burschen behielt. Dies ist der Caporal-Chef außer Dienst bis heute geblieben und seinem Général treu ergeben. Der nennt ihn nur »Jean«.

Als sich der Général von den Strapazen der Trauerfeierlichkeiten bei einem Cognac und einer Zigarre erholt hat, sieht er schon einige Limousinen in den Ehrenhof vorfahren, um am Cocktail dinatoire teilzunehmen.

Er geht zu Fuß über den Ehrenhof und stellt sich rechts neben seiner Mutter und seinem jüngeren Bruder Hervé Donnedieu de Nièvre auf, um die Kondolenzbezeugungen der geladenen Gäste entgegenzunehmen. Die beiden Brüder verstehen sich blind. So ist es auch nicht verwunderlich, dass sie keine Miene verziehen, als das Défilée beendet ist und einige geladene Gäste nicht erschienen sind.

Schmerzlich vermerken sie, dass niemand aus der Familie des Comte de Billancourt erschienen ist. Gerade der alte Haudegen, Begleiter von Général de Gaulle beim Einmarsch in Paris und Colonel des Fallschirmjägerregiments in den Kabylen, Henry de Billancourt, hat seinem alten Kameraden aus dem damaligen »Deuxième Bureau« diese letzte Referenz verweigert.

3.

Palais de Justice
Nizza

Feuchte Kälte zieht durch die Ritzen des kleinen Bootshauses auf dem Cap d'Antibes, in dem Flavio Carlucci regelmäßig überwintert. Er freut sich schon, zusammen mit seinem Papagei, den er liebevoll »Rossini« nennt, auf den jährlichen Umzug auf das Boot im Port Vauban. Dort hat Rossini wieder sein Publikum und kann seine unsäglichen italienischen Flüche, zur Freude der vielen Bootsleute, zum Besten geben.

Flavio Carlucci will sich gerade noch enger an seine Freundin Nénette kuscheln, doch seine so geliebte Muse stößt ihn so brutal von sich, dass er fast aus dem Bett gefallen wäre.

»Mach, dass du aus den Federn kommst, alter Mann!«, lacht Nénette vergnügt und freut sich über das beleidigte Gesicht Flavios. »Nicht einmal am Tag der Inauguration deiner Tochter zum Richteramt kommst du in die Hufe! Marsch, unter die Dusche und dann in dein »Clownskostüm«, denn heute gibst du den Pfingstochsen.«

Nénettes glockenhelles Lachen schallt durch das Bootshaus und Flavio ist klar, dass er keine Wahl hat. Nach dem Duschen zwängt er sich mit einigen unschönen Worten in die ihm verhasste Galauniform eines Commissaire divisionnaire der Police Nationale. Er trug sie zuletzt vor zwei Jahren am Nationalfeiertag, als er seine Grande Ecole aus Saint-Cyr beim Défilée die Champs Elysée hinunterführte.

Auch Nénette ist fertig angezogen. Allerdings hat sie es leichter. Ein paar Jeans, Stöckelschuhe, eine Bluse von Hermés, eine legere Strickweste und fertig ist die moderne französische Dame. Sie hat es mit ihren jungen Jahren nicht nötig, allzu viel Schminke aufzulegen, ein bisschen Make-up und ein wenig Lippenstift. Sie ist eine beeindruckende Schönheit.

Schon tönt die Hupe des Range Rovers, den Olivier Petacci von seinem Chef ausgeliehen hat, um die beiden Freunde an den Flughafen von Nizza zu fahren. Heute humpelt Petacci wieder etwas stärker. Seine alte Schusswunde, die er sich bei einem Einsatz mit Flavio Carlucci anlässlich einer wilden Schießerei vor einer Pariser Bank zugezogen hat, macht ihm im Winter auch an der milden Côte d'Azur zu schaffen. Jeder weiß, dass dem ehemaligen Brigadier-Major der Brigade Antibanditisme nur durch eine dramatische Rettungsaktion von Flavio Carlucci das Leben gerettet wurde. Sonst hätten ihm die Gangster den Fangschuss gegeben, so hilflos, wie er direkt zwischen Bank und deren Fluchtwagen schwer verletzt liegenblieb.

So ist Olivier Petacci nach seiner Pensionierung zusammen mit seiner Frau Clara an den Posten des Verwalters eines prächtigen Anwesens auf dem Cap d'Antibes gekommen und revanchiert sich bei seinem Freund Carlucci, indem er mit Einverständnis des Besitzers des Anwesens, eines arabischen Ölscheichs, ihn im Winter im Bootshaus und im Sommer auf dessen Segelboot »Lady Nabila« wohnen lässt.

Kaum hat der Range Rover das große Eingangstor neben Petaccis Wächterhäuschen passiert, greift Flavio Carlucci zum Telefon.

»Wo ist der Commandant Isetegui, er hat doch heute Dienst?«, zischt er verärgert, als sich an seinem Hausapparat im Polizeipräsidium in der Avenue des Frères Oliviers in Antibes statt der gewohnt sonoren Stimme seines Freundes Bixente Isetegui die von Capitaine Odette Sarazin-Ponti meldet.

Als couragierte Korsin lässt sie sich schon lange nicht mehr vom Divisionnaire Carlucci ins Bockshorn jagen und antwortet schnippisch: »Der Commandant wird halt zum Skifahren nach Auron gefahren sein. Heute Nacht hat es noch einmal richtig in den Seealpen geschneit. Ich vertrete ihn hier als rangältester Offizier. Oder haben Sie etwas dagegen, Patron?«

Wortlos legt Flavio den Hörer auf und ärgert sich. »Dieses verdammte korsische Weibsstück sollte ihre lang ersehnte Beförderung zum Commandant bekommen, damit sie endlich versetzt wird.«

Damit wäre auch Nénette geholfen, denn die glutäugige Korsin ist ihr als Frau schon lange ein Dorn im Auge. Überhaupt neigt Nénette zur Eifersucht, was Flavio ungeheuer schmeichelt, ist er doch fast doppelt so alt wie seine Geliebte und schon silbergrau.

»Das sieht Bixi gar nicht ähnlich, er weiß doch, dass ich heute nicht ins Revier kommen kann, ich verstehe das nicht«, ärgert sich Flavio Carlucci.

Die rasante Fahrt endet am Flughafen NICE CÔTE D'AZUR, Terminal II, der ausschließlich für Inlandsflüge reserviert ist. Die Tochter Flavios, Lucia Carlucci, kommt mit dem ersten Flug aus Bordeaux, wo sie erfolgreich das Examen an der ENM (Ecole National de la Magistrature) bestanden hat.

Die Wiedersehensfreude ist groß, als Flavio Carlucci endlich sein »kleines Mädchen« in den Armen hält. Das wird sie wohl auch immer bleiben, obwohl aus der Jurastudentin aus Paris nun eine erwachsene und überaus selbstbewusste Richterin geworden ist. Lucia lächelt still in sich hinein, als sie bemerkt, dass ihr so gefürchteter Vater nur mühsam die Tränen der Freude unterdrücken kann und verlegen sein Taschentuch herauszieht, um sich scheinbar den Schweiß von der Stirn zu wischen. Dabei zieht es in der Wartehalle des Terminals II wie Fischsuppe, es ist ekelhaft kalt.

Olivier Petacci hilft seinem Freund Flavio aus der Verlegenheit. »Lucia, wenn du glaubst, dass es an der Côte d'Azur im Februar wärmer ist als am Atlantik, dann irrst du gewaltig. Wir haben hier schon seit Wochen ein Wetter wie in einem korsischen Bauernarsch: nass, kalt und windig.«

Schallendes Gelächter hallt durch die Schalterhalle bis hinaus auf den Parkplatz.

»Mein lieber, guter, alter Olivier, du hast dich kein bisschen verändert«, lacht Lucia, die den Freund ihres Vaters seit ihrer Kindheit in der Rue Jacob im Pariser Quartier Saint-Germain-des-Prés kennt.

Olivier Petacci wuchtet die zahlreichen Koffer in den Range Rover und die Fahrt geht über die langgezogene Promenade des Anglais bis zur Abfahrt »Place Masséna«. Kurz vor Erreichen des berühmtesten Platzes von Nizza biegt Petacci mit seinen Passagieren im Wagen nach rechts ab, zeigt die alte Mairie von Nizza und die wunderschön restaurierte Oper. Am Cours Saleya biegt er links ab und kommt eine Querstraße weiter vor dem wuchtigen Justizpalast zum Stehen.

»So, alles aussteigen. Flavio und Lucia, ihr holt euch jetzt euren höchstrichterlichen Segen, ich bringe mit Nénette das Gepäck von Madame la Juge in ihre bescheidene Herberge, die wir für das Mädchen mit vereinten Kräften gefunden haben.«

Bevor Lucia Carlucci sich wehren kann, zieht sie Flavio am Ärmel ihrer Kostümjacke die große Treppe des Palais de Justice hinauf. Lucia Carlucci weist sich mit ihrer Urkunde vom Justizministerium in Paris beim Empfang aus und durchläuft, genau wie ihr Vater, die Sicherheitskontrolle.

Dann wird Lucia Carlucci von einem Greffier und dem wachhabenden Offizier in eine Kammer gebeten, während Flavio Carlucci in seiner Galauniform in der großen Halle des Justizpalastes steht und dem bunten Treiben zusieht. Anwälte in flatternden Roben mit wildgestikulierenden Mandanten eilen zu den Sitzungssälen, Richter streben in ihren Galaroben dem großen Audienzsaal zu, Gendarmen bringen gefesselte Untersuchungshäftlinge zu den Bureaus der Untersuchungsrichter oder gleich zur Aburteilung zu einer der Strafkammern. Ein reges Treiben herrscht an diesem Tag.

Ein Lieutenant spricht Flavio Carlucci nach einer Weile an: »Monsieur Divisionnaire, bitte folgen Sie mir in den Audienzsaal.«

Flavio Carlucci ist völlig überrascht, als er im Zuschauerraum neben zahlreichen Ehrengästen Platz nimmt. Vor der Barriere haben sich die neu zu vereidigenden Magistraten aufgestellt. Flavio Carlucci erkennt sein kleines Mädchen in ihrem feierlichen Ornat mit dem Barett einer Richterin auf dem Kopf kaum wieder. Das Präsidium des Tribunal von Nizza, angeführt von dessen Präsidenten, tritt ein und stellt sich hinter dem Richtertisch auf. Alle Ehrengäste erheben sich, als der Präsident des Landgerichtes von Nizza eine kleine feierliche Rede hält und danach jeden einzelnen neuen Richter, Staatsanwalt oder Untersuchungsrichter zur Vereidigung nach vorne ruft.

Als Lucia Carlucci als neue Untersuchungsrichterin am TGI (Landgericht) Nizza vereidigt wird, schießen Flavio Carlucci doch tatsächlich die Tränen in die Augen. Zahlreiche Erinnerungen an die Kindheit seines »Mädchens« gehen ihm durch den Kopf. Er ist maßlos stolz auf seine Tochter und teilt die Freude mit den anderen Ehrengästen, ebenfalls vornehmlich Eltern der neu Vereidigten. Wildfremde Menschen umarmen sich.

Dann ertönt aus einem Lautsprecher die Marseillaise und Flavio Carlucci grüßt durch Anlegen der rechten Hand an die Uniformmütze. Die Inaugurationsfeier ist beendet.

Lucia Carlucci wendet sich sofort ihrem Vater zu und glüht vor Stolz. Flavio nimmt sie wortlos in die Arme. Beide drängen sie dem Ausgang des Audienzsaales zu.

»Schade, dass Maman Henriette und Oma Maria-Augusta nicht kommen konnten.« Lucia Carlucci ist schon etwas enttäuscht, dass an ihrem höchsten beruflichen Festtag ihre Eltern und Großeltern nicht anwesend sind. Sie fasst sich aber, als sie in Flavios versteinertes Gesicht sieht. Irgendetwas scheint in ihrer zweijährigen Abwesenheit vorgefallen zu sein. Normalerweise ist ihr Vater ein ausgesprochener Familienmensch.

Lucia Carlucci insistiert nicht länger und zieht ihren Vater die Flure hinunter, bis sie vor einer schweren Eichentür zum Stehen kommt. Auf einem Schild neben der Türe steht:

Cabinet III
Mlle Lucia Carlucci
Juge d'Instruction
Mme Annie Gastaud
Greffière

Flavio Carlucci ist beeindruckt. Angenehm überrascht ist er aber, als er von der Rechtspflegerin Madame Annie Gastaud herzlich empfangen wird. Völlig verwirrt ist Flavio Carlucci aber, als die freundliche Assistentin seine Tochter in das pompöse Arbeitszimmer führt.

»Madame la Juge, ich hoffe, es gefällt Ihnen an Ihrem neuen Arbeitsplatz«, lächelt die ältere und sicher sehr erfahrene Rechtspflegerin. »Ich habe mir erlaubt, für Sie morgen Vormittag einen Termin beim Doyen der Untersuchungsrichter zu machen, damit er Sie kennenlernen und in die anstehenden Ermittlungen einweisen kann. Heute werden Sie ja sicher noch etwas feiern wollen. Darf ich Ihnen die Robe abnehmen, ich hänge sie Ihnen in den Schrank.«

Dies ist das Stichwort für Flavio Carlucci. Er verabschiedet sich eilig von Madame Gastaud und strebt zusammen mit Lucia dem Ausgang zu.

4.

COURS SALEYA
NIZZA

Flavio Carlucci hat es nun sehr eilig. Sein »Mädchen«, die frisch vereidigte Richterin Lucia Carlucci, versteht das alles nicht. Immer wieder fragt sie sich, wo ihre Maman und ihre über alles geliebte Großmutter Maria-Augusta und überhaupt die zahlreichen Freunde von Flavio sind.

Kaum am Blumenmarkt von Nizza angekommen, zerrt Flavio Carlucci seine Tochter in ein vierstöckiges gelbes Haus und überwindet die etwas altertümlich wirkende Treppe, bis sie außer Atem vor einer schweren Tür halten. Flavio klingelt dreimal kurz. Die Tür öffnet sich durch einen Summer. Flavio Carlucci kann sich jetzt ein leises Lächeln nicht mehr verkneifen, als die Tür von innen aufgerissen wird und Lucia mit einem Meer von frischen Blumen beworfen wird.

Alle sind sie gekommen: Oma Maria-Augusta, Maman Henriette, ihr Bruder Lieutenant Jean-Baptiste Carlucci, Großvater Mario Carlucci, Onkel Antonio, der Koch der kleinen Pension in Saint-Germain-des-Prés, Commandant Bixente Isetegui, der enge Freund von Flavio und gleichzeitig dessen Stellvertreter im Polizeirevier von Antibes, Commissaire Marie-Antoinette Raibaut, genannt Nénette, Olivier und seine Frau Clara Petacci, Brigadier-Chef Simone Boué, die Assistentin von Flavio in Antibes, die ein Organisationstalent ist, wie sie heute wieder bei der Einrichtung der neuen Wohnung von Lucia Carlucci bewiesen hat. Aber auch Flavios alter Studienfreund Xavier Quinti, der heute Flavios direkter Vorgesetzter als Direktor für die öffentliche Sicherheit des ganzen Départements (DDSP) ist, sowie dessen Vorgänger im Amt, der pensionierte Alain Costa mit seiner reizenden Frau Docteur Claire Maynard-Costa.

Das Appartement im vierten Stock des gelben Hauses liegt direkt am Cours Saleya und hat einen weiten Blick über die ganze Bucht von Nizza. Außerdem liegt es nur wenige Schritte vom Palais des Roi des Sardes, der alten Préfecture, die an den Justizpalast anschließt. Die Wohnung hat einen schön möblierten Salon, ein großes Schlafzimmer, eine rote provenzalische und mit allen Schikanen ausgerüstete Küche, ein herrliches Bad sowie einen rustikalen Esstisch.

Alle Koffer von Lucia Carlucci waren von Oma Maria-Augusta und Maman Henriette schon ausgepackt worden. Überall stehen ihre persönlichen Dinge an den gewohnten Plätzen. Ein TV-Gerät, ein CD-Player, ein Diktiergerät auf einem kleinen antiken Schreibtisch runden das perfekt eingerichtete neue Heim von Lucia Carlucci ab.

In der Küche wird sie nun aber voller Ungeduld von Flavios Freunden aus dem Café des Chineurs in Antibes empfangen. Unter dem strengen Kommando von Jocelin Garbi, besser bekannt unter dem Namen Commissaire Josse, haben sein Koch Momo und sein erster Serveur einen Cocktail dinatoire gezaubert, der die ganze Vielfalt der Niçoiser Küche widerspiegelt.

Lucia Carlucci ist vollkommen aus dem Häuschen und kann sich gar nicht sattsehen an dem wunderbaren Appartement. Es ist ihre erste eigene Wohnung. Während der Studentenzeit ‚und auch noch während ihrer Zeit im Bureau der Pflichtverteidiger in Paris, hatte sie immer in der Pension Jacob bei ihren Großeltern gewohnt. In Bordeaux wurde sie so streng wie in einem Internat gehalten und wohnte auf dem Campus.

Alles feiert, isst, trinkt und lacht. Es herrscht eine aufgeräumte Stimmung bis in den späten Nachmittag hinein. Dann übergibt Flavio Carlucci unter lauten Hochrufen die Schlüssel an seine Tochter.

»Es ist mir eine große Ehre, dir, mein kleines Mädchen, deine erste eigene Wohnung übergeben zu können. du bist als Eigentümerin eingetragen. Hiermit übergebe ich dir die Attestation des Notars. Die Finanzierung haben deine lieben Großeltern und ich übernommen. Nachdem ich gerade schuldenfrei geworden bin, war es mir eine Herzensangelegenheit, wieder neue Schulden zu machen. Ohne Schulden fühle ich mich halt nicht wohl.«

Unter schallendem Gelächter prosten sich die Freunde zu, während Lucia ihren heißgeliebten Vater innig umarmt und küsst. Das bringt Nénette ins Spiel. Mit gespielter Eifersucht drängt sie sich lachend zwischen Flavio und Lucia und wischt mit einem Tuch den Lippenstift von Flavios weißem Hemdkragen und seinem Gesicht.

Der erste Tag im Leben der neuen Richterin von Nizza neigt sich dem Ende zu.

Die wunderschöne Stadt an der Côte d'Azur leuchtet in der Abenddämmerung. Die Restaurants, Bistros, Cafés, Nachtclubs und Diskotheken rüsten sich für die lange Nacht in der herrlichen Altstadt von Nizza.

Als Lucia Carlucci endlich alleine ist und das Appartement aufgeräumt hat, setzt sie sich auf ihren kleinen Balkon, raucht genüsslich eine Zigarette und trinkt ein Glas Rotwein. Lange noch schaut sie dem lebhaften Treiben des Nachtlebens von Nizza zu, bis sie völlig erschöpft in ihr nach herrlich frischer Bettwäsche duftendes Bett kriecht und tief schläft.

5.

Plage du Soleil
Vieux Port
Golfe-Juan

An jedem ersten Wochenende im März wird jährlich der Rückkehr Napoléons I. aus seinem erzwungenen Exil auf der Insel Elba gedacht. An diesem Tag betrat der Empereur wieder französischen Boden. Dieses Embarquement wird von der ganzen Bevölkerung der Côte d'Azur mit einem riesigen Spektakel am Plage du Soleil in Golfe-Juan gefeiert und von Mitgliedern der Zunft in historischen Kostümen nachgestellt.

Eigentlich hat Flavio Carlucci überhaupt keine Lust auf dieses Spektakel. Zum ersten Mal seit einigen Monaten ist es herrlich warm, die Sonne strahlt. Der Frühling zieht ein an der Côte d'Azur. Er will so schnell wie möglich raus aus dem feuchten Bootshaus, seinem Winterquartier. Sicher, er und seine Nénette hatten herrliche Winterabende bei einer Flasche Rotwein und Kerzen an dem offenen Kamin der Bretterbude verbracht. Doch nun hat Flavio die Nase voll von den feuchten und kalten Winternächten.

Er will heute auf das Boot »Lady Nabila« umziehen, das ebenfalls dem Ölscheich und Arbeitgeber von Petacci gehört. Der hatte es seiner geliebten Ehefrau Nabila zum Geburtstag geschenkt. Sie war ein einziges Mal auf hoher See damit, hat sich aber die Seele aus dem Leib gespuckt und das Boot seither nie wieder betreten. So wurde es für Flavio Carlucci ein herrliches Sommerquartier. Der Ölscheich ist zufrieden, denn so hat er einen seriösen Mieter, der sich um das Boot kümmert.

Nénette hat andere Pläne. Sie will unbedingt in den Nachbarort Golfe-Juan, wo an diesem Wochenende das »Débarquement« Napoléons I. am

1. März 1815 am Plage du Soleil gefeiert wird. Er wird mit einem kleinen Schiff an Land gebracht, wo ihn schon seine Anhänger unter dem Kommando des italienischen Général Masséna und der französische Marschall Lefèvre mit seinen Truppen erwarten.

Doch regierungstreue Truppen unter dem Kommando eines Habsburger Generals wollen diese Landung verhindern. Laiendarsteller aus Frankreich, Italien und Österreich-Ungarn liefern sich ein blutiges Gefecht mit der schweren Artillerie kaisertreuer Truppen, der Garde Impérial, die fest zu Napoléon steht, sowie den Gardefüsilieren des Kaisers. Nachdem die heftige Schlacht am Strand von Napoléons Truppen gewonnen wird, wird sich Napoléon an einen eiligst herbeigeschafften Schreibtisch setzen und sein erstes Dekret auf französischem Boden unterzeichnen, »l'Epoque des cent jours«.

Murrend fügt sich Flavio Carlucci dem Drängen Nénettes, die sehr wohl weiß, dass er ihr keinen Wunsch abschlagen kann. Flavio ist verliebt wie ein Gymnasiast in die ehemalige Commissaire-Anwärterin am Quai des Orfèvres in Paris. Dort war er der Chef der Brigade Antibanditisme und sie sein Azubi. Nun ist er politisch kaltgestellt und auf einen völlig unbedeutenden Posten an der Côte d'Azur abgeschoben worden und Nénette ist Commissaire und Chefin der Police Nationale in Cannes.

Schon um 11.30 Uhr muss Flavio, mürrisch und schlechter Laune, an der Kranzniederlegung am Denkmal Napoléons in der Innenstadt von Golfe-Juan teilnehmen. Wie oft hat er schon das durch alle Knochen fahrende Fanfarenspiel »La Lyre d'Argile« gehört, das immer gespielt wird, wenn ein Kranz am Grabe eines gefallenen Soldaten oder Polizisten niedergelgt wird.

Er hat Hunger. Nénette überredet Flavio, in das Restaurant »Da Bruno« direkt am Maison de Tourisme zu gehen. Sie essen in der herrlichen Mittagssonne einen Salat aus Meeresfrüchten und trinken in aller Ruhe eine Flasche Rotwein dazu.

Doch Nénette drängt zum Aufbruch. Wie ein kleiner Junge drängt sie in das Biwak der Soldaten, um die historischen Kostüme zu betrachten. Bei dieser Gelegenheit kommt ihnen auch der Darsteller Napoléons mit seiner goldbetressten Entourage entgegen. Nénette will unbedingt Fotos von Napoléon in seiner typischen Uniform und Haltung machen, doch der Darsteller beachtet sie nicht und drängt weiter Richtung Festzelt, wo ein Mittagessen auf alle Darsteller wartet.

»So ein Arschloch!«, schimpft Nénette. »Der blöde Kerl fühlt sich schon, als wäre er selbst Napoléon.«

Doch Nénette gibt nicht auf. Sie eilt dem Darsteller Napoléons durch die Gassen der Schausteller nach, wo er huldvoll die Grüße des Volkes des Jahres 2009 entgegennimmt. Zu einem Foto lässt er sich nicht herab.

»Das ist doch immer so bei diesen Laiendarstellern«, knurrt Flavio, »gib den Wichtigtuern eine Uniform und sie bilden sich ein, die Person zu sein, die sie ja nur darstellen sollen. Der braucht noch Wochen, bis er begreift, dass er gar nicht Napoléon ist, sondern irgendein Hanswurst.«

»Dieser aufgeblasene Gockel«, schimpft Nénette. »Hoffentlich legen sie ihn um, wenn er auf seinem blöden Sandhügel steht und seine Truppen kommandiert.«

Flavio lacht: »Das wird nicht passieren, denn Napoléon hat die Schlacht ja schließlich gewonnen und ist die Route Napoléon Richtung Grenoble hinaufgezogen, wo sich ihm Général Murat entgegenstellte. Der ist aber samt seinen Truppen zu dem Kaiser übergelaufen und so kam das, was unvermeidlich war: die Schlacht von Waterloo gegen die Engländer unter Wellington und die Preußen unter Blücher.«

Pünktlich um 14:30 Uhr nehmen Nénette und Flavio auf der Tribüne am Plage de Soleil Platz. Alle Sitzplätze sind ausverkauft. Auf der Küstenstraße wollen sich tausende von Neugierigen das Spektakel nicht entgehen lassen. Ein in goldstrotzender Uniform eines Maréchal de France gekleideter Darsteller kommentiert das historische Schlachtgetümmel. Kanonendonner lässt die Zuschauer zusammenzucken. Die Truppen Napoléons greifen an. Die Alliierten unter der Führung der östereichisch-ungarischen Truppen erwidern das Feuer. Der italienische Général Masséna in herrlicher historischer Uniform berät den Empereur. Ordonanzoffiziere tragen die Befehle Napoléons zu den Truppen. Napoléon verlässt seinen »Feldherrnhügel« und kümmert sich scheinbar rührend um seine

Verwundeten. Er legt, nach einer überlieferten Geste, seinen grauen Mantel über den Körper eines seiner im Gefecht verletzten Soldaten. Dann besteigt er wieder seinen Sandhaufen, um weitere Befehle zu geben.

Die Schlacht geht ihrem Höhepunkt entgegen. Napoléons Truppen gehen, begleitet von ohrenbetäubendem Artilleriebeschuss, zum Sturmangriff über.

Napoléon bricht zusammen.

»Was soll denn das?«, fragt Nénette ratlos. »Der Kaiser ist doch damals gar nicht getroffen worden.«

»Also in meinen Geschichtsbüchern stand jedenfalls nichts davon«, grinst Flavio Carlucci.

Erst als der als Marschall von Frankreich verkleidete Conférencier ratlos auf den Sandhügel stürmt und auch »Général Masséna« und die »Ordonanzoffiziere« hilflos herumstehen, regt sich Unmut bei den Zuschauern. Flavio Carlucci traut dem Frieden nicht mehr. Gefolgt von Nénette bahnt er sich einen Weg durch die Zuschauer, die alle fassungslos dem Schauspiel folgen. Am Eingang zum Strand zeigt er kurz seinen Ausweis als Commissaire divisionnaire der Police Nationale und schiebt den störrischen Security-Mann grob beiseite.

Flavio und Nénette stürmen den Sandhügel und begreifen sofort, was geschehen ist. Irgendjemand hat tatsächlich auf »Napoléon« oder das, was von dem Laiendarsteller übrig geblieben ist, geschossen.

Jetzt ist Flavio hellwach und sofort agiert er wie ein Profi. Er zerrt dem Conférencier das Mikrophon vom Hals und ruft mit sachlicher Stimme in die Menge:

»Hier spricht die Polizei. Auf den Darsteller Napoléons ist geschossen worden. Dies ist nicht Teil des Spektakels. Ich brauche sofort einen Arzt. Außerdem weise ich die anwesenden Polizei- und Security-Kräfte an, die Ausgänge zu sperren. Niemand verlässt den Strand oder die Tribünen.«

Es ist nicht mehr zu vermeiden. Chaos auf den Tribünen, in der Zeltstadt, im Biwak und vor allen Dingen auf der Küstenstraße Boulevard des Frères Roustan. Menschen in Panik trampeln aufeinander herum, es gibt Verletzte und Tote.

Während Nénette geistesgegenwärtig über ihr Handy Ringalarm für alle Polizeistationen in Cannes, Golfe-Juan, Juan-le-Pins, Antibes bis Biot und Vallauris ausgibt, kümmert sich Flavio um den stark röchelnden Darsteller Napoléons. Endlich kommt ein Arzt. Es ist ein alter Bekannter Flavios, nämlich der Bürgermeister von Antibes und ehemalige Chefarzt der Kardiologie des Krankenhauses »La Fontonne« in Antibes, der Député-Maire Docteur Jean Leonetti.

»Der Mann hat einen glatten Halsdurchschuss. Wenn wir ihn nicht sofort in das nächste Krankenhaus bekommen, ist er tot. Ich kann die verletzte Aorta nicht mehr lange stabilisieren.«

Noch vor dem Eintreffen des Notarztwagens verstirbt der Darsteller Napoléons auf dem Sandhügel am Plage du Soleil in Golfe-Juan. Was als historische, farbenprächtige Nachstellung des Débarquement Napoléons vom 1. März 1815 gedacht war, endet am 7. März 2009 in einem realen Blutbad.

6.

Maison de Tourisme
Golfe-Juan

Während Nénette mit einigen ihr zu Hilfe geeilten Polizisten den Tatort sichert und die Ordnungskräfte versuchen, Ruhe in die in Panik geratene Menge zu bringen, hat Flavio Carlucci sein Quartier im »Maison de Tourisme« direkt hinter den Tribünen am Plage du Soleil in Golfe-Juan aufgeschlagen.

Zwei Polizisten haben die Angestellten des Tourismusbüros aus dem Rundbau geworfen und alle Türen verschlossen. So kann Commissaire Carlucci in Ruhe arbeiten.

Zuerst ruft er in seinem Revier in Antibes an und erkundigt sich, wer Offizier vom Dienst ist. Er hat Glück. Capitaine Daniel »Mamou« Cohen ist der heutige Dienstgruppenleiter. Commissaire Carlucci weiht »Mamou« in die Vorkommnisse ein und gibt ihm dann folgende Anweisungen:

»Mamou, rufe sofort Xavier Quinti, den DDSP, und Dennis Melano, den Chef der Kripo von Nizza, an und bitte sie um Unterstützung. Ich brauche eine Einheit der Bereitschaftspolizei CRS aus Saint Laurent de Var, einige versierte Vernehmungs- und Ermittlungsbeamte, Colonel Desfreux mit einer Escadron der Gendarmerie, Boote der Gendarmerie, um den Strand zu sperren, Spurensicherer der Police Scientifique und zwei Einheiten des Mobilen Einsatzkommandos (GIPN). Hast du das verstanden?«

»Alles klar, Patron, ich hole noch Simone Boué, wir brauchen sicher ihr Organisationstalent am Computer.«

Flavio Carlucci ist zufrieden. Er weiß, dass er sich auf seine Leute verlassen kann. Dann ruft Commissaire Carlucci den Sous-Préfet in Grasse an und informiert ihn über die Ereignisse. Er bittet bei der Permanence im Justizpalast von Grasse um die Information an die zuständige Untersuchungsrichterin Colette Mouchard.

»Es wird nicht lange dauern und das Biest ist da«, knurrt Flavio Carlucci schlecht gelaunt vor sich hin.

Ein Commandant Messagnaire von der Police Nationale aus Cannes meldet sich bei Commissaire Carlucci: »Commissaire, meine Patronne, Commissaire Raibaut, hat mir befohlen, mich bei Ihnen zu melden.«

»Das ist sehr gut, ich brauche hier dringend einen zweiten kompetenten Offizier. Wir machen hier unsere vorläufige Kommandozentrale auf.« Dann weiht Flavio Carlucci den erfahrenen Commandant in seine bis jetzt gegebenen Anweisungen ein.

»Bleiben Sie bitte hier, ich sende Ihnen noch einige Experten, denn ich will unbedingt hinaus, um mir ein Bild von diesem Chaos zu machen.«

Nach und nach treffen die angeforderten Polizisten, Spurensicherer, Experten, Ballistiker, Bereitschaftspolizisten und Colonel Desfreux von der Gendarmerie Nationale ein. Von jeder Einheit befiehlt Commissaire Carlucci einen hochrangigen Beamten oder Offizier in das Maison de Tourisme, um die einlaufenden Meldungen zu koordinieren. Er selbst berät sich mit Colonel Desfreux und beugt sich über einen Stadtplan von Golfe-Juan.

»Wir sperren sämtliche Zufahrtswege im Kreis von einem Kilometer zum Tatort ab. Befehlen Sie das den Ordnungskräften von Gendarmerie, Police Nationale, Police Municipale und der Bereitschaftspolizei CRS. Dann nehmen wir sämtliche Personalien auf und gleichen sie mit dem Computer in meinem Revier in Antibes ab. Zuständig ist Brigadier-Chef Simone Boué. Ich werde mich mit den Ballistikern unterhalten, um die Schussrichtung zu erfahren. Lassen Sie alle historischen Waffen auf jeden Fall sofort beschlagnahmen und zur Spurenauswertung nach Nizza bringen.«

Die Ballistiker haben in der Zwischenzeit mit den modernsten Techniken die Schussrichtung ungefähr ermittelt. Der Schuss muss aus einem der Penthäuser abgegeben worden sein, die direkt auf der anderen Seite der Küstenstraße Boulevard des Frères Roustan liegen. Commissaire Carlucci lässt sich von dem Chef des Sondereinsatzkommandos GIPN eine schusssichere Weste, eine Armbinde mit der Aufschrift »Police« und eine Beretta 9 mm mit zwei Ersatzmagazinen geben. Dann stürmen sie gemeinsam das Haus auf der anderen Straßenseite.

Etage für Etage wird durchsucht, die Bewohner erkennungsdienstlich behandelt und dann evakuiert. Die Wohnung auf dem Dach des Gebäudes ist offen. Commissaire Carlucci zieht die Beretta aus dem Hosenbund und lädt sie durch. Vorsichtig betreten die Elitepolizisten der GIPN die Wohnung und suchen Raum für Raum ab.

Am Balkonfenster werden sie fündig. Eine russische Langwaffe mit Schalldämpfer und Zielfernrohr sowie zwei Patronenhülsen werden gefunden.

»Meldung an Spurensicherung: Schusswaffe und Tatort lokalisiert«, meldet der Einsatzleiter an die Zentrale im Maison de Tourisme.

Da geht noch eine Meldung über die Kopfhörer der Elitepolizisten ein: »Concierge tot im Küchenschrank der Hausmeisterwohnung aufgefunden.«

Commissaire Carlucci gibt die ihm überlassenen Ausrüstungsgegenstände zurück und verlässt das Haus, um sofort wieder zur vorläufigen Einsatzzentrale in das Maison de Tourisme zurückzukehren.

Dort herrscht in der Zwischenzeit ein reges Treiben. Xavier Quinti, Dennis Melano und die Untersuchungsrichterin aus Grasse, Colette Mouchard, sind soeben eingetroffen. Sie reißt auch sofort das Kommando an sich, was ihr gutes Recht ist.

»Commissaire divisionnaire Carlucci, Sie waren Augenzeuge der Tat, als dieser Anschlag verübt wurde. Ich möchte, dass Sie die Ermittlungen leiten. Ich habe Ihnen sogleich die gesamten Vollmachten schriftlich mitgebracht. Frage: Wie ist die Lage?«

»Während des historischen Gefechtes auf dem Plage de Soleil ist auf den Darsteller Napoléons, der übrigens im Zivilberuf Maître Alexandre Kerensky heißt und Notar in einem grossen und angesehenen Notariatsbüro am Place Charles de Gaulle in Antibes ist, von der gegenüberliegenden Penthauswohnung mit einem russischen Spezialgewehr mit Schalldämpfer und Zielfernrohr geschossen worden. Der Tod trat nach wenigen Minuten durch Verbluten ein. Der Täter ist flüchtig. Er muss von der Concierge die Wohnungsschlüssel zum Penthaus erpresst und sie anschließend erwürgt haben. Die Panik auf den Tribünen hat das Leben eines Kindes und einer alten gehbehinderten Dame sowie zahlreiche Verletzte gekostet. Das sind die Fakten.«

»Was schlagen Sie vor, Commissaire Carlucci?«

»Wir lassen im Moment alle Personalien feststellen, die Spurensicherung und Ballistiker haben noch die ganze Nacht zu tun, das Gelände bleibt großräumig abgesperrt, die GIPN durchsucht noch weitere angrenzende Häuser, die Koordination vor Ort wird durch Commissaire Marie-Antoinette Raibaut weitergeleitet, ich verlege die Einsatzzentrale in das Polizeipräsidium nach Antibes und richte ein zentrales Lagezentrum ein. Dort werden alle Ermittlungsergebnisse gesammelt und ausgewertet. Ich habe bereits alle meine Offiziere der Police Judiciaire alarmiert, die unter meiner Leitung die Ermittlungen sofort aufnehmen.«

»So machen wir es, ich bitte um laufende Unterrichtung«, entscheidet Colette Mouchard und verabschiedet sich.

Nénette, Xavier Quinti, Dennis Melano und Colonel Desfreux setzen sich noch einmal zusammen und beraten sich.

»Was hältst du davon?«, will der Direktor der öffentlichen Sicherheit für das gesamte Département Alpes Maritimes von seinem Studienfreund Flavio wissen.

»Zunächst einmal ist die Öffentlichkeit dieser »Hinrichtung« interessant. Zweitens, wieso lässt der Täter seine hochwertige Waffe am Tatort zurück? Der will gar keine Spuren verwischen. Das sieht nach einer Warnung aus. Aber für wen? Ich denke, dass wir viel Arbeit bekommen werden.«

Dennis Melano, der Chef der Kripo von Nizza, wendet sich sorgenvoll an seinen Freund Carlucci, nachdem er seinen massigen, vom Rugby gestählten Körper vom Schreibtisch gewuchtet hat:

»Wenn du Leute brauchst, von mir bekommst du, was du brauchst. Ich sage dir bloß eines, Carlucci, die Scheiße stinkt zum Himmel. Das ist nicht nur einfach ein gewöhnlicher Mord. Es riecht nach russischer Mafia. Also nimm dich in Acht, alter sizilianischer Dickschädel.«

7.

Commissariat der Police Nationale
Antibes
Avenue des Frères Olivier

Im Commissariat haben sich alle alarmierten Kräfte im Sitzungssaal eingerichtet. Laufend eingehende Meldungen werden vom Krisenstab unter der Leitung von Capitaine Daniel »Mamou« Cohen ausgewertet und zugeordnet. Brigadier-Chef Simone Boué hat sich einen Schreibtisch in der Mitte des Raumes eingerichtet und gibt sämtliche Ermittlungsergebnisse in das eigens von ihr geschriebene Computerprogramm ein.

Es ist klar, wer hier das Sagen hat. Während Capitaine Cohen die Befehle weiterleitet, hat die kleine Simone von der Elfenbeinküste die Schaltzentrale der Informationen besetzt. Informationen bedeuten Macht. Der kluge Daniel Cohen nutzt das Talent der temperamentvollen Simone geschickt für den reibungslosen Ablauf aus. Er ist bei weitem nicht so eitel, um mit seinem wesentlich höheren Dienstgrad herumzuwedeln. Um die aufgeheizte und gespannte Atmosphäre etwas aufzulockern, macht er zwischendurch von seinem bestechenden jüdischen Mutterwitz Gebrauch, sodass immer wieder Gelächter aus dem Lagezentrum klingt.

So hält sich Commissaire Carlucci auch zurück, ehe er die Türe zum Lagezentrum ganz öffnen will. »Mamou« ist gerade wieder in seinem Element.

»Aaron und Moishe sitzen im Keller in Tel Aviv. Raketen von Sadam Hussein schlagen ganz in der Nähe ein. Sagt Aaron zu Moishe: Schuld an diesem Schlamassel sind nur die Engländer. Wenn sie uns schenken schon a Land, was ihnen nicht gehört, warum nicht die Schweiz?«

Dröhnendes Gelächter dringt aus dem Lagezentrum. Dann tritt Flavio Carlucci ein und setzt sich an die Stirnseite des Lagezentrums. Sofort tritt wieder Ruhe ein, obwohl jeder sieht, dass Commissaire Carlucci ebenfalls noch in sich hineinlacht ob dieses wirklich geglückten jüdischen Witzes. Mamou hat ihm einmal zum Geburtstag eine Sammlung jüdischer Witze von einer schweizerischen Jüdin, die an der Universität Sankt Gallen lehrte, geschenkt. Salcia Landmann hieß die Professorin. Flavio konnte herzlich über die jüdischen Geschichten lachen.

»Zur Sache. Lage?«, fragt Commissaire Carlucci ernst.

Capitaine Cohen berichtet. Dann schiebt Commandant Bixente Isetegui seine massige Figur durch die Tür und lässt sich krachend auf einen Stuhl fallen. Neben ihm nimmt Capitaine Odette Sarazin-Ponti Platz.

»Ich hasse es. Wir beide waren bei Madame Sophia Kerensky und ihren Kindern in Mougins und haben die traurige Nachricht vom Tode ihres Mannes überbracht. Merkwürdigerweise floss keine Träne. Sie schickte die Kinder mit der Großmutter in das Maison d'Amis und beantwortete alle Fragen. Zusammengefasst scheint Maître Kerensky schon seit einiger Zeit mit einem Anschlag gerechnet zu haben. Madame Kerensky gab uns die Schlüssel zum Tresor im Keller ihrer Villa und siehe da, ein notarieller Akt über den Verkauf des 5-Sterne-Hotels de Naval auf dem äußersten Westzipfel des Cap d'Antibes haben wir gefunden. Ein russischer Oligarch hat diese Goldgrube doch für sage und schreibe 1,7 Milliarden Euro erworben.«

Capitaine Odette Sarazin-Ponti legt den gesamten notariellen Akt auf den Tisch. »Soweit ich das bis jetzt beurteilen kann, ist der Akt regulär und entspricht französischem Recht. Zwischen dem Käufer, einem russischen Gas-Patriarchen, und dem Verkäufer, einem amerikanischen Hedgefonds sind alle notariellen Verträge ordnungsgemäß geschlossen worden. Es kam zu einem schriftlichen Kaufangebot, das vom Verkäufer angenommen wurde. Daraufhin wurde ein unwiderruflicher notarieller Vorvertrag vor dem Notar Kerensky in seinem Büro zwischen den Parteien geschlossen. Nach Ablauf der siebentägigen Rücktrittsfrist gemäß dem Loi SRU hat der Notar ordnungsgemäß von dem Oligarchen eine 10-

prozentige Anzahlung auf das Notar-Anderkonto der Caisse des Dépôts et Consignations verlangt. Die Zahlung von 150 Millionen Euro ist korrekt eingegangen und auf dem Notar-Anderkonto verbucht. Kerensky begann also mit den Vorbereitungen für die notarielle Eigentumsübertragung.«

»Und jetzt kommt der Hammer«, grinst Commandant Bixente Isetegui hinter seinem riesigen Schnauzbart hervor, »der Russe hat bei Lehman Brothers und verschiedenen anderen Banken auf der ganzen Welt im Wege der Finanzkrise fast 25 Milliarden Dollar verloren oder verzockt. Und da glaubte der Kerl, er könne vom Kaufvertrag bei Maître Kerensky zurücktreten und verlangte seine Anzahlung zurück. Er hat gedroht, englische Anwälte eingeschaltet und dem amerikanischen Hedgefonds sämtliche Schandtaten versprochen, wenn die nicht einer Auflösung des Vorvertrages zustimmen und den Notar anweisen, die Anzahlung zurückzuzahlen.«

Commissaire Carlucci lächelt: »Die Russen glauben wohl, sie können sich alles erlauben. Hier herrscht kein russisches Faustrecht, sondern der Code Napoléon. Wie heißt der russische Clown und was wissen wir über ihn?«

Capitaine Sarazin-Ponti zieht die Kopie eines russischen und eines englischen Passes aus den Akten des Notars: »Der kluge Mann baut vor, er hat gleich zwei Pässe. Er nennt sich Oleg Abramowitch Walunjin, ist in Jekatarinenburg, dem früheren Swerdlovsk, geboren, hat einen Wohnsitz in Moskau und einen Wohnsitz in London, Stadtteil Hampstead. Das soll eine ganz teure Gegend sein, habe ich mir sagen lassen. Er besitzt eine Riesenyacht, gemeldet auf den Bermudas, Bankkonten auf der ganzen Welt und einen Fussball-Club im Londoner Stadtteil Twickenham.«

Commandant Bixente Isetegui kann sich eines feisten Grinsens nicht erwehren, als er fortfährt zu berichten:

»Außerdem hat er ein Chalet in Mégève, wo er schon einmal wegen Zuhälterei vorläufig festgenommen wurde, dann aber auf Druck vom Handelsministerium wieder freigelassen wurde. Er hat da wohl eine paar ›Damen‹ aus der Moskauer Vergnügungsindustrie einfliegen lassen und mit seinen Kumpanen ein richtiges ›Drecksaufest‹ veranstaltet.«

Commissaire Carlucci entscheidet kurz entschlossen: »Da der Kerl keinen Diplomatenstatus genießt, wird jetzt ein internationales Fahndungsersuchen ausgeschrieben. Die Verdachtsmomente für eine Anstiftung oder gar Beteiligung an dem Tötungsdelikt zum Nachteil von Maître Alexandre Kerensky reichen zunächst einmal aus. Lieutenant Karim Ben Sousson, Sie haben das schon mal gemacht. Fertigen Sie die Formulare, ich unterzeichne sie. Dann fahren Sie nach Grasse zur Richterin Colette Mouchard und erklären ihr die Sachlage. Bei Rückfragen soll sie mich anrufen. Außerdem benötigen wir einen Durchsuchungsbefehl für das Notariat von Maître Alexandre Kerensky. Morgen früh um 6 Uhr schlagen wir zu. Fordert einige gewiefte Leute von der Brigade Financière aus Nizza an. Außerdem muss ein Vertreter der Notarkammer aus Nizza anwesend sein. Bitte keine Formfehler. Die Leitung übernehme ich selbst. Noch eine Frage: Was spricht man über dieses Notariat?«

Lieutenant Nguyén Thi-Xem, der bis dahin nur still mitgeschrieben hatte, meldet sich zu Wort:

»Ich habe mein eigenes Appartement in dieser Etude beurkundet. Alles war sauber und korrekt. Maître Kerensky eilt der Ruf voraus, er sei der Notar der Notare, das heißt, selbst wenn Notare in eigener Sache etwas beurkunden wollen, dann gehen sie zur Etude des Maître Kerensky. Er hat einen Ruf wie Donnerhall und gilt als überaus streng, penibel und sehr korrekt.«

»Gut, dann besorgt die notwendigen Dokumente und veranlasst alles Besprochene. Bis morgen!«, beendet Commissaire Flavio Carlucci seine Anwesenheit. Beim Verlassen des Sitzungssaals hört er noch ein fröhliches »masseltoff« von Capitaine Cohen und lächelt still in sich hinein.

Flavio Carlucci ist müde und hat Hunger. Er besteigt seine Vespa und fährt zu seinem Freund Commissaire Josse, der als Patron das »Café des Chineurs« in der Altstadt von Antibes betreibt.

8.

Palais de Justice
Nizza

Die Untersuchungsrichterin Lucia Carlucci hat sich gut in ihrer neuen Funktion eingelebt. Ihr Doyen ist ein überaus listiger, aber zugleich liebenswürdiger älterer Herr mit schadhafter Haarpracht. Er hat der neuen Richterin das Cabinet III unterstellt, da Lucia Carlucci die einzige neu vereidigte Magistratin ist, die schon als Pflichtverteidigerin am Palais de Justice in Paris gearbeitet hat und viel Erfahrung sammeln konnte. Die anderen neuen Magistraten kamen alle direkt von der Universität und von der ENM in Bordeaux und kennen nur ihre Gesetzbücher.

Das Cabinet III von Lucia Carlucci ist für alle ungeklärten Todesfälle zuständig.

Bandenverbrechen, also organisierte Kriminalität, untersteht dem Cabinet II unter dem erfahrenen Richter Marc-Aurel Tossanti. Der ist mit allen Wassern gewaschen und kennt Nizza, seit er laufen kann. Seine Großeltern flohen vor dem faschistischen Regime Mussolinis aus Bergamo in Norditalien.

Richter Marc-Aurel Tossanti steht der neuen Richterin gerne mit Rat und Tat zur Seite, wenn sie einmal die Zusammenhänge nicht sofort durchschaut. Sein Büro erinnert Lucia Carlucci stark an das ihres Vaters, als der noch Chef der Brigade de Repression du Banditisme am Quai des Orfèvres in Paris war. Es ist ein scheinbar wirres Durcheinander, doch Tossanti variiert und jongliert mit seine vielen Zettelchen, Tafeln, Stadtkarten von Nizza, seinen drei verschiedenen Computern geradezu virtuos. Abends schließt er sein Büro hermetisch ab wie einen Safe der Banque Nationale. Nicht einmal seine ihm treu ergebene Greffière lässt er dann noch in sein Heiligtum.

Vom Cabinet I des Doyen der Juge d'Instruction werden die eingehenden Fälle verteilt, verwaltet, registriert, abgelegt oder zur Anklage vorbereitet.

Das Cabinet IV ist gleich mit zwei Richtern besetzt. Hier werden nur Korruptions- und Vermögensdelikte bearbeitet. Die beiden Richter arbeiten Tag und Nacht und scheinen kaum ein Privatleben zu haben. Beim Mittagessen fragt Lucia Carlucci die beiden ausgefuchsten Richter, warum deren Cabinet hier eine Sonderrolle zu spielen scheint.

Die beiden Richter lachen herzlich: »Frau Kollegin, wir sind hier in Nizza. In dieser Stadt bewegt sich kein Stein, ohne dass vorher irgendwelches undurchsichtiges Geld geflossen ist. Nehmen Sie einmal den teuersten Parkplatz von Nizza. Er liegt direkt neben der wunderschönen Oper am Quai des Etats Unis. Ein seriöser internationaler Hotelkonzern wollte an dieser einzigen Baulücke an der Uferpromenade zwischen dem Flughafen von Nizza und dem alten Hafen ein Superhotel der Luxusklasse errichten. Es kam, wie es immer kommt, hier in Nizza. Erst einmal flossen Schmiergelder. Also wurde das Bauprojekt von uns gestoppt und nun haben wir den teuersten Parkplatz mit Meerblick an der Côte d'Azur. Und wir wühlen uns jetzt jahrelang gegen alle Widerstände durch die Akten. Wollen Sie noch mehr Beispiele? Alle Cabinets der Untersuchungsrichter am Landgericht Nizza zusammen bearbeiten circa 6.000 Fälle. Und wissen Sie, wie viele davon auf unser Cabinet fallen? Genau fünfzig Prozent!«

Im Cabinet V wird der tägliche Kleinkram, wie Raubüberfälle, Diebstähle, Einbrüche usw. mehr schlecht als recht verwaltet. Der zuständige Richter hat den Absprung zu einem höheren Richteramt längst verpasst und verwaltet seine Akten mehr oder weniger lustlos.

Ganz anders die Richterin des Cabinet VI, die für Jugendkriminalität zuständig ist. Die anderen Richter lästern gerne über diese resolute Dame, die mehr Sozialarbeiterin als Richterin zu sein scheint. Doch immer wieder wird sie von ihren »Kunden« enttäuscht.

Lucia Carlucci liest gerade den »Nice Matin« und trinkt ihren Café, den ihr ihre Greffière Annie Gastaud jeden Morgen bringt.

»Haben Sie diesen Skandal schon gelesen, der beim Débarquement von Napoléon I. in Golfe-Juan passiert ist? Haben die doch tatsächlich den Darsteller Napoléons erschossen.«

»Ja, ja, und wie ich hier gerade lese, ist mein alter Herr wieder mittendrin. Wissen Sie, Annie, man braucht meinem Vater nur einen Fettnapf hinzustellen. Auf zehn Kilometer riecht er ihn und tritt hinein.«

Beide lachen herzlich über die Missgeschicke des Commissaire divisionnaire Flavio Carlucci, als das Telefon klingelt. Die Chefin der Police Nationale von Cagnes-sur-Mer ist am Apparat und meldet den Todesfall eines 88-jährigen Mannes in der Altstadt des Vorortes von Nizza.

»Ist die Spurensicherung unterrichtet? Gibt es Hinweise auf Fremdverschulden?«, sind die ersten routinemäßigen Fragen der Greffière. »Gut, ich unterrichte Madame la Juge.«

Lucia Carlucci fährt mit dem Aufzug in die Tiefgarage und bahnt sich mit ihrem kleinen Peugeot den Weg durch die engen Gassen der Altstadt von Nizza. Nach wenigen Minuten ist sie auf der Promenade des Anglais und fährt am Flughafen vorbei auf die Route Nationale nach Cagnes-sur-Mer.

Madame la Juge d'Instruction Lucia Carlucci hat ihren ersten kleinen Fall.

9.

Abbaye de Lerins
Ile Saint-Honorat

Während Commissaire Marie-Antoinette Raibaut zusammen mit einigen Beamten der Kriminalpolizei von Cannes eine Hausdurchsuchung bei der Ehefrau des getöteten Notars in Mougins durchführt, weisen sich die Untersuchungsrichterin Colette Mouchard und der Commissaire divisionnaire Flavio Carlucci an der Anmeldung des Notariats Alexandre Kerensky in Antibes aus und präsentieren den Durchsuchungsbefehl.

Die Hausdurchsuchungen in Mougins, Stadtteil Saint Basile und die Durchsuchung des Notariates in Antibes verlaufen ohne das sonst übliche Geschrei der Betroffenen, da die Beamten sofort klarstellen, dass weder Madame noch Maître Kerensky Beschuldigte sind und die Durchsuchung nur der Aufklärung dieses mysteriösen Anschlags dienen soll.

Commissaire Raibaut findet nichts, was in irgendeinen Zusammenhang mit dem Anschlag in Verbindung gebracht werden könnte. Die prachtvolle Bibliothek des Notars ist gefüllt mit religiöser Literatur. Der Templerorden scheint den Notar besonders interessiert zu haben. Zahlreiche Reliquien aus dem 11. Jahrhundert finden sich im Haus.

Am Place Charles de Gaulle in Antibes beginnen Richterin Mouchard und Flavio Carlucci die notariellen Akten der letzten Jahre zu sichten. Capitaine Odette Sarazin-Ponti, Lieutenant Karim Ben Sousson und Lieutenant Nguyén Thi-Xem lassen sich ein freies Büro zuweisen und vertiefen sich in die laufenden und abgewickelten notariellen Akten. Sie werden unterstützt durch einige Spezialisten der Brigade Financière und einen Notar der Notarkammer von Nizza.

Während die Durchsuchungen in Mougins und Antibes laufen, verlässt ein großer, auffällig hagerer, schon in die Jahre gekommener Mann das Kloster auf der Ile Saint-Honorat und strebt der Chapelle St. Sauveur zu. Die Zisterziensermönche haben sich an den Anblick dieses schweigsamen alten Mannes gewöhnt. Jeden Morgen nach der Frühmesse geht der in einfache Kleider gewandete Mann in die Chapelle St. Sauveur.

Zielstrebig geht der Mann zu einem Beichtstuhl. Offensichtlich wird er schon von einem Beichtvater erwartet.

»Im Namen des Vaters, des Sohnes und des Heiligen Geistes, Amen«, flüstert der Mann durch das Gitter des Beichtstuhls.

»Mein Sohn, hast du gesündigt?«, fragt der Beichtvater.

»Ja, Frères Michel, ich möchte beichten. Ich habe eine Todsünde begangen und das Gebot ›Du sollst nicht töten‹ verletzt.«

»Dann beichte mein Sohn und Gott wird dir vergeben,«, antwortet Frères Michel.

Der alte Mann beginnt zu schluchzen: »Ich habe, wie es mir aufgetragen wurde, Napoléon und den Colonel getötet. Gott vergebe mir meine Schuld.«

»Du bist von aller Schuld befreit, mein Sohn, doch du wirst vor weitere Prüfungen gestellt werden. Bleibe in unserer Bruderschaft und du wirst sicher sein, bis der Herr dich zu sich ruft. Ego te absolvo in nomine patris et filii et spiritus sancti.«

Der alte Mann flüstert: »Amen«, steckt einen Zettel ein, den ihm der Mönch beim Verlassen des Beichtstuhls zusteckt und geht in seine bescheidene Kammer im Kloster der Zisterzienser zurück.

10.

Cagnes-sur-Mer
Hippodrome de la Côte d'Azur
Route Nationale 99
Boulevard de la Plage

Die Richterin Lucia Carlucci erreicht nach einer halben Stunde zügiger Fahrt das vergoldete, sieben Meter hohe Eingangstor zur zweitgrößten Pferderennbahn von Frankreich. Sie hat das riesige Areal schon bei der Landung ihres Flugzeuges aus Bordeaux bestaunt. Die am Flughafen Nizza landenden Flugzeuge sind nur noch circa zweihundert Meter hoch, bevor sie auf der Landebahn in Nizza aufsetzen.

Am Eingang zum Hippodrom stehen Fahrzeuge der Police Nationale von Cagnes-sur-Mer. Lucia Carlucci weist sich aus und wird von einem Flic höflich eingewiesen. Sie umrundet die Galopprennbahn und hält bei den gerade neu errichteten Stallungen der wertvollen Rennpferde an.

Sofort eilt ihr die Chefin der Police Nationale von Cagnes-sur-Mer entgegen und stellt sich als Commissaire divisionnaire Barbara Ghaleb vor. Ihre leicht bräunlich-gelbe Haut verrät ihre Herkunft. Sie scheint aus dem Maghreb zu stammen.

»Madame la Juge, ich bin mir nicht sicher, ob wir Sie nicht umsonst bemüht haben. Folgendes ist vorgefallen: Der pensionierte Colonel Maurice Le Gen ist von seinem eigenen Rennpferd, einem wunderschönen Vollbluthengst, zu Tode getrampelt worden. Das Opfer liegt noch in der Pferdebox. Ein Tierarzt musste das völlig verstörte Pferd erst mit einem Blasrohr betäuben. Ich rate Ihnen, nicht in die Box zu gehen, das Opfer sieht fürchterlich aus. Zwei meiner abgebrühtesten Beamten haben sich schon die Seele aus dem Leib gekotzt.«

»Commissaire, ich bin nicht ganz neu in dem Job, also lassen wir es uns angehen«, lächelt Lucia Carlucci.

Was sie da allerdings sieht, verschlägt der ehemaligen Pflichtverteidigerin am Palais de Justice von Paris nun doch die Sprache. Bei so mancher Obduktion von Leichen hatte sie schon anwesend sein müssen. Sie wird dennoch leicht grünlich im Gesicht, beherrscht sich aber unter Aufbietung eiserner Disziplin. »Den Gefallen tue ich der Flicette nicht und kotze in die Stallgasse«, schwört sie sich.

»Wie kann man denn noch feststellen, dass das Opfer tatsächlich der alte Colonel ist?«, will sie von den Stallburschen wissen.

»Madame la Juge, der Colonel kommt zweimal täglich, wenn keine Rennen sind, und hält sich stundenlang bei seinem geliebten Hengst auf. Er hat sich das Recht ausbedungen, ihn jeden Tag selbst zu füttern und zu pflegen«, erklärt einer der Stallburschen, außerdem erkenne ich ihn an seiner typischen Kleidung.«

Commissaire Ghaleb zieht die beim Toten sichergestellte Brieftasche aus einer Plastiktüte und bestätigt, dass es sich bei dem Opfer um den Colonel Maurice Le Gen handelt. Die Ausweispapiere, Kreditkarten sind bereits überprüft worden.

Der Stallmeister ergänzt: »Das gestatten wir normalerweise nicht, doch bei einem so hoch dekorierten Offizier und erstklassigen Pferdekenner haben wir halt eine Ausnahme gemacht. Der Hengst war unglaublich anhänglich und verschmust zu dem Colonel. Ich verstehe das nicht. Oft ist der Colonel mit dem Hengst auf die Wiese gegangen, um ihn ein bisschen weiden zu lassen. Eine kleine Longe benötigte er, sonst nichts. Das Pferd hatte keinerlei Hengstallüren und gehorchte auf Zuruf des Colonel.«

Lucia Carlucci wendet sich an die Polizisten: »Gut, dann entfernt die Leiche aus der Pferdebox und bringt sie in die Gerichtsmedizin. Ich ordne nur zur absoluten Sicherheit der Feststellung der Todesursache eine Autopsie an.«

Dann wendet sie sich an den Tierarzt: »Docteur, was kann den Hengst so verstört haben?«

»Das ist mir völlig unverständlich, Madame la Juge, aber ich werde den Hengst, sobald Sie mir erlauben, die Box zu betreten, ausführlich untersuchen. Vor allen Dingen werden wir eine eingehende Blutanalyse vornehmen. Wir machen das am besten sofort, bevor der Rabauke wieder aus der Narkose erwacht.«

»Gut, machen Sie das gleich, Docteur«, entscheidet Lucia Carlucci, »hoffentlich fängt er nicht wieder zu spinnen an, wenn er zu sich kommt.«

Der Docteur wiegt sorgenvoll sein graumeliertes Haupt: «Dann wird es tragisch.«

»Warum?«, will Commissaire Ghaleb wissen.

»Weil wir dann das Tier einschläfern müssen, bevor wir die Ursache seines Tobsuchtsanfalls gefunden haben, und ihm nicht helfen können. Es ist ein sehr wertvolles Tier, das schon viele Preise gewonnen hat. Der Hengst war sogar schon einmal Dritter im Prix d'Arc de Triomphe in Paris.«

»Also hier können wir nichts mehr tun, Madame Divisionnaire, wir sollten uns einmal in der Wohnung des Opfers umschauen.«

Barbara Ghaleb ist leicht angesäuert: So ein Aufwand wegen eines verrückten Gauls.

»Gut, Madame la Juge, das Opfer wohnt hier gleich um die Ecke, in der Marina Baie des Anges in Villeneuf-Loubet. Ich habe die Schlüssel zu seinem Appartement. Wenn Sie mir bitte mit Ihrem Wagen folgen wollen?«

Zu ihren Beamten gewandt, gibt die Commissaire die Anweisung, dass zwei Mann weiterhin den Tatort sichern und vier Mann ihr in ihrem Mannschaftswagen folgen sollen. Dann besteigt Commissaire divisionnaire Barbara Ghaleb ihren Dienstwagen, schaltet das Blaulicht ein und fährt den anderen Fahrzeugen voraus zu der riesigen Marina, die nur wenige Kilometer vom Hippodrome entfernt hoch aus dem Meer ragt.

Mit sechs Beamten der Police Nationale und einigen herbeigerufenen Spezialisten der Spurensicherung der Police Scientifique von Nizza durchsucht die Richterin Lucia Carlucci das Appartement des Colonel in der 16. Etage der Marina Baie des Anges.

Die Wohnung hat einen großen Salon, eine sehr schön eingerichtete

Bibliothek, ein Schlafzimmer, ein großes Bad und eine luxuriöse Küche mit einer Bar, die zum Speisen genutzt wurde. Der Colonel lebte hier offensichtlich alleine.

Die Wände des Salons und der Bibliothek sind geschmückt mit Urkunden, Orden, Ehrenzeichen, dem Offiziersdegen der Militärakademie von Saint-Cyr, Regimentsfahnen und schon leicht verblichenen Bildern, die das Opfer bei der Landung in der Normandie im Jahre 1944, während des Indochinakrieges in Dien Bien Phu und im Algerienkrieg zeigen.

Doch seine ganze Liebe schien seinem Pferd gegolten zu haben. Er ließ den Hengst sogar in Öl malen und dekorierte die Wände seiner Bibliothek mit den Preisen, die das wertvolle Pferd schon auf den Rennbahnen Frankreichs gewonnen hatte.

Auf der Terrasse, von wo aus man einen atemberaubenden Blick über die ganze Côte d'Azur hat, stehen einige Trimmgeräte und Laufbänder herum, die absolut den Eindruck machen, dass der alte Herr sich trotz seines hohen Alters von nun doch schon 88 Jahren noch täglich fit hielt.

»Scheint ein alter Haudegen gewesen zu sein,« lächelt einer der Spurensicherer. »Da stürmt der Kerl im Kugelhagel der Boches die Sandstrände der Normandie, gerät in die Hölle von Dien Bien Phu, überlebt den blutigen Krieg in den Kabylen von Algerien und dann wird der Mann von seinem meschuggenen Gaul in der Pferdebox erschlagen. Das ist doch nicht zu fassen!«

Ein Offizier der Police Scientifique wendet sich an Lucia Carlucci:

»Wir haben alles durchsucht, es gibt keine Anzeichen von Fremdverschulden, ich weiss nicht, was wir hier noch sollen.«

»Gut, Capitaine, dann stellen Sie bitte den letzten Briefverkehr und seine persönlichsten Wertgegenstände sicher, machen Sie noch einige Fotos vom Appartement und versiegeln Sie dann die Türen. Alles zusammen leiten Sie dann zu mir in das Cabinet III der Untersuchungsrichter in Nizza weiter. Konnten Sie feststellen, ob der Mann Angehörige hat?«

»Dafür gibt es keine Anzeichen, Madame la Juge.«

»Informieren Sie bitte noch den Concierge, dass vorerst niemand die Wohnung betritt, und sagen Sie ihm, wenn die Untersuchung abgeschlos-

sen ist, wird sich der Nachlasspfleger mit ihm wegen der Wohnungsauflösung in Verbindung setzen.«
»Oui, Madame la Juge.«

11.

Café des Chineurs
Place Audibert
Altstadt von Antibes

Flavio Carlucci ist glücklich. Heute hat er endlich die Zeit gefunden, die »Lady Nabila« aus der Werft zu holen und zusammen mit seinem Freund Olivier Petacci an ihrem alten Liegeplatz im Port Vauban in Antibes festzumachen.

Olivier Petacci hat mit seinem Lieferwagen die ganzen Klamotten Flavios und den fluchenden Papageien »Rossini« zur Segelyacht gefahren. Den ganzen Vormittag waren die beiden alten Freunde dabei, das Boot wieder einzuräumen.

»Rossini« hat sich aufgeplustert, als er seinen alten Platz auf dem Mast des Segelbootes einnahm. Wie nicht anders zu erwarten gewesen war, begann »Rossini« sofort mit einer wüsten Tirade an italienischen Flüchen: »Porca miseria, cazzo, cazzo, quel coglione!« Die angrenzenden Bootsbesitzer hatten ihr Maskottchen schon vermisst und amüsieren sich nun köstlich. Denn eines ist sicher: Wenn dieses Mistvieh wieder da ist, dann steht die schönste Jahreszeit an der Côte d'Azur unmittelbar bevor.

Flavio und Olivier erfrischen sich nach getaner Arbeit und bedienen sich auch reichlich aus der von Oliviers Ehefrau Clara frisch aufgerüsteten Bar im Boot. Es kommt Stimmung auf, der Martini fließt schon kräftig, die Pfeife Petaccis verströmt ein köstliches Aroma und Flavio erfreut sich der ungefähr 30. Zigarette seiner Lieblingsmarke Gitanes Maïs.

Sie beeilen sich, denn um die Mittagszeit will Lucia Carlucci in das Café de Chineurs kommen, um die Saison mit ihrem Vater bei einem köstlichen Mittagessen einzuweihen.

Commissaire Josse, der Patron des Café des Chineurs, hat es sich nicht nehmen lassen, seinen Koch Momo auf den Markt zu schicken, um frische Muscheln einzukaufen. Heute gibt es zuerst eine ordentliche Fischsuppe mit viel Knoblauchaufstrich auf den getrockneten Brötchen und dann Moules an einer Currysauce. Dazu einen riesigen Teller Salat an Meeresfrüchten, garniert mit geräuchertem Lachs aus dem Atlantik.

Mehrere Flaschen Rotwein aus Bandol stehen schon auf dem für Flavio reservierten Tisch, als die Freunde zeitgleich mit Lucia Carlucci eintreffen. Nénette kommt kurze Zeit später in dem Bistro am Place Audibert an; sie hatte noch zu tun im Commissariat in Cannes.

Als Commissaire Josse das Mahl eröffnet, sind die Freunde schon bester Stimmung. Momo hat sich wieder einmal selbst übertroffen. Einige Gäste können das Meckern nie lassen, wenn Flavio zwischen den Gängen eine seiner geliebten Gitanes Maïs raucht. Doch heute stört ihn das wenig. Die Sonne, der Alkohol und das gute Essen heben seine Stimmung enorm.

Natürlich wird auch über das »Geschäft« gelästert. Den russischen Oligarchen haben die Schlafmützen von Interpol immer noch nicht gefunden und Nénette hat auch keine Ahnung, wonach sie bei den sichergestellten Unterlagen von Maître Kerensky suchen soll. Da der Notar russische Vorfahren hat und noch ganz gut russisch sprach, war er natürlich der Lieblingsnotar aller Russen geworden, die sich an der Côte d'Azur eine Villa gekauft haben. Daraus ergaben sich jedoch für die Ermittlungen keinerlei Anhaltspunkte. Schon eher für die Finanzpolizei, denn die Herkuft der Gelder, mit denen die Villen gekauft worden waren, war oft unklarer »Genese«, wie Nénette unter dem Gelächter ihrer Freunde sich spöttisch auszudrücken pflegte.

Auch Lucia Carlucci hatte ihren ersten größeren Fall beizusteuern. Neben den üblichen Schießereien und Messerstechereien in den Banlieues von Nizza, die in der Regel nichts anderes als »Règlement des comtes« unter Gangstern aus dem Milieu sind, erzählt sie von dem meschuggenen Hengst, der seinen Herrn und Meister zu Tode getrampelt hat.

Commissaire Josse horcht auf und unterbricht bei der Nennung des

Namens des Opfers sein genüssliches Schlürfen der Muscheln. »Wie hieß der alte Mann, Lucia?«, will Commissaire Josse wissen.

»Colonel Maurice Le Gen, warum? Kennst du den Mann etwa?«, fragt Lucia Carlucci erstaunt.

Commissaire Josse nimmt einen großen Schluck Wein, seine Miene verfinstert sich zusehends:

»Wenn das der Kerl ist, den ich meine, dann hat es eine üble Ratte erwischt. Wir Polizisten von der Police Nationale hatten in Algier gegen Ende des Algerienkrieges die Übersicht komplett verloren. Täglich gab es Bombenterror und Attentate auf die Zivilbevölkerung. Da hat das militärische Oberkommando unter Général Salan die sogenannten Schildkröten zu Hilfe gerufen. Das war eine ganz üble Truppe, die schon im Indochinakrieg, dann in Oran und in den Dörfern der Kabylen furchtbare Massaker unter der Zivilbevölkerung verübt hatte. Dieses Regiment von Folterknechten stand unter dem Kommando eines verfluchten bretonischen Hurensohnes namens Le Gen. Der ist mit seinem Regiment in die Stadt Algier eingerückt und hat den Ausnahmezustand verhängt. Dann riegelte seine Mörderbande die Kasbah ab und durchkämmte Haus für Haus. Männer, Frauen und Kinder wurden in die Kaserne der »Schildkröten« verschleppt und dort auf das Übelste gefoltert.«

Jetzt wird die Runde schweigsam, die Stimmung ist futsch, denn Commissaire Josse spricht von einem der dunkelsten Kapitel der französischen Geschichte. Mit kalter Wut erzählt er von den Verbrechen der französischen Soldaten an der algerischen Zivilbevölkerung.

»Das war einer der Hauptgründe, warum wir Algerien verloren haben. Ihr müsst euch einmal vorstellen, viele Offiziere der französischen Armee, die schon in der Normandie und in Indochina für Frankreich gekämpft hatten, waren doch algerischer Abstammung. Als die sahen, wie ihre eigenen Kameraden mit ihren algerischen Landsleuten umgingen, desertierten viele bestens ausgebildete Offiziere algerischer Abstammung und wurden zu Anführern der Aufständischen. Ihr könnt euch vorstellen, dass diese Offiziere natürlich alle Taktiken der französischen Armee bestens kannten und sie so am besten bekämpfen konnten. Deshalb haben wir Algerien verloren.«

»Und was ist dann aus diesem Regiment geworden, nachdem ihr aus Algerien flüchten musstet?«, fragt Lucia Carlucci den sichtlich aufgewühlten Commissaire Josse.

»Général de Gaulle hat das einzig Richtige gemacht: Er hat das gesamte Regiment aufgelöst. Er wollte sogar die schlimmsten Folterknechte vor ein Kriegsgericht stellen, doch da hat die OAS gemeutert. Es gab Attentate auf de Gaulle, wie das in Petite Clamart, das der Général nur knapp überlebte. Als dann am 28. Mai 1968 von den Gewerkschaften der Generalstreik ausgerufen wurde und sich die Studenten der Sorbonne zusammen mit den Arbeitern eine blutige Straßenschlacht im Quartier Latin in Paris mit der Bereitschaftspolizei CRS lieferten, musste de Gaulle nach Baden-Baden flüchten. Er suchte Schutz bei dem Fallschirmjägergeneral Massu, den er gut kannte. De Gaulle bat Général Massu um Unterstützung zur Niederschlagung der Unruhen in Paris. Der alte Fuchs Massu sagte zu, aber stellte eine Bedingung. Nämlich die Begnadigung sämtlicher OAS-Offiziere. So wurde diesen Hurensöhnen nie der Prozess gemacht und sie sind in Ehren verabschiedet worden. Und de Gaulle war gerettet.«

Flavio Carlucci fügt noch an: »Dann haben diese Verbrecher in Ruhe ihre fürstliche Rente bezogen und Einzelne haben sogar eine rechtsextreme Partei gegründet. Darunter war auch der Drecksack Le Gen.«

Commissaire Josse knurrt noch böse hinterher: »Sollte mich gar nicht wundern, wenn ihm einer der Söhne der Gefolterten heute noch nach dem Leben trachtet und sich für dessen Schandtaten an seiner Familie rächen wollte.«

»Und das nach so langer Zeit?« Lucia Carlucci zweifelt daran.

»Mädchen, du kennst die Beurs nicht, die sind nachtragend wie eine alte Kuh aus dem Limousin.« Commissaire Josse glaubt nicht an einen Unfall auf dem Hippodrome von Cagnes-sur-Mer.

Gerade als Lucia erwidern will, summt ihr Handy. Der Tierarzt der Pferdeklinik auf dem Hippodrome meldet sich:

»Madame la Juge, es ist etwas eingetreten, das wir nicht voraussehen konnten. Der Hengst ist nicht mehr aus der Narkose erwacht und verendet. Die Blutanalyse hat eindeutig ergeben, dass der Hengst auf Grund einer Tollwutinfektion einen Rasereianfall hatte. Wir haben das Tier genau untersucht. Es gibt eine Wunde in den Nüstern. Die stammt eventuell nicht von dem Biss eines tollwütigen Fuchses, sondern von einer Injektion.«

»Das heißt also, jemand hat das Pferd mit dem Tollwutvirus mittels einer Spritze infiziert?«

»Genau, Madame la Juge, jetzt haben wir eine Riesensauerei auf dem Hippodrome, denn nach dem Seuchengesetz müssen wir sämtliche Pferde aus diesem Teil des Stalles in eine dreimonatige Quarantäne nehmen.«

Lucia Carlucci ist tief beunruhigt: »Das benötige ich alles schriftlich. Auf keinen Fall darf das verendete Tier in die Verwertungsanstalt. Sorgen Sie dafür, dass der Kadaver irgendwo kühl gelagert wird. Sie bekommen die entsprechenden richterlichen Anweisungen noch heute Nachmittag.««

»Schade, Ihr habt's ja gehört, ich muss sofort zurück nach Nizza«, entschuldigt sich Lucia Carlucci und wendet sich zum Abschied an Commissaire Josse. »Deine kleine Geschichtsstunde hat mir sehr geholfen. Du hattest recht, den alten Colonel hat wahrscheinlich doch noch seine widerliche Vergangenheit eingeholt.«

»Der Nachmittag ist wohl gelaufen«, seufzt Flavio und wendet sich an Nénette und Olivier Petacci. »Ich wollte doch heute nach dem Essen die diesjährige Jungfernfahrt mit der »Lady Nabila« machen.«

»Daraus wird sowieso nichts«, keucht der soeben in das Lokal hereinstürzende Commandant Bixente Isetegui. Er hatte wohl die letzten Worte von Lucia Carlucci mitbekommen. Der Stellvertreter von Commissaire Flavio Carlucci wirft sich krachend auf den freiwerdenden Stuhl, sodass Commissaire Josse schon Angst um seine Möbel bekommt.

»Wenn du Walross dich so auf meine Stühle wirfst, dann bin ich bald ruiniert. Könnt ihr alten Rugby-Piliers euch nicht wie normale Mitteleuropäer in einem Lokal bewegen?««

Bixente Isetegui grinst unter seinem riesigen Schnauzbart: »Und nun kommt der Witz des Tages.»

Er schnappt sich eine der Flaschen Rotwein aus Bandol und setzt sie sich, ohne zu fragen, an den Mund. Staunend beobachten die Freunde um Flavio herum, wie Bixi, wie sie ihn alle nennen, die Flasche in einem Zug leer trinkt.

»So, jetzt geht es mir besser. Patron, während die Penner von Interpol den russischen Oligarchen in der ganzen Welt suchen, finden unsere Dorfpolizisten von der Police Municipale den Kerl in der Präsidentensuite im Hotel Eden Roc auf dem Cap d'Antibes.«

»Das ist wirklich ein Hammer«, lächelt jetzt auch Flavio Carlucci über seinen über alles geschätzten Weggefährten seit fast fünfundzwanzig Jahren. »Dann sollen die Flics den Kerl doch festnehmen und ihn in das Commissariat bringen. Am Montag habe ich wieder Dienst, bis dahin kann er ja in unserer Suite im Keller übernachten.«

»Da ist nur ein kleiner Haken, Patron«, grinst Bixi genüsslich. Offensichtlich hat der schlitzohrige Baske das Beste noch für sich behalten.

»Die Leibwächter des russischen Clowns haben die armen Dorfpolizisten erst verprügelt und dann ohne ihre Uniformen aus dem Hotel geworfen.«

Schallendes Gelächter dröhnt durch das Café des Chineurs. Die Gäste drehen sich befremdet nach den Verursachern des Lärmes um und haben schon wieder einen Grund, sich beim Kellner zu beschweren.

Flavio Carlucci gluckst immer noch in sich hinein: »Bixi, dann regeln wir beide das eben wie in alten Zeiten, einverstanden?«

Jetzt protestiert Nénette heftig: »Flavio, für so einen Scheiß bist du doch wirklich zu alt. Hinterher kann ich dich wieder pflegen. Alarmiere das Sondereinsatzkommando der GIPN, die sind doch für so etwas ausgebildet.«

Bixi kann es sich nicht verkneifen: »Patron, bitte, lassen Sie uns das machen, wir werden sicher ein bisschen Spaß dabei haben.«

Flavio Carlucci kennt Bixente Isetegui nun schon lange genug und will ihm diesen Wunsch nicht abschlagen. Und so machen sich die beiden Polizeioffiziere unter dem Protest ihrer Freunde auf den Weg, besteigen den Streifenwagen und fahren über den Boulevard Amiral de Grasse auf das Cap d'Antibes.

12.

Hotel Eden Roc
* * * * *
Cap d'Antibes

Commandant Bixente Isetegui steuert den Streifenwagen der Police Nationale durch das mächtige Tor des weltberühmten Hotels. Er kennt sich hier gut aus, denn während des Filmfestivals in Cannes wohnen hier viele Hollywoodstars, da sie hier vom Trubel und der Aufdringlichkeit der vielen Fotografen gut geschützt sind. Die Police Nationale von Antibes stellt an diesen turbulenten Tagen die Sicherheit rund um das Hotel her.

Das altehrwürdige Hotel im Stil der Belle Époque liegt auf einem riesigen Areal auf der Westseite des Caps. Links von der repräsentativen Auffahrt befinden sich die Garagen und die Wohnungen der Bediensteten. Rechts fährt man vor dem schlossähnlichen Hotelkomplex vor.

Flavio Carlucci und Bixente Isetegui steigen aus und kümmern sich erst einmal um die hauptsächlich in ihrem Stolz verletzten Dorfpolizisten von Antibes.

»Jungs, das haben diese russischen Banditen nicht umsonst mit euch gemacht«, tröstet Flavio Carlucci die Polizisten. »Zieht euch wieder ordentlich an und bereitet euch auf einen zweiten Angriff vor.«

»Aber Patron, das glauben Sie doch selbst nicht, dass wir mit diesen Figuren die russischen Mafiosi einkassieren können«, entsetzt sich Bixente Isetegui.

»Bixi, das verstehst du baskischer Ochse nicht, das ist Psychologie«, grinst Flavio Carlucci. »Hast du mir wenigstens meine Knarre mitgebracht?«

Ohne weitere Worte öffnet Bixente den Kofferraum des Streifenwagens und holt einen grauen Stahlkoffer heraus. Auf der Motorhaube des Streifenwagens öffnet Flavio Carlucci den durch eine Zahlenkombination geschützten Stahlkoffer, entnimmt ihm eine sehr gepflegte Beretta Kaliber 9 mm. Diese Waffe hat er von seinen ehemaligen Kollegen in Paris zu seinem 50. Geburtstag geschenkt bekommen, sie ist ein besonderes Schmuckstück. Es ist eine ganz seltene Millennium-Ausgabe, die nur in nummerierter, begrenzter Stückzahl zum Jahrtausendwechsel von Beretta gebaut worden ist. Flavio schiebt ein Magazin mit fünfzehn Schuss Munition in den Griff und lädt die Waffe durch. Dann entnimmt er dem Koffer noch ein zweites voll aufmunitioniertes Magazin und schiebt sich die Waffe in den Gürtel.

»So Jungs, seid ihr bereit? Wir holen uns den Kerl. Schusswaffengebrauch im Notfall erlaubt. Wir versuchen es aber lieber erst einmal ganz freundlich. Alles klar?«

Die geschundenen Seelen der Dorfpolizisten sind von Flavios Taktik gesalbt und die Jungs sind jetzt fest entschlossen, sich diese zweite Chance nicht entgehen zu lassen. Jeder andere Vorgesetzte hätte sie davongejagt und ein Sondereinsatzkommando alarmiert. Damit wäre die Blamage für die einfachen Flics von Antibes komplett gewesen. Eben diese psychologischen Fähigkeiten, gepaart mit persönlichem Mut, haben Flavio Carlucci in seinen Positionen als Patron immer die absolute Loyalität seiner Mitarbeiter eingebracht.

»Attacke!«, grinst Flavio Carlucci und stürmt mit den Flics von Antibes in die Lobby des herrlichen Palais.

Er greift sich als Erstes den Concierge: »Wo ist Oleg Abramowitsch Walunjin? Klare Antwort, sofort, oder du gehst in den Bau. Klar?«

Bixente greift mit seinen Pranken nach dem Concierge und knurrt: »Los, du Pinguin, wir essen zeitig!«

»Aber Messieurs, der Gast wohnt doch nicht im Palais, sondern im Bungalow neben dem Pool,«, stammelt der Concierge.

»Und mit wem habt ihr euch dann herumgeprügelt?«, wendet sich Flavio Carlucci an die Flics.

»Die Polizisten waren vor der Präsidentensuite im Haupthaus und sind auf die Security-Leute eines amerikanischen Rappers gestoßen«, grinst der Concierge jetzt wieder frech und voller Schadenfreude. »Wir haben doch gerade die Music Awards in Cannes und Monaco«.

»Ihr Arschlöcher«, knurrt Bixente Isetegui die Flic an, » Abmarsch, in die Fahrzeuge, wir fahren zum Bungalow.«

Vor dem Bungalow neben den herrlichen Poolanlagen des Hotels Eden Roc stehen drei gepanzerte Mercedes-Geländewagen mit russischen Nummernschildern.

»Hier sind wir richtig, Jungs«, beschwichtigt Flavio Carlucci die bis auf die Knochen blamierten Flics von Antibes. »Jetzt schnappen wir uns den Kerl!«

Commissaire Flavio Carlucci stürmt mit seinen Leuten in das prächtige Foyer und schnappt sich den ersten Angestellten, der ihm über den Weg läuft.

»Wo ist Oleg Abramowitsch Walunjin? Ich frage nur einmal, klar?«

»Der Gast befindet sich am Pool. Darf ich erst einmal Ihre Ausweise sehen, meine Herren?«

»Hier ist mein Ausweis, du Esel.« Bixi ist jetzt richtig geladen. Er schnappt sich den Butler und hängt ihn an die Garderobe.

Von dort oben hat der indignierte Butler des Poolhauses dann einen erstklassigen Ausblick auf den Ausweis und die Polizeimarke von Bixente Isetegui, die der ihm vor die Nase hält.

Sie lassen ihn dort hängen und streben dem Pool zu. Vier bärenstarke, finstere Typen mit schwarzen Lederjacken und Dreitagebärten stellen sich den Polizisten entgegen.

»Jetzt habe ich aber die Schnauze voll.« Commandant Bixente Isetegui war in seiner Jugend ein berühmter und gefeierter Pilier bei der Rugby-Nationalmannschaft »XV de France«.

Er breitet seine bärenstarke Arme aus und bittet Flavio Carlucci, die im Rugby üblichen Kommandos des Schiedsrichters zu geben.

Commissaire Carlucci will sich ausschütten vor Lachen, denn er weiß ja, was jetzt kommt.

Jeder sportbegeisterte Franzose kennt das Kommando des Schiedsrichters eines Rugbyspiels. Und so pfeift Flavio Carlucci durch die Zähne und gibt das Kommando:

»**Crouch, touch, pause … Engage.**«

Bixente Isetegui zieht den Kopf zwischen die mächtigen Schultern, geht in die Knie und schnellt mit einer ungeheuerlichen Sprungkraft gegen die völlig überraschten Leibwächter des Oligarchen an. An den Armen von Bixi hängen nun etwa 400 Kilo Muskeln. Die rammt Bixi mit Schwung und seinem eigenen Körpergewicht von 120 Kilo drei Schritte zurück, bis die Herren das Gleichgewicht verlieren und im Pool des Hotels Eden Roc landen.

Commissaire Flavio Carlucci kann sich ein Lächeln nicht verkneifen: »Bixi, wie er leibt und lebt«. Dann wendet er sich an Oleg Walunjin, der konsterniert von seiner Liege aus das Geschehen verfolgt.

»Monsieur Walunjin, Sie sind verhaftet. Hier ist der richterliche Befehl. Ziehen Sie sich etwas an.« Dann wendet sich Flavio Carlucci den Flics zu. »Los, Jungs, macht eure Arbeit! Handschellen, dann ab mit ihm in das Commissariat in der Rue des Frères Olivier.

Der Rest der Truppe fischt diese Idioten aus dem Pool und verschnürt sie. Die sind vorläufig festgenommen. Bixi, wir beide durchsuchen die Suite des Herrn. du hast deinen Spaß gehabt, jetzt wird gearbeitet.«

Bixente Isetegui strahlt über das ganze Gesicht: »Klar, Patron.«

13.

Palais de Justice
Nizza

Im Cabinet III der Untersuchungsrichter von Nizza häufen sich die Akten. Richterin Carlucci hat von der Kriminalpolizei sämtliche Dossiers angefordert, die man über den offensichtlich ermordeten Colonel Le Gen überhaupt nur finden kann.

Je länger sie in den Akten gräbt, desto finsterer wird ihr Bild von diesem angeblichen Kriegshelden. Er war sicher nicht der einzige französische Soldat, der sich im Algerienkrieg menschenrechtswidrig gegen die Zivilbevölkerung benommen hat. Schlimm ist für die junge Richterin aber, dass ehemalige Offiziere der Résistance während der deutschen Besetzung Frankreichs selbst in Gestapohaft gefoltert wurden und dann eben diese durch die Deutschen erlittenen Foltertechniken an ihren algerischen Landsleuten praktizierten.

Einen Anhaltspunkt für einen Revancheakt kann sie aber beim besten Willen nach so langer Zeit nicht mehr ermitteln. Viel interessanter ist die politische Karriere dieses Folterknechts in den siebziger und achziger Jahren. Colonel Le Gen schloss sich einer faschistischen, rechtsreaktionären Bewegung an und wurde auch in den Vorstand dieser Ewiggestrigen gewählt.

Also ruft sie den Direktor der Niçoiser Kriminalpolizei, Dennis Melano, die Polizeichefin von Cagnes-sur-Mer, Commissaire divisionnaire Barbara Ghaleb, und den Chef des Inlandsgeheimdienstes (Renseignement Généreaux) für das Département Alpes Maritimes, Directeur Adrian de Groot, zu einer Konferenz zusammen.

Als sich der massige Dennis Melano in den Sessel des Konferenztisches fallen lässt, ist die kleine Runde vollständig.

Richterin Lucia Carlucci informiert die drei hohen Polizeioffiziere über ihre Ermittlungsergebnisse und weist dann die Beamten an, das Mordmotiv in der politischen Vergangenheit des Tatopfers zu suchen.

Der feingliedrige de Groot wackelt bedenklich mit dem Kopf.

»Was? Haben Sie Einwände, Monsieur de Groot?«, will Lucia Carlucci wissen.

»Madame la Juge, diese Bande hat doch heute noch ein Wählerpotential von fast 15 %, auch wenn die wirklichen Pieds- noir langsam aussterben. In jedem Land gibt es aber einen Bodensatz von rechtsreaktionären Schwachköpfen, die mit ihren verqueren Parolen sogar bei den Jungen Anklang finden.«

»Also was?« Lucia Carlucci wird jetzt langsam unwirsch. Sie ist ganz der Vater. Die heißblütigen sizilianischen Gene schlagen voll bei ihr durch.

»Ich meine nur«, wendet der bedächtige de Groot vorsichtig ein, »dass wir womöglich in ein politisches Wespennest stoßen könnten.«

»Aha, daher weht der Wind.« Dennis Melano klatscht sich auf seine vom Rugby gestählten Schenkel. Er hat früher zusammen mit Bixente Isetegui in der »XV de France« gespielt. »Ihr Scheißkerle vom Geheimdienst habt schon wieder die Hosen voll. Das war Alain Costa scheißegal, das war Flavio Carlucci scheißegal und mir ist das schon dreimal scheißegal. Ich wollte diesen Scheißjob als Direktor der Kripo von Nizza ohnehin nicht haben. Er stand Flavio Carlucci zu, aber nein, der ist so gescheit und nimmt solche Jobs erst gar nicht mehr an, seit sie ihn Paris so verarscht haben.«

Jetzt meldet sich Barbara Ghaleb zu Wort: »Madame la Juge, meine Herren, ich hatte es als dunkelhäutige Maghrebinerin nicht leicht, eine solche Karriere in Frankreich zu machen, doch durch solche rassistischen Drecksäcke haben meine Eltern als frankreichtreue algerische Bürger ihre Heimat verloren. Also, wenn es einen politischen Hintergrund gibt, dann bin ich dabei.«

Lucia Carlucci lächelt: »Und ich bin ohnehin keine politische Beamtin, die irgendwelchen Weisungen unterliegt. Im schlimmsten Fall habe ich mich vor dem Disziplinargerichtshof zu verantworten und die können mir gar nichts, solange ich keine Verfahrensfehler mache. Napoléon war ein kluger Mann, als er 1811 das Amt des Untersuchungsrichters geschaffen hat. Er wusste, dass man die Richter und Staatsanwälte jederzeit politisch unter Druck setzen konnte, aber einen Untersuchungsrichter eben nicht.«

Gerade als sich die Feinabstimmung der Ermittlungsaufträge dem Ende zuneigt, klopft es an der Tür und die Greffière Anni Gastaud kommt mit einer Meldung herein.

»Da war ein merkwürdiger Anruf des Chefpathologen der Universitätsklinik von Nizza bei dem zuständigen Commissariat. Die haben eine Leiche zu viel in ihren Gefrierschränken.«

Dennis Melano haut mit seiner Pranke auf die Tischplatte, dass die Kaffeetassen tanzen.

«Nicht einmal vor diesen Scheiß-Gerichtsmedizinern hat man seine Ruhe. Sind die zu blöde, ihre Kunden zu zählen?«

»Monsieur Melano, seien Sie doch bitte nicht immer so vulgär«, ermahnt ihn lächelnd Lucci Carlucci, die schon viel von ihrem Vater über den Chef der Kripo von Nizza gehört hat. Er ist ein erstklassiger, vielleicht etwas phlegmatischer, aber überaus gradliniger Charakter, der beste Kontakte zu den italienischen Behörden hat. Deshalb hat man ihn auch auf Empfehlung von Flavio Carlucci, dem man diese Stelle auch angeboten hatte, in diese Position berufen.

»Also ich fahre jetzt in mein Büro in die Roquebillière und gebe meine Anweisungen an die zuständigen Beamten in Sachen Le Gen. Dann komme ich in die Uniklinik. Den Spaß lasse ich mir nicht entgehen. Wer ist der zuständige Sachbearbeiter?«, will er noch von Annie Gastaud wissen, nimmt sie in seine Arme und hebt sie etwa 15 Zentimeter über Bodenhöhe, um ihr ein Küsschen auf die Wange drücken zu können, ohne sich bücken zu müssen.

Annie Gastaud ist das Benehmen dieses gutmütigen Rüpels sehr wohl bekannt, so lacht sie herzerfrischend: »Lass mich runter, du Riesenbaby, es ist ein Capitaine Girardot von der Police Judiciaire.«

Die einzige Antwort von Dennis Melano beim Verlassen des Büros der Richterin ist:

»Ausgerechnet dieses Arschloch. Kotzt mich das alles heute wieder an!«

»Tja, so ist er halt, unser lieber Dennis Melano, immer herzerfrischend«, lacht Lucia Carlucci und verabschiedet die Teilnehmer der Konferenz.

14.

Universitätsklinik
Institut für Rechtsmedizin
Nizza

Der Direktor des Instituts für Rechtsmedizin an der Universität von Nizza entspricht nicht den in Fernsehserien gerne dargestellten abgefeimten Zynikern mit schlechten Manieren und den ewig dummen Witzen über ihre Arbeit. Professeur Jean-Baptiste Astier ist ein durchgeistigter Wissenschaftler von großem internationalem Ansehen. Seine Gutachten werden von den Gerichten sehr geschätzt, weil sie von hohem rechtswissenschaftlichem und medizinischemSachverstand zeugen.

Professeur Astier wird auch sehr von seinen Studenten geschätzt, weil er äußerst respektvoll mit den Toten umgeht und seine Studenten vorsichtig und einfühlsam in die schwierige Materie dieser Wissenschaft einführt. Nie hört man von ihm abfällige Bemerkungen über seine »Patienten«, wie er die Leichen, die auf seinen Tisch kommen, bezeichnet.

So hat sich in diesem Institut ein Klima von Ruhe, Gelassenheit und Ehrfurcht vor den Toten eingebürgert, die sich durch die Ausstrahlung dieses Wissenschaftlers auf das gesamte Personal und die Studenten übertragen hat.

»Ich fühle mich als Anwalt meiner Patienten,«, erklärt der hochgewachsene und schlanke Wissenschaftler der neuen Untersuchungsrichterin Lucia Carlucci. »Seine feingliedrigen, gepflegten Hände könnten auch zu einem Pianisten passen«, denkt Lucia Carlucci.

Doch heute scheint die von Professor Astier so geschätzte Ordnung und Ruhe in seinem Institut aus allen Fugen geraten zu sein. Der Direktor hat seine Oberärzte, sein Hilfspersonal, von den Schreib- und Verwaltungsangestellten bis zu den Leichenwäschern, in dem großen, steril anmutenden Sezierraum des Instituts versammelt.

Den ganzen Vormittag befragt er nun schon seine Mitarbeiter, wie so eine Ungeheuerlichkeit geschehen konnte. Alle Akten, Ein- und Ausgangsbücher werden geprüft.

Capitaine Alain Girardot ist mit diesem Fall sichtlich überfordert. Er will so gar nicht in diese Atmosphäre passen. Er ist ein rauer Geselle, der sehr hart und rücksichtslos mit den Gangstern der Niçoiser Unterwelt umgeht. Dabei rutscht ihm auch gerne einmal die Hand aus. Alles in allem ein äußerst unangenehmer Zeitgenosse, wie Lucia Carlucci sofort mit instinktiver Abneigung zur Kenntnis nimmt.

So nimmt sie sehr bald das Ruder in die Hand und verbittet sich erst einmal diese Art der Befragung durch den Capitaine der Police Judiciaire. Dies führt umgehend zur Versachlichung, wie von Professor Astier wohltuend bemerkt wird.

»Herr Professor, bitte erlauben Sie mir, noch einmal in aller Ruhe den Verlauf und die Umstände des Fundes dieses Toten zu rekonstruieren. Wie läuft so etwas denn normalerweise ab und welche Abweichungen zu dem normalen Ablauf einer eingelieferten Leiche sind hier festzustellen?«, fragt Lucia Carlucci den Wissenschaftler in freundlichem und sachlichem Ton.

»Madame la Juge, wir bekommen sämtliche ungeklärten Todesfälle von Nizza und dem Département Alpes Maritimes auf den Tisch. Dabei ist eine Einlieferungsbescheinigung des zuständigen Polizeibeamten, eine richterliche Anordnung zur Leichenöffnung und ein vorläufiger Bericht der möglichen Todesursache des Notarztes vor Ort«, erklärt der Direktor der jungen Richterin.

Jetzt mischt sich die Verwaltungschefin der Rechtsmedizin ein: »Danach wird der Tote in ein Eingangsbuch eingetragen und im Zentralcomputer registriert. Dort werden unter einer Dossiernummer alle Untersuchungsergebnisse vom Tag der Einlieferung bis zum Tag der Freigabe der Leiche gespeichert und dann später auf Disketten aufgenommen. Dies dient zur Sicherheit, falls wir einmal einen Computerabsturz haben. Jeden Abend schließe ich die Disketten in den Tresor.«

Der Pfleger der Rechtsmedizin übernimmt nun die Erklärung. »Heute war etwas völlig außerhalb unserer akribisch geführten Norm. Der Tote wurde von mir bei der Öffnung des Kühlraumes auf dem Vorbereitungstisch gefunden. Er war nackt und hatte keine Einlieferungspapiere. Auch in der Verwaltung fanden wir keinerlei Eintragung über die Einlieferung dieses Toten. Gestern Abend prüfte ich noch den Kühlraum, bevor ich abschloss und das Institut verließ. Da war noch keine Leiche auf dem Tisch.«

»Es ist auch nicht üblich, dass eine Leiche auf dem Tisch liegen- bleibt, da die Raumtemperatur gar nicht für eine ordentliche Konservierung ausreicht«, fügt der Oberarzt hinzu.»Deshalb werden alle Toten in die dafür vorgesehenen Kammern eingebettet, solange sie nicht freigegeben worden sind oder eben die Untersuchung nicht vollständig abgeschlossen ist.«

Lucia Carlucci ist beeindruckt von der peniblen Art, wie hier mit den Toten umgegangen wird. Sie hat da in Paris schon andere Dinge erlebt, wo sich ihr die Haare sträubten, wenn offensichtlich angetrunkene Rechtsmediziner rauchend am Seziertisch standen und die Leichen im 2-Stunden-Takt aufschnitten und wieder zunähten, einen Bericht in das Diktierband nuschelten und sich dann acht- und würdelos um den nächsten »Kadaver« kümmerten.

»Herr Professor, in welchem Zustand befindet sich der Tote?«, will sie jetzt wissen.

»Das, Madame la Juge, gibt weitere Rätsel auf. Der Patient ist offensichtlich verblutet. Es gibt eine kleine Einstichstelle an der Aorta am rechten Oberschenkel. Dort muss eine Kanüle eingeführt worden sein, die an einen Katheder angeschlossen war. So wurde dem Toten praktisch bei lebendigem Leib sämtliches Blut entfernt.«

»Gibt es denn keine Spuren eines Kampfes? Das lässt sich doch niemand freiwillig gefallen?« Lucia Carlucci ist ziemlich erstaunt.

Der Oberarzt mischt sich ein: »Nach unserem vorläufigen Befund muss der Tote vorher mit irgendeinem Medikament betäubt worden sein.«

»Das muss aber alles hier im Institut geschehen sein«, bemerkt der Leichenpfleger, »wir haben weder Kleidung noch Blutspuren noch sonst irgendwelche Hinweise gefunden.«

»Und wer ist der Kerl nun eigentlich? Er wird sich ja wohl nicht selbst hier umgebracht haben«, pöbelt Capitaine Girardot in die sachlich geführte Diskussion.

»Das, mein sehr geehrter Capitaine, ist Ihre Aufgabe, das herauszufinden«, antwortet Professor Astier konsterniert und etwas spitz.

»Herr Professor, in diesem Fall bleibt mir nichts anderes übrig, als die Leiche zu beschlagnahmen, den Fundort der Leiche durch die Spurensicherung untersuchen zu lassen und das Rechtsmedizinische Institut der Universität Marseille mit der Obduktion zu beauftragen.« Lucia ist konsequent und geht genau nach Vorschrift vor. »Bitte fassen Sie es nicht als Affront auf, doch jeder Mitarbeiter dieses Institutes ist vorläufig ein potentieller Verdächtiger, deshalb wird die Uni Marseille die Untersuchung vornehmen. Capitaine, versiegeln Sie den Kühlraum, nehmen Sie von allen Mitarbeitern Fingerabdrücke ab, lassen Sie die Schlüssel der Mitarbeiter einziehen und kriminaltechnisch untersuchen und beauftragen Sie die Police Scientifique, alle möglichen Spuren zu sichern.«

»Das ist ja ein Skandal, Madame la Juge«, protestiert Professor Astier mit hochrotem Kopf.

Lucia Carlucci bleibt ganz cool: »Genauso ist es, Herr Professor. Sie haben eine Leiche zu viel. Das ist ein Skandal. Und diese Tötungsart sieht mir nicht nach einer Wirtshausschlägerei aus. Dazu benötigt man medizinischen Sachverstand. Ich halte mich streng an die Vorschriften.«

15.

Commissariat de Police
Avenue Frères Olivier
Antibes

»Bonjour«, begrüßt Commissaire divisionnaire Flavio Carlucci schlecht gelaunt seine Mitarbeiter. Er ist braun gebrannt, da er den ganzen Sonntag mit Olivier Petacci auf der »Lady Nabila« die Côte d'Azur rauf- und runtergesegelt ist. Dabei wurde natürlich wieder kräftig gebechert und von alten Zeiten in Paris geschwärmt. Nach solchen Wochenenden fällt es ihm immer schwerer, sich wieder in den grauen Alltag der Polizeiarbeit zurückzufinden.

Seine Assistentin Simone Boué bringt dem Patron gerade den Café, als Commandant Bixente Isetegui und Capitaine Daniel Cohen das Büro des Patron betreten.

Flavio Carlucci zündet sich eine Gitanes Maïs an, schenkt sich trotz der frühen Morgenstunde einen Martini ein und legt seine nur in blaue Espadrilles gekleideten Füße auf den Schreibtisch.

»Also Mädels, wie hat unser Oligarch die Nächte in seiner Suite im Keller verbracht?«

Bixi grinst: »Er hat getobt. Jetzt kenne ich auch schon einige russische Flüche.«

Daniel Cohen lächelt auf seine spitzbübische Art: »Na, wir Juden sind doch sehr erfindungsreich. Ein paar der Flüche kannte ich schon, doch es gibt auch durchaus Neuerungen in der russischen Sprache.«

»Ist alles ordnungsgemäß registriert worden? Sind dem Herrn seine Rechte bekannt? Wir dürfen keine Fehler machen. Der Herr hat Geld, also Macht und Einfluss. Also Vorsicht!«

Wie aufs Stichwort betritt die Untersuchungsrichterin von Grasse, Colette Mouchard, den Raum. Alles springt auf außer Flavio Carlucci, der nimmt nur die Füße vom Tisch.

»Bleiben Sie sitzen, meine Herren.« Und an Flavio Carlucci gewandt, säuselt sie: »Na, mein lieber Carlucci, Sie sehen ja wieder blendend aus. Bin gespannt, wann Sie mich einmal auf einen Ihrer Segeltörns einladen.«

Flavio grinst in sich hinein. Er weiß, dass diese Fregatte schon lange ein Auge auf ihn geworfen hat. Deshalb ist Nénette auch immer so zickig, wenn sie auf die Richterin stößt, was wiederum Flavio köstlich amüsiert.

»Madame la Juge, Sie sind immer herzlich willkommen an Bord«, grinst Flavio Carlucci die Richterin unverschämt an. »Doch nun sollten wir zum »Geschäft« kommen. Wir haben am Samstag den Oligarchen im Hotel Eden Roc verhaftet. Seither genießen er und seine vier Schläger unsere Gastfreundschaft. Die Leibwächter hatten so viele illegale Waffen am Mann und in den gepanzerten Autos, dass es schon fast einem Verstoß gegen das Kriegswaffenkontrollgesetz gleichkommt. Zumindest sollte hier Anklage wegen unerlaubtem Waffenbesitz erhoben werden.«

»Gut, ich ordne die Überstellung in die Untersuchungshaft nach Grasse an«, erwidert Madame la Juge. »Und was machen wir mit dem Oligarchen?«

»Simone, leiten Sie bitte die Anordnung der Richterin an die Wache weiter«, bittet Flavio Carlucci seine Assistentin Brigadier-Chef Simone Boué.

»Mit Vergnügen, Patron«, lächelt die rabenschwarze Simone und zeigt ihre herrlich weißen Zähne.

»Den Oligarchen haben wir für Sie aufgehoben, Madame la Juge, aber die Beweislage ist mager, wie Commissaire Raibaud ermittelt hat«, lächelt Mamou Cohen hinterhältig.

Flavio Carlucci trägt seine Idee vor. »Mamou Cohen ist doch Jude, der Oligarch Walunjin ebenfalls, warum sollen es nicht zuerst die beiden Schmocks miteinander versuchen? Außerdem kennt er die Akten am besten.«

»Gut, ist der Anwalt schon da?«, will die Richterin wissen.

»*Der* Anwalt?«, lacht Bixente Isetegui und klatscht sich auf die Schenkel. »Die halbe Anwaltskammer von Nizza, Paris und London sitzt uns im Nacken.«

»Na, dann mal los, Capitaine Cohen, ich mache erneut die Belehrung und Sie führen die Vernehmung? Ist das in Ordnung für Sie?«

»No, bin ich geehrt, Madame la Juge«, grinst Mamou Cohen.

Oleg Abramowitsch Walunjin wird vorgeführt. Seine Anwälte werden auch gebeten, sich einen Stuhl zu nehmen, eine Polizistin der Wache liefert Café, Wasser und ein paar Sandwiches.

Flavio Carlucci will eine möglichst entspannte Atmosphäre haben. Er nimmt zusammen mit Bixente Isetegui im Nebenzimmer Platz und beobachtet die Vernehmung durch die Glasscheibe, die vom Vernehmungszimmer aus nicht durchsichtig ist. Dann schaltet er das Mikrophon ein.

Die Richterin belehrt den Verhafteten zunächst ausführlich und macht ihn auf seine Rechte aufmerksam. Alles wird durch ein Tonband aufgezeichnet. Dann befragt sie den Verhafteten nach seinen persönlichen Daten und diktiert die Daten der anwesenden Anwälte und der extra aus Nizza angereisten Übersetzerin in das Diktiergerät. Alles geht streng nach Vorschrift. Die Richterin kann und will sich keinen Fehler erlauben. Sie eröffnet den Anwesenden auch, dass eine Videoaufzeichnung dieser Vernehmung gemacht wird. Dies entspricht den neuesten Vorschriften, die gerade erst erlassen wurden.

»Monsieur Oleg Abramowitsch Walunjin, ich beschuldige Sie der Anstiftung zum Mord an dem Notar Maître Alexandre Kerensky, wohnhaft in Mougins, Notar im Cabinet Kerensky und Collegen, Place Charles de Gaulle in Antibes.«

Capitaine »Mamou« Cohen eröffnet nun das Verhör: »Möchten Sie zu diesem Vorwurf eine Aussage machen oder von Ihrem Recht zu schweigen Gebrauch machen?«

»Hör zu, du kleiner Scheißer, ich sage dir nur eines, der Scheißnotar hat seine gerechte Strafe bekommen, aber ich habe es weder getan noch dazu einen Auftrag erteilt.« Oleg Walunjin leitet einen Weltkonzern und fühlt sich belästigt. Das hier ist nicht seine Welt. Er bewegt sich in den Chefetagen des internationalen Business, verhandelt mit Regierungen und amüsiert sich im Jetset rund um den ganzen Globus.

Flavio Carlucci weiß ganz genau, warum er den blitzgescheiten Daniel Cohen für das Verhör ausgesucht hat. Capitaine Cohen gibt gleich eine kleine Kostprobe davon:

»Kannst du dich noch an den Sechs-Tage-Krieg in Israel erinnern? General Moshe Dajan sagte zu seinen Männern vor der Schlacht: »Männer, jetzt geht es um den Bestand Israels. Wir kämpfen Mann gegen Mann um unser nacktes Überleben. Und weißt du, Oleg Abramowitsch, was dann passiert ist? Der kleine Aaron Schabbesdeckel hat sich beim großen General Dajan gemeldet und ihn gefragt: »No, General, wenn es doch Mann gegen Mann geht, kann ich mir nicht einen der Araber aussuchen, vielleicht komme ich ja mit ihm ins Geschäft und wir können uns arrangieren.«

Was Walunjin nicht sehen und hören kann, ist, dass sich Flavio Carlucci und Bixente Isetegui die Tränen aus den Augen wischen und nur mühsam ihr Gelächter unterdrücken können. Oleg Walunjin ist überrascht, was nicht oft bei ihm vorkommt.

»Was meinst du kleiner Itzich mit diesem Scheiß?«

»No, jeder hält dich hier für den Mörder des Notars Alexandre Kerensky. Ich glaube nicht, dass du so blöde bist, dich mit einem Gewehr in ein Penthaus einzuschleichen und den Notar vor aller Augen zu erschießen. Außerdem gibt es auch gar keine DNA-Hinweise oder sonstige Spuren, die auf dich hindeuten. Ich glaube auch nicht, dass du so blöde bist, nach all dem Presserummel, den du veranstaltet hast wegen der Rückzahlung deiner zehn Prozent für den Kauf des Hotel de Naval, deine Drohungen wahrgemacht zu haben. Ein Jude, der von einem Notar beschissen wurde, erschießt den nicht oder lässt ihn erschießen. No, was wird er wohl machen, er wird feilschen.«

»Dann kann ich ja jetzt gehen. Du bist ja doch nicht so dämlich, wie ich gedacht habe«, lächelt Oleg Abramowitsch Walunjin und will aufstehen.

»Da gibt es aber noch eine Kleinigkeit zu klären, bleib doch noch ein bisschen«, lächelt Mamou Cohen freundlich.

»Was?«, knurrt Walunjin.

»Ich habe die Akten ganz genau studiert. In den Zeitungen steht immer ein Verkaufspreis von eineinhalb Milliarden Euro. In den Akten des Notars Kerensky steht aber im beurkundeten Compromis nur eine Summe von einer Milliarde Euro. Bleibt also die Frage zu klären, ob da nicht 500 Millionen Euro Schwarzgeld geflossen sind. Wo und wie sollte diese Transaktion abgewickelt werden?«

Jetzt mischt sich einer der Anwälte aus Paris ein. »Capitaine, es ist richtig, dass das Grundstück und die Gebäude mit einer Milliarde bewertet wurden, während das bewegliche Mobiliar mit 500 Millionen Euro in einer getrennten Liste aufgeführt wurden und dann bei der Unterzeichnung des Notaraktes mit in die Urkunde eingefügt werden sollten.«

»Erstens gibt es wohl kaum ein Hotel der Welt, das ein Mobiliar von 500 Millionen Euro aufzuweisen hat, und zweitens, wo ist das gesetzlich vorgeschriebene Gutachten für dieses Mobiliar?« Capitaine Cohen ist jetzt rasiermesserscharf.

Der englische Anwalt und Geschäftsführer einer der vielen englischen Gesellschaften Walunjins mischt sich ein. »Nach englischem Recht muss diese Transaktion über die Möbel nicht begutachtet werden und muss auch nicht Bestandteil der notariellen Urkunde sein.«

»Sir, dieser Kaufvertrag unterliegt französischem Recht. Die Liegenschaft liegt auf französischem Hoheitsgebiet. Wo sind die 500 Millionen Euro, die schon beim notariellen Compromis gezahlt worden sein müssen, sonst hätte ja der Verkäufer bei der Beurkundung gar keinen Rechtsanspruch mehr und der Käufer könnte sich auf eine mündliche, daher rechtsunwirksame, Nebenabsprache berufen und die Zahlung verweigern?«

Die Richterin verfolgt die Vernehmung ohne einzugreifen. Sie liest jedes sichergestellte Beweisstück akribisch genau und nummeriert es, bevor sie es zu ihren Akten nimmt. Dann endlich ergreift sie das Wort:

»Oleg Abramowitsch Walunjin, ich hebe hiermit den gegen Sie erlassenen Haftbefehl wegen des Verdachtes der Anstiftung zum Mord auf. Gleichzeitig nehme ich Sie und Ihren englischen Anwalt, der ja auch Geschäftsführer Ihrer englischen Gesellschaft mit Sitz auf den Cayman Islands ist, vorläufig fest wegen des Verdachts des Verstoßes gegen das Gesetz gegen Geldwäscherei, der notariellen Falschbeurkundung und der Abgabe einer falschen eidesstattlichen Versicherung im notariellen Compromis, wonach es sich um den wahren Kaufpreis handelt. Wache, führen Sie die Herren ab. Sie werden morgen früh in das Untersuchungsgefängnis nach Grasse verlegt. Dort werde ich Ihnen beiden den neuen Haftbefehl eröffnen.«

Als sich der Tumult gelegt hat und das Vernehmungszimmer bis auf Capitaine Cohen und die Richterin Mouchard leer ist, treten Flavio Carlucci und Bixente Isetegui ein.

»Mamou, du bist schon ein Teufelskerl«, lächelt Flavio Carlucci, »den Mörder haben wir zwar immer noch nicht, aber dem Oligarchen und diesem englischen Schnösel stehen wenigstens fünf bis zehn Jahre Haft bevor.«

Auch die Richterin äußert sich zufrieden. »Capitaine, Sie haben die Beweislage genauso interpretiert wie ich auch. Mehr war da nicht zu machen. Großes Kompliment an Sie alle, wer ist denn auf diesen Dreh gekommen? Commissaire Raibaud hat ja wohl wenig zu diesem Ermittlungsergebnis beigetragen mit ihrer Durchsuchung der Räume des Notars.«

Jetzt ist es an Capitaine Cohen aufzutrumpfen: »Madame la Juge, es waren Commissaire Marie-Antoinette Raibaud, die Beamten der Brigade Financière sowie der Notar von der Notarkammer in Nizza, die mich so vorzüglich auf diese Vernehmung vorbereitet haben.«

»Na, so berauschend ist das Ergebnis wieder auch nicht, immerhin waren Sie alle unfähig, den Nachweis für die Anstiftung zum Mord zu erbringen. Also haben Sie ja alle versagt. Wir haben gar nichts, außer einer Geldwäscherei, wie sie hier bei jeder zweiten Beurkundung vorkommt.«

Sagt es und rauscht beleidigt ab. Jedermann weiß, dass die Richterin Nénette auf den Tod nicht ausstehen kann und rasend eifersüchtig auf sie wegen »ihres« Flavio Carlucci ist.

Als die Richterin gegangen ist, will sich auch bei Flavio, Mamou und Bixi keine richtige Freude einstellen.

»In einem Punkt hat diese eifersüchtige Ziege ja recht: einen Täter, der für den Mord an dem Notar verantwortlich ist, haben wir ja wirklich nicht. Wir fangen also wieder von vorne an. Merde!«

Commissaire Carlucci verlässt den Vernehmungsraum, um sich erst einmal ein Wasserglas mit Martini zu genehmigen. Dann geht er zu Commissaire Josse und betrinkt sich im Café des Chineurs. An diesem Tag kehrt er nicht mehr in sein Büro zurück. Er hat die Schnauze voll für heute.

16.

Palais de Justice
Nizza

Annie Gastaud meldet Capitaine Alain Girardot und Directeur Dennis Melano bei Richterin Lucia Carlucci an.

»Nun, meine Herren, was haben die Ermittlungen im Fall ›Rechtsmedizin‹ erbracht?«

Dennis Melano ist heute außergewöhnlich aufgekratzt. Normalerweise flucht er ständig über seinen »Scheißjob« und sehnt sich nach seiner alten Stelle als Chef der Police Nationale im gemütlichen Menton zurück. Doch heute ist er hochkonzentriert und irgendwie angespannt.

»Madame la Juge, da bahnt sich ein ganz großer Skandal an«, antwortet er mit ungewohnt ernster Miene. »Capitaine Girardot hat sich ziemlich in diese Ermittlungen reingehängt und beachtliche Ergebnisse erzielt. Capitaine, tragen Sie mal vor.«

»Hm«, knurrt Alain Girardot und flegelt sich in einen der Ledersessel am Konferenztisch, »das vornehme Getue dieser Bande von eingebildeten Wissenschaftlern ist mir gleich auf den Sa…, em, auf die Nerven gegangen.« Er kann sich unter dem strengen Blick von Dennis Melano gerade noch einmal beherrschen und seinen sonst üblichen Gossenslang unterdrücken.

»Zuerst einmal, das Obduktionsergebnis der Jungs aus Marseille.« Alain Girardot knallt triumphierend die Akte auf den Tisch. »Alles Merde, was der Professor uns da erzählt hat. Der Kadaver ist nicht freiwillig in die Rechtsmedizin gewandert und dort fachmännisch ausgeleert worden. Alles Mist. Das Opfer ist vorher an einem völlig anderen Ort niedergeschlagen worden, wurde mit seinem Fahrzeug in die Rechtsmedizin gekarrt und dann fachmännisch mittels Blutentnahme getötet.«

»Wer ist der Tote?«, will Lucia Carlucci wissen. »Konnte das ermittelt werden?«

»Gemach, Madame la Juge, eines nach dem anderen«, flegelt der Capitaine respektlos.

»Also, das Opfer ist Docteur Jean-Pierre Schweitzer. Er ist ein bekannter Chirurg in der »La Fontonne« in Antibes. Zum besseren Verständnis, Sie sind ja nicht von hier, Madame, das ist das Krankenhaus von Antibes. Der Docteur hat sich einen Namen gemacht mit zahlreichen Aufsätzen über aktive Sterbehilfe bei unheilbar Schwerstkranken. Er sitzt sogar in der Ethikkommission, die die Nationalversammlung in Paris zur Frage der Änderung der Gesetze zur aktiven und passiven Sterbehilfe einberufen hat. Der Mann war ein überaus erfahrener Chirurg und Kardiologe, genoss hohes Ansehen bei seinen Kollegen und seinen Patienten. Es gibt ein Ermittlungsverfahren beim Landgericht Grasse, das ihm passive Sterbehilfe vorwirft. Die Ermittlungen wurden aber auf Eis gelegt, weil man die Entscheidung des Gesetzgebers abwarten will, ob das nun ein Straftatbestand ist oder nicht.«

Lucia Carlucci ist überrascht über die Arbeit des ihr so unangenehm erschienenen Capitaines. Sollte sie den Polizisten unterschätzt haben?

Auch Dennis Melano zeigt sich anerkennend. Er ist ebenfalls überrascht über die professionelle Arbeit und Ausdrucksweise dieses Capitaines, der es normalerweise nur mit den Gaunern der Niçoiser Altstadt zu tun hat und im Laufe der Jahre sich auch den Gossenslang dieses Milieus angeeignet hat. Dass in ihm aber mehr steckt, als Gauner zu verprügeln und zu vernehmen, beweist Alain Girardot mit seinen weiteren Ausführungen.

»Dieser Docteur Jean-Pierre Schweitzer hat nach einer 16-Stunden-Schicht in der »La Fontonne« in Antibes seinen Arbeitsplatz verlassen, nachdem er noch einmal einen Rundgang auf der Intensivstation gemacht und wie jeden Abend noch einmal nach seinen Patienten geschaut hat. Er ging zu seinem Fahrzeug, das auf Platz 13 der für die Ärzte reservierten Parkplätze stand. Er schloss ordnungsgemäß mit seinem eigenen Schlüssel seinen Citroën C4 auf und wollte starten, um nach Hause zu fahren. Im Fahrzeug muss eine Person auf ihn gewartet und ihn mit einem Handkantenschlag von schräg hinten links niedergeschlagen haben. Danach zerrte der Unbekannte das Opfer aus dem Auto, fesselte es und verstaute es im Kofferraum des Fahrzeuges. Der Täter fuhr mit dem Wagen des Opfers zur Rechtsmedizin nach Nizza und trug es in den Kühlraum. Dort wurde Jean-Pierre Schweitzer dann fachmännisch und medizinisch gekonnt getötet, indem man ihm einfach sämtliches Blut entnommen hat.«

»Gibt das die Spurenlage her?«, will Dennis Melano wissen.

»Haargenau! Ich habe mit meiner Brigade von 16 erfahrenen Ermittlern sowie mit den Jungs von der Spurensicherung den Tathergang bis auf das letzte Detail ermittelt und das vorläufige Ermittlungsergebnis hier in dieser zweiten Akte minutiös zusammengefasst. Voilà, Madame la Juge.« Capitaine Alain Girardot wirft ohne große Umstände eine weitere dicke Akte auf den Konferenztisch der Richterin.

»Das ist beeindruckend«, bemerkt Lucia Carlucci, während sie die Akte aufmerksam liest. »Zeugenaussagen, Tatortfotos, Reifen- und Fußabdrücke, DNA-Spuren, ich sehe, Sie haben sogar das Fahrzeug des Opfers gefunden.«

»Richtig, der Citroën wurde im Parkhaus des Palais de Festival in Cannes gefunden. Die Schlüssel zu dem Fahrzeug entdeckte ein Clochard, als er die Mülleimer der Anlegestelle der Fähren zu den Iles de Lerins nach Essbarem durchwühlte. Als er die Schlüssel zu Geld machen wollte, wurde er von den Kollegen der Kriminalpolizei in Cannes geschnappt.«

Dennis Melano ist entgegen seiner sonst so phlegmatischen Art hellwach. »Dann könnte unser Täter ja vielleicht die Fähre zu den Inseln vor Cannes genommen haben und dort wohnhaft sein.«

»Das ist möglich, wir haben ein weiteres interessantes Detail ermittelt, das die These vom Chef stützen könnte. Der Citroën war an diesem Tag zur Inspektion in der Citroën-Werkstatt in Antibes. Dort wurde auch das Öl des Wagens gewechselt. Wie üblich holt ein Mechaniker das Fahrzeug des Arztes in der »La Fontonne« ab, fährt zur Werkstatt, wartet die Karre und stellt sie abends wieder auf den Parkplatz des Opfers. Die Schlüssel hinterlegt er zusammen mit der Rechnung für die Wartung beim Empfang des Hospitals. Und jetzt das sich daraus ergebende Detail: Die Karre hatte laut dem Schild, das immer bei einem Ölwechsel von der Werkstatt im Motorraum festgemacht und auch im Scheckheft des Fahrzeugherstellers vermerkt wird, einen Kilometerstand von 56.785 Kilometern auf dem Tacho. Misst man die Kilometer von der Werkstatt und der »La Fontonne«, so ergibt das, wie wir ermittelt haben, 3,7 Kilometer. Von der »Fontonne« zur Rechtsmedizin nach Nizza sind es genau 27 Kilometer. Von der Rechtsmedizin bis zur Tiefgarage unter dem Palais de Festival von Cannes sind es 38 Kilometer. Der Tachometer des aufgefundenen Fahrzeuges zeigt einen Kilometerstand von 56.854 auf.«

»Wie sieht es mit DNA-Spuren aus?« Lucia Carlucci hat ihre Meinung über diesen ungehobelten Capitaine schon revidiert.

»Im Fahrzeug gibt es folgende DNA: die des Opfers, die seiner Ehefrau, seines Kindes, seines Hundes, eines Mischlings, den der Docteur aus dem Tierheim in Mougins geholt hat, mehrere Spuren von Monteuren der Citroën-Werkstatt und eine Spur, die wir im Moment nicht zuordnen können. Dieselbe Spur findet sich aber im Kühlraum der Rechtsmedizin sowie an den Türgriffen des Untergeschosses des Institutes wieder.«

Capitaine Girardot holt tief Luft: »Und die tollste DNA an der Leiche fanden wir von dem so feinen Professor Jean-Baptiste Astier.«

Dennis Melano ist der Meinung, dass dies möglicherweise die DNA des Täters sein könnte.

»Könnte, Chef, könnte, muss aber nicht«, knurrt der Capitaine respektlos.

»Hat eigentlich niemand den Arzt vermisst?«, Lucia Carlucci ist doch etwas erstaunt über diesen Umstand.

»Klar, als er nicht nach Hause kam, hat seine Ehefrau zunächst in der »Fontonne« angerufen. Als ihr die genaue Uhrzeit seines Verlassens vom Empfang der Klinik mitgeteilt worden war und er um 3 Uhr morgens immer noch nicht zu Hause angekommen war, rief sie die Police Nationale in der Rue Frères Olivier an. Der diensthabende Brigadier meinte, dass er vielleicht mit Freunden oder Kollegen noch beim Zechen sei, und vertröstete sie. Als der Docteur morgens immer noch nicht zu Hause angekommen und auch nicht zum Dienst erschienen war, erstattete die Ehefrau bei einem Lieutenant Karim Ben Sousson der Polizei in Antibes Vermisstenanzeige. Dort liegt sie heute noch.«

Wortlos greift Richterin Lucia Carlucci zum Telefon und verlangt, den Commissaire divisionnaire und Chef der Police Nationale von Antibes, Flavio Carlucci, sofort zu sprechen.

17.

Polizeipräsidium
Avenue Foch
Nizza

Der Chef aller Polizeieinheiten des Départements Alpes Maritimes (Directeur Départemental de la Sécurité publique DDSP) Xavier Quinti hat zu einer Dringlichkeitssitzung in sein Büro im obersten Stockwerk des stark gesicherten Gebäudes geladen. In dieser Leitstelle laufen sämtliche Fäden aller Sicherheitskräfte des ganzen Départements zusammen. Hier befindet sich die Funkleitstelle des Départements, hier treffen sich regelmäßig die Chefs aller Kommissariate der Police Nationale, der Kriminalpolizei, der Brigade Financière, des Zolls, der Feuerwehr, des Katastrophenschutzes und der Gendarmerie Nationale.

Der DDSP ist also der mächtigste Mann nach dem Präfekten, der im Palais Roi des Sardes direkt neben dem Palais de Justice residiert. Vor Xavier Quinti hatte diesen Posten Alain Costa inne, der in eine böse politische Intrige verwickelt, dann in einem spektakulären Prozess vor dem Landgericht Nizza rehabilitiert wurde (Der Nizza-Clan, Anm. d. A.) und nun seinen Ruhestand genießt.

Normalerweise sind Xavier Quinti, Dennis Melano, Flavio Carlucci und Marie-Antoinette Raibaud privat sehr gute Freunde. Sie haben sich vor langer Zeit zusammen mit Alain Costa zu einem Freundeskreis zusammengeschlossen. Xavier Quinti und Flavio Carlucci sind sogar Studienfreunde und waren zusammen auf der Ecole Nationale des Officiers de Police in Saint-Cyr.

Doch heute ist von dieser Freundschaft wenig zu spüren. Der sonst so beherrschte Xavier Quinti tobt.

»Flavio, hast du eigentlich deinen Laden überhaupt nicht mehr im Griff oder liebst du deinen Martini mehr als deine Arbeit? Putain de merde, wie konnte so etwas wie mit der verschlampten Vermisstenanzeige von diesem Docteur Schweitzer in deinem Revier passieren?«

Bevor Flavio Carlucci antworten kann, fährt Xavier Quinti die Polizeichefin von Cannes, Commissaire Marie-Antoinette Raibaud an: »Und du, Nénette, vergeudest offensichtlich deine Zeit, indem du in deiner maßlosen Eifersucht dauernd gegen die Untersuchungsrichterin Colette Mouchard von Grasse stänkerst.«

Als Nénette sich verteidigen will, fährt ihr Xavier Quinti über den Mund: »Ach, halt die Klappe, wie konnte das passieren, dass ich von diesem Rüpel von Capitaine Girardot darüber informiert werden muss, dass die Kripo von Cannes total geschlafen hat und überhaupt keinen Zusammenhang zwischen dem aufgefundenen Citroën des Docteur Schweitzer und seinem Verschwinden in Antibes ermittelt hat.«

Dennis Melano mischt sich jetzt besorgt ein: »Also beruhige dich mal Xavier, Girardot hat doch gute Arbeit geleistet.«

»Das ist leider richtig und euch hat er alle als Schlafmützen vorgeführt. In diesem Département klappt einfach die Koordination und die Kommunikation unter den Dienststellen nicht. Das kotzt mich an! Und wisst ihr Schnarchsäcke, warum mich das gerade in diesem Fall so ankotzt, eh?«

Bevor irgendjemand irgendetwas sagen kann, platzt es aus Xavier Quinti heraus: »Weil dieser Scheiß-Capitaine Alain Girardot schon seit Monaten von den Bœuf Carottes, (interne Ermittlungsgruppe gegen korrupte Polizisten, Anm. d. A.) beobachtet wird und er kurz vor seiner Festnahme stand.«

Dennis Melano seufzt gottergeben: »Und jetzt können die den Kerl nicht mehr aus dem Verkehr ziehen, weil er auf Grund eurer Schlafmützigkeit zum Dreh- und Angelpunkt dieser Ermittlungen wurde. Wir können ihn nicht ablösen, solange die Ermittlungen nicht abgeschlossen sind, sonst legt man uns das als Vertuschungsversuch eines enormen Skandals aus.«

»Darauf könnt ihr wetten.« Xavier Quinti ist außer sich vor Zorn. »Wenn ich den Kerl jetzt von dem Fall abziehe, dann kreischt der mordio und beschuldigt uns, ihm etwas in die Schuhe schieben zu wollen, weil wir ihn angeblich nur aus »politischen« Gründen kaltstellen wollten. Damit sind die monatelangen Ermittlungsergebnisse gegen diesen korrupten Capitaine nur noch einen Haufen Dreck wert. Und das habe ich euch zu verdanken. Haut bloß ab, ich kann euch heute nicht mehr sehen.«

18.

Hotel NEGRESCO
Promenade des Anglais
Nizza

Flavio Carlucci hat sich den Tobsuchtsanfall seines Freundes Xavier Quinti wortlos angehört und auf der Heimfahrt über die Promenade des Anglais Nénette gebeten, vor dem Hotel NEGRESCO anzuhalten. Der in die historische Uniform eines Posthalters aus dem 18 Jahrhundert. gekleidete Voiturier kennt Flavio Carlucci schon lange und freut sich über dessen Besuch. Er parkt den Peugeot-Dienstwagen direkt vor der Einfahrt. Flavio und Nénette streben ohne weitere Umschweife der weltberühmten Bar dieses weltberühmten Hotels zu.

Das Hotel wurde in der Belle Epoque von dem französischen Autobauer Talbot gebaut und dann an den rumänischen Koch Negresco weitergegeben. Im Ersten und Zweiten Weltkrieg war es ein Lazarett für verwundete Soldaten, bis es dann unter der Familie Augier in altem Glanz erstrahlte und wieder eröffnet wurde. Die Besitzerin des Hotels hat in mühsamer Kleinarbeit aus den Schlössern Frankreichs und Englands die schönsten Stilelemente zusammengetragen und dieses Hotel zu einem der schönsten Belle-Epoque-Palais der Welt gemacht. Heute gehört das Hotel als geschütztes Kulturgut Frankreichs der Fondation de France. Doch Madame Augier wacht immer noch von ihrer hochherrschaftlichen Wohnung im Turm des NEGRESCO aus über die Geschicke des Hotels.

Als Flavio und Nénette die Bar betreten, die früher einmal in einem alten schottischen Schloss gestanden hat und heute eine der schönsten Hotelbars der Welt ist, werden sie sofort freudestrahlend von Jean Leber, dem altgedienten Barmann des Hauses begrüßt. Nicht nur das. Auch die rote Hauskatze des NEGRESCO bemüht sich von einem der bequemen Sofas in der Bar herunter, um Flavio schnurrend um die Beine zu streichen. Der fette Hotel-Kater muss schon lange einen Affen an Flavio gefressen haben, denn normalerweise würdigt die NEGRESCO-Katze die Gäste keines Blickes.

Jean Leber serviert ohne Umschweife einen herrlichen alten Whisky mit dem dazugehörigen Quellwasser aus dem schottischen Hochland. Für Nénette bringt er ein Perrier mit Eis und Zitrone.

Bevor Nénette etwas sagen kann, greift Flavio zum Handy und ruft in seinem Commissariat in Antibes an. Er lässt sich mit Lieutenant Karim Ben Sousson verbinden, der heute glücklicherweise Dienst hat.

»Bonjour, Karim, kannst du mir bitte einen Gefallen tun? Ja? Suche doch bitte die Vermisstenanzeige des Docteur Jean-Baptiste Schweitzer heraus und bring sie mir in das Hotel NEGRESCO in Nizza. Klar? Gut, ich erwarte dich in der Bar. Ciao!«

Jetzt hat Nénette die Nase voll von dem merkwürdigen Verhalten ihres Freundes: »Sag mal, Flavio, hast du sie nicht mehr alle? Du sagst kein Wort zu dem maßlosen Geschrei von Xavier Quinti und jetzt kannst du dich vor Freundlichkeit gegenüber diesem arabischen Armleuchter kaum mehr einkriegen? Der hat dir doch diesen Anschiss eingebrockt!«

Flavio lächelt Nénette mit einem traurigen Blick an, den sie sehr gut von ihm kennt. Die seelischen Verletzungen seiner Niederlage in Paris müssen immer noch tief sitzen.

»Chérie, zum einen hat Xavier recht, ich habe meine Aufsichtspflicht verletzt. Zum anderen weiß ich sehr genau, was Xavier momentan durchmacht. In deinen kühnsten Träumen kannst du dir nicht vorstellen, unter welchem politischen Druck der arme Kerl jetzt steht. Ich habe das alles hinter mir, aber ich hatte die gleichen Probleme in Paris. Das ist auch der Grund, warum ich sämtliche Beförderungen abgelehnt habe. Ich hätte nach der Affaire Solférino (Commissaire Carlucci, Pilotbuch, ersch. 10/08, Anm. d. A.) fast jeden Posten in der französischen Polizeihierarchie haben können. Man hat mir die Direction der Kriminalpolizei von Groß-Paris (Ile de France avec la petite couronne, Anm. d. A.) mit über

15 Millionen Einwohnern, die Leitung der Ecole supérieure des Officiers de Police in Saint-Cyr, den Posten von Xavier Quinti, den Posten von Dennis Melano usw. angeboten. Ich habe abgesagt, weil ich nie wieder in solche politischen Schwierigkeiten kommen will wie in Paris.«

»Und stattdessen gibst du hier den Commissariatsleiter einer mittleren Kleinstadt?«

»Du weißt, die Politiker in Paris haben mich fast in den Selbstmord getrieben. Das waren alles traumatische Erfahrungen, die monatelanger medizinischer Behandlungen und psychologischer Betreuung bedurften. Jetzt habe ich Angst um meinen Freund Xavier. Ich weiß, was der durchmacht. Wir müssen ihm dringend helfen. Ich weiß nur noch nicht wie.«

»Na, dir ist ist doch noch immer etwas eingefallen, wenn du in der Merde gesteckt hast. Aber komm mir ja nicht wieder mit der Zirkusnummer von Mailand!« (Commissaire Carlucci, Pilotbuch, Anm. d. A.)

Jetzt grinst Flavio Carlucci wieder mit seiner altbekannten undurchsichtigen Maske.

Nénette ahnt Schlimmes: »Ich ahne es, es gibt wieder so ein Affentheater wie damals mit Bixi und Olivier Petacci, putain de merde!«, flucht Nénette sehr undamenhaft, aber treffend.

Da betritt Lieutenant Karim Ben Sousson die Bar und setzt sich zu seinem Patron an den Tisch.

»Na Karim, das ist aber schnell gegangen«, lächelt Flavio Carlucci, »trinkst du auch einen Whisky mit mir? Oder darfst du das nicht, ich meine Mohammed-mässig, oder so?«

Lieutenant Karim Ben Sousson ist verblüfft. Er hatte schon mit einem riesigen Anschiss gerechnet wegen der verschlampten Vermisstenanzeige, doch so eine freundliche Geste seines Patrons überrascht ihn total. Er stottert:

»Patron, ich glaube, Mohammed wird es mir verzeihen, wenn ich heute einmal eine Ausnahme mache, Inshallah.« Dabei dreht er seine Augen himmelwärts, bis man fast nur noch das Weiße darin erkennen kann. Das bringt sogar Nénette, die zunächst eine Stinkwut auf den Lieutenant hatte, zum Lachen.

»Hast du die Vermisstenanzeige mitgebracht?«, will Flavio Carlucci wissen.

Ohne weitere Worte stürzt der Lieutenant seinen von Jean Leber servierten Whisky hinunter, schüttelt sich einmal kräftig und gibt dann die Akte seinem Patron. Flavio Carlucci studiert die Papiere ganz genau.

»Karim, der Fall liegt juristisch folgendermaßen: Die Entführung hat in Antibes stattgefunden, der Arzt wurde in Antibes schon schwer verletzt und betäubt und von Antibes aus entführt. Die Vermisstenanzeige wurde im Commissariat von Antibes gestellt, von dir ordnungsgemäß registriert und sofort in den Fahndungscomputer eingegeben. Das Tatwerkzeug Citroën wurde in Cannes in der Tiefgarage des Palais de Festival gefunden. Conclusio?«

Lieutenant Karim Ben Sousson und Commissaire Marie-Antoinette Raibaud rufen wie aus einem Munde so laut, dass die anderen Gäste sich erschreckt umdrehen:

»Dann ist das unser Fall!«

»Si, certo«, grinst Flavio Carlucci und greift zum Telefon.

»Cabinet III, Annie Gastaud, kann ich Ihnen helfen?«

»Hier ist Flavio Carlucci, kann ich bitte Lucia, äm…, Madame la Juge, sprechen?«

Annie Gastaud lacht herzerfrischend und verbindet.

»Chérie, ich bin zufällig in Nizza, darf ich dich zum Essen einladen?«

»Das freut mich, Papa, wie wär's in einer Stunde in der »Spaghettissimo«, auf dem Cours Saleya?«

»D'accordo! Ciao, bella!«

19.

Ristorante Spaghettissimo
Cours Saleya
Nizza

Die Straßenkehrer und die Müllabfuhr von Nizza sind gerade dabei, unter der strengen Aufsicht der Marktwächter den Blumenmarkt von Nizza zu säubern. Die letzten Händler packen ihre unverkauften Blumen, Gewürze, Obst und Gemüse in ihre Kleintransporter. Ein herrlicher Duft der frischen Meeresbrise, gemischt mit den Kräutern der Provence, liegt in der Luft. Die Sonne scheint warm und kräftig auf die Nordseite des Cours Saleya.

Flavio und Nénette umarmen und küssen Lucia Carlucci herzlich. Lieutenant Karim Ben Sousson grüßt respektvoll mit einem »Bonjour, Madame la Juge«.

»Also, was essen wir? Ich bezahle!«, strahlt Flavio Carlucci. »Ich für meinen Teil nehme die berühmten Spaghetti vongole dieses Hauses.«

Nénette verzieht das Gesicht: »Dann stinkst du wieder zwei Tage aus allen Knopflöchern nach Knoblauch. Pfui Teufel.«

»Warum heiratet ihr eigentlich nicht«, lacht Lucia Carlucci. »Ihr zankt euch doch schon wie ein altes Ehepaar.«

Flavio wiegt bedenklich sein Haupt und schiebt sich die grauen Haare nach hinten: »Ich warte immer noch auf ein besseres Angebot von Colette Mouchard.«

Das hätte er nicht sagen sollen. Nénette wird puterrot vor Zorn und schüttet Flavio die auf dem Tisch stehende Essigflasche über den Kopf. Schallendes Gelächter der anderen Gäste ist das Resultat. Lucia Carlucci kann sich gar nicht mehr einkriegen vor Lachen. Karim Ben Sousson versucht vergeblich, einen Lachanfall zu unterdrücken. Ihm laufen die Tränen über das Gesicht. So hat er seinen Patron noch nie gesehen.

Genüsslich speisen die vier Gäste in dem herrlichen italienischen Ristorante. Flavio fordert Lieutenant Karim Ben Sousson auf, den Fall des vermissten und dann getöteten Docteur Jean-Baptiste Schweitzer aus seiner Sicht zu rekonstruieren.

»Mia cara Lucia«, lächelt Flavio liebevoll seine Tochter an,»wenn ich auf der Polizeiakademie und in meinen juristischen Seminaren richtig aufgepasst habe, ist das ein Fall für das Kommissariat von Antibes.«

»Papa, da ziehst du aber feste an der Binde von Justitia,«, lacht die Richterin.»Üblicherweise ist der Tatort auch der Gerichtsstand, das Opfer wurde in Nizza getötet, also ist auch die Kriminalpolizei von Nizza zuständig.«

»Fast, Chérie, nur fast, mein Schatz«, säuselt Flavio Carlucci,» man kann die Strafprozessordnung aber auch anders auslegen. Die Tat wurde in Antibes begangen, denn die Entführung und die Betäubung des Opfers fanden in Antibes statt. Die Vermisstenanzeige erfolgte ordnungsgemäß am Tatort. Das Dossier wurde korrekt von Lieutenant Karim Ben Sousson im Kommissariat von Antibes registriert und in den Fahndungscomputer eingegeben. Das Tatwerkzeug der Entführung, also das Auto, wurde in Cannes gefunden. Ob der Tod schon in Antibes oder erst in Nizza eingetreten ist, ist ja noch nicht erwiesen.«

»Papa, du fabulierst. Justitia irrt sich nicht. Nizza ist der Tatort.«

»Aber Chérie, die Binde der Justitia hängt doch schon lange schief, das wissen wir doch beide. Bitte mach mir die Freude und lege die Strafprozessordnung doch ein bisschen zu Gunsten von Antibes aus. Nur ein kleines bisschen, mia cara!«

»Papa, bitte höre auf mit dem Geschleime, sag mir, warum ich das tun soll. Ich will wenigstens wissen, in welche Merde ich hineintrete. Dazu habe ich ein Recht.«

»Lucia«, greift jetzt Nénette ein,»dein Papa will einem guten alten Studienfreund aus der Klemme helfen. Das ist alles. Du kennst doch deinen Papa, er lässt nie einen Freund im Stich!«

»Genau«, antwortet Lucia Carlucci ärgerlich,» deshalb saß er ja auch die Hälfte seines Lebens in der Scheiße, um das mal klar und unjuristisch auszudrücken.«

»Tu es oder lass es. Wenn du es nicht verantworten kannst, dann finde ich einen anderen Trick, um den Fall nach Antibes zu bekommen. Auf jeden Fall wird dieser Salaud Capitaine Alain Girardot nicht mehr weiter an dem Fall arbeiten.« Flavio ist sauer auf seine halsstarrige Tochter.

»Ach so, um den geht es also,«, lacht jetzt Lucia Carlucci,« warum sagst du das nicht gleich, Papa? Natürlich ist die Entführung eines Opfers juristisch ein noch strafwürdigeres Verhalten, als der doch zwangsläufig daraus folgende Tod. Eine Erpressung ist ja nicht erfolgt. Also war die Entführung die Causa und der Tod unausweichlich. Dann spielt auch der Zeitpunkt und der Ort des Eintrittes des Todes juristisch gar keine Rolle mehr.«

Flavio Carlucci lacht stolz in die Runde: »Hab ich nicht eine gescheite Tochter?«

Nénette lacht ebenfalls aus lautem Hals: »Ja und genauso gerissen wie der Alte!«

Lieutenant Karim Ben Sousson erlaubt sich eine ungeheuerliche Frechheit: »Und diese Begründung ist ebenfalls großer Mist.«

Alles lacht. Flavio Carlucci knurrt ein fast nicht verständliches »Arschloch« und ruft den Serveur, um die Rechnung zu bezahlen. Alle verabschieden sich herzlich.

20.

Café de Turin
Place Garibaldi
Nizza

Das Café de Turin ist eigentlich gar kein Café. Es ist das angesagteste Restaurant für Meeresfrüchte in Nizza. Direkt am westlichen Rondell des berühmten Place Garibaldi gelegen, ist es der Anziehungspunkt für alle Liebhaber von Crevetten, Muscheln, Austern, Langusten und allem möglichen Meeresgetier. Im Café, das so spärlich wie ein Bistro eingerichtet ist, ist es zur Mittagszeit rappelvoll. Die Gäste schlürfen ihre Austern, die Kellner laufen geschäftig mit ihren langen weißen Schürzen zwischen den Tischen und den Auslagen hin und her, wo sie die Platten mit Meeresfrüchten abholen.

Die Körbe mit den Meeresfrüchten sind auf langen Tischen unterhalb der Barrikaden des Place Garibaldi an der Ostseite des Rondells aufgebaut. Dort steht auch Faroud, der in atemberaubender Geschwindigkeit die großen Platten mit Eis und Algen füllt und dann mit den bestellten Meeresfrüchten dekoriert. Vor dem Café de Turin und unter den Barrikaden sind zu dieser Jahreszeit schon Tische und Stühle für die zahlreichen Gäste aufgebaut, da der Platz innerhalb des Bistros jetzt schon nicht mehr ausreichend ist.

Fast jeden Nachmittag fährt Capitaine Alain Girardot vor dem Café de Turin vor und stellt seinen Dienstwagen achtlos in das Halteverbot oder auf den Zebrastreifen, um sein Mittagessen in seinem Lieblingslokal einzunehmen. Er nutzt die Zeit, denn das Bistro hat nur in den Monaten mit einem R im Namen geöffnet. Meeresfrüchte isst der Kenner niemals in den Monaten Mai, Juni, Juli oder August. Doch es ist noch April.

Während Capitaine Alain Girardot genüsslich seine bereits für ihn vorbereitete zweistöckige Platte mit Austern, Crevetten und Langusten genießt und dazu einen köstlich trockenen Muscadet von der Loire trinkt, schwitzen die »Bœuf Carottes« der internen Abteilung der Generaldirektion der Police Nationale in ihrem nicht klimatisierten Lieferwagen auf der anderen Seite der Barikaden. Sie filmen Alain Girardot und hören mit Richtmikrophonen seine Gespräche mit den Kellnern ab. Nach dem Café bestellt er die Rechnung und verlässt das Bistro. Natürlich zahlt Capitaine Girardot, wie üblich, seine Rechnung nicht und geht zu Fuß in die Gassen der Altstadt.

Gefolgt von zwei Polizisten der »Bœuf Carottes« biegt er in die Rue Pairolière ein, schlendert gemütlich über den Place St. François, wo die Fischhändler gerade die nicht verkauften Fische wieder einpacken. Ein Reinigungswagen der Stadt Nizza sprüht mit einem starken Wasserstrahl gerade den Fischmarkt sauber. Streunende Katzen machen sich über die Reste der weggeworfenen Fische her. Ein buntes Treiben herrscht in den engen Gassen der Altstadt von Nizza. Alain Girardot geht, immer gefolgt von seinen Beschattern, über die Rue Guigonis bis zum Place Sainte Claire. Dort verschwindet er in einem Hauseingang.

Einer der »Bœuf Carottes« nimmt sein Funkgerät und meldet: »Das Zielobjekt ist angekommen. Wir können nun einen Café trinken gehen. Der Mann braucht gewöhnlich bis zu drei Stunden.«

Der Einsatzleiter antwortet prompt: »Ein Mann bleibt vor Ort, einer kann abwechselnd Café trinken gehen. Ich will jederzeit eine Standortmeldung haben. Heute schnappen wir uns den Kerl.«

Die üblichen drei Stunden sind vergangen. Der Einsatzleiter hat weitere Kräfte von der IGS (Interne Polizei der Polizei) angefordert, da er die Erlaubnis zum Zugriff von seinem Vorgesetzten erhalten hat.

Vier Stunden sind vergangen und Capitaine Alain Girardot ist immer noch nicht aufgetaucht. Der Einsatzleiter vor Ort hat jetzt zwölf Polizisten seiner Einheit und ein Sondereinsatzkommando der GIPN rund um das alte Gebäude am Place Sainte Claire zusammengezogen. Er telefoniert hektisch mit der Zentrale, denn er weiß nicht, was er tun soll. Dann endlich kommt die Entscheidung des Direktors der IGS.

Der Einsatzleiter begibt sich sofort vor Ort. Er lässt sich eine schusssichere Weste geben, streift sie über sein Jackett und zieht seine Dienstpistole. Dann greift er nach seinem Funkgerät und gibt den Einsatzbefehl:

»An alle Einheiten auf Kanal 13, hier spricht der Einsatzleiter: Zugriff, Zugriff, Zugriff!«

Das Sondereinsatzkommando bricht die schwere Eingangstür auf, einige der Elitepolizisten dringen von hinten in das alte Haus ein und brechen sämtliche Türen zu den verwinkelten Gebäuden auf. Sie werden gefolgt von den »Bœuf Carottes«. Zusammen durchsuchen die Polizisten Zimmer für Zimmer, vom Keller bis zum Dachboden.

Ein riesiges Geschrei und Durcheinander löst diese Aktion der Polizei bei den Bewohnern aus. Für die »Boeuf Carrottes« ist es keine Überraschung, dass aus den schummerig beleuchteten Zimmern nackte Mädchen kreischend über die Flure laufen, ihre Freier versuchen, irgendeine Hose zu erwischen, um sich wenigstens notdürftig zu bekleiden, und die »Madame« des Hauses flucht wie ein korsischer Ziegenhirte. »Putain de Merde (verfluchte Scheiße), Salauds (Drecksäcke), Cochons (Schweine), Scheißbullen. Casse-toi, connard (Verpiss dich, Arschloch)«, wird einer der Elitepolizisten von »Madame«, die gar keine Dame ist, beschimpft, als er ihr gerade Handschellen anlegen will.

Der Einsatzleiter steht in der Halle und nimmt über Funk die Meldungen der Einsatzkräfte entgegen. Zimmer für Zimmer wird durchsucht, die Personalien der Bewohner und Gäste aufgenommen und mit dem Fahndungscomputer im Einsatzwagen verglichen. Gefängniswagen fahren auf dem Place Sainte Claire ein und verfrachten sämtliche Festgenommenen in die kleinen Zellen der Busse.

»Wo ist die Zielperson?«, will der Einsatzleiter etwas beunruhigt wissen.

»Bis jetzt keine Spur«, melden alle Polizisten nacheinander.

»Putain, seid ihr schon im Keller?«

»Durchsuchung beginnt gerade«, kommt die Antwort prompt aus dem Funkgerät. Dann die Meldung: »Merde, Merde, Patron, kommen Sie sofort in den Keller. Zielperson gefunden.«

Dem Einsatzleiter bietet sich ein grauenhaftes Bild. Capitaine Alain Girardot ist an eine mit rotem Samt ausgeschlage Drehscheibe gefesselt. Er ist bis auf einen Lederschurz vollkommen nackt. Das ganze Gruselkabinett im Keller ist eine einzige Folterbank für Sado-maso-Liebhaber beiderlei Geschlechts. Heute hat Capitaine Girardot etwas übertrieben. Er ist mit einer Klaviersaite grausam erdrosselt worden. Seine «Herrin» liegt tot auf einer Streckbank. Ihr wurde mit einem der Folterwerkzeuge die Kehle durchschnitten.

»Wir brauchen die Mordkommission und die Spurensicherung«, befiehlt der Einsatzleiter. »Wenn die Jungs von Roquebillière eingetroffen sind, rücken wir ab. Das hier geht uns nichts mehr an. GIPN, Einsatz beenden.«

21.

Préfecture des Départements Alpes Maritimes
Palais de Roi des Sardes
Nizza

Monsieur le Préfet ist der höchste Repräsentant des Staates in einem Département. Er trägt bei offiziellen Anlässen eine goldbetresste Uniform mit Orden und Ehrenzeichen. Im Sommer erscheint er in blütenweißer Uniform mit goldenen Epauletten. Er ist direkt dem Präsidenten der Republik unterstellt. In Nizza residiert er in dem herrlichen Prachtbau der Könige von Sardinien, der direkt an den Justizpalast anschließt und einen herrlichen Blick auf den alten Blumenmarkt von Nizza und das Meer hat.

Wenn Monsieur le Préfet zu einer Audienz lädt, dann muss etwas Besonderes vorgefallen sein. Er hat die Chefs aller Commissariate der Police Nationale des Départements, den Kommandanten der Gendarmerie Nationale, Colonel Philippe Desfreux, den Direktor für die öffentliche Sicherheit, Xavier Quinti, den Direktor der Kriminalpolizei, Dennis Melano, die Untersuchungsrichterinnen Lucia Carlucci aus Nizza und Colette Mouchard aus Grasse sowie den Leitenden Oberstaatsanwalt (Procureur de la République) einbestellt.

»Meine Damen und Herren, ich mache es kurz. Erschreckende Dinge gehen in unserem Département vor. Innerhalb kurzer Zeit wurden eine Vielzahl von Morden an verdienten Persönlichkeiten begangen. Der Präsident der République hat mir gegenüber in einem langen Telefonat seine Besorgnis ausgedrückt.«

Der Präfekt setzt sich und schlägt nun einen Ton an, den er so sicher nicht auf der Eliteuniversität ENA in Straßburg gelernt hat.

»Was, zum Teufel, ist hier eigentlich los? Erst wird der allseits geachtete Maître Kerensky während seiner alljährlichen Darstellung des Napoléon I. vor tausenden Zuschauern erschossen. Ganz Frankreich hat diese Tat an den Fernsehschirmen mitverfolgen können. Dann wird der altgediente Haudegen Colonel Le Gen von seinem Rennpferd zu Tode getrampelt. Der Chefarzt der Kardiologie der »Fontonne« wird tot in der Rechtsmedizin der Universität Nizza aufgefunden. Offensichtlich ist auch er auf mysteriöse Weise ermordet worden. Und schließlich wird der ermittelnde Offizier der Kriminalpolizei in einem fragwürdigen Etablissement mit einer Klaviersaite erdrosselt. Ich frage Sie, meine Damen und Herren, sind das alles Zufälle oder gibt es hier einen Zusammenhang?«

Xavier Quinti als ranghöchster Polizist des Départements steht auf und ergreift als Erster das Wort:

»Die zuständigen Untersuchungsrichterinnen von Grasse und Nizza, sowie der Procureur de la République sind nach Prüfung aller Fakten zu der Ansicht gelangt, dass es Verbindungen zwischen den Morden geben kann, wenngleich es bis jetzt keinen einzigen Beweis dafür gibt.«

»Diese Annahme beruht lediglich auf dem Umstand der auffälligen Häufung der Todesfälle«, bekräftigt der allseits geachtete Oberstaatsanwalt.

»Meine Damen und Herren, mit Einverständnis und auf Anordnung der Innen- und Justizministerinnen ordne ich daher die Bildung einer Sonderkommission unter zentraler Leitung des erfahrensten Commissaires unter Ihnen an. Er hat alle Vollmachten, die zur Aufklärung dieser Todesfälle führen und hat mich und die beiden mit den Taten befassten Untersuchungsrichterinnen ständig zu unterrichten. Monsieur Directeur Quinti, wer ist der erfahrenste Commissaire unter Ihren Leuten?«

»Monsieur le Préfet, da kommen mehrere hochqualifizierte Commissaires in Frage. Ohne Zweifel hat jedoch der Commissaire divisionnaire Flavio Carlucci die größte Erfahrung, da er in Paris 25 Jahre lang Chef der Brigade Antibanditisme war und somit hochqualifiziert für einen Fall mit eventueller Involvierung der organisierten Kriminalität ist.«

Directeur Dennis Melano ist froh, dass es nicht ihn getroffen hat, daher bekräftigt er die Empfehlung seines Chefs eifrig: »Und außerdem, Monsieur le Préfet, sind zwei der Opfer in seinem Zuständigkeitsbereich zu Tode gekommen. Er wäre also nach der Strafprozessordnung ohnehin zumindest für zwei der Morde zuständig.«

»Gut, ich bin einverstanden, dann ergeht so der Befehl an alle Dienststellen«, erklärt Monsieur le Préfet und schließt die Sitzung.

22.

Commissariat de Police
Avenue des Frères Olivier
Antibes

Flavio Carluccis Gefühle sind gespalten. Einerseits ist er froh, dass mit der Entscheidung des Préfet die unmittelbare Verantwortung und damit der politische Druck von seinem Freund Xavier Quinti genommen worden ist. Andererseits graust es ihm vor der vielen Arbeit, die nun auf ihn zukommt.

Er hatte sich so sehr auf den Sommer auf »seinem« Boot gefreut. Mit Nénette und Olivier Petacci waren zahlreiche Segeltörns nach Saint-Tropez geplant, um über die gelifteten alten Schabracken mit ihren Gigolos und die russischen Milliardäre mit ihren »Damen« zu lästern. Sie wollten zu der wunderbaren Halbinsel Giens bei Hyères schippern, um die Eltern von Nénette zu besuchen. Und natürlich sollte auch eine Fahrt entlang der Calanques, am Cap d'If vorbei, in den herrlichen Hafen von Marseille nicht fehlen. Dort gibt es die beste Fischsuppe, die Frankreich zu bieten hat.

Nichts ist es damit. Stattdessen bildet er nun zusammen mit Commandant Bixente Isetegui, seiner Assistentin Simone Boué, den Offizieren der Antiboiser Kriminalpolizei, Capitaine Sarazin-Ponti, Lieutenant Karim Ben Sousson, Capitaine Daniel »Mamou« Cohen, dem Lieutenant Nguyén Thi-Xem, dem Colonel Desfreux von der Gendarmerie Nationale, Commissaire Raibaud von Cannes, Commissaire divisionnaire Barbara Ghaleb von Cagnes-sur-Mer und einer Einheit der besten Niçoiser Kriminalisten eine Sonderkommission. Dazu fordert Flavio Carlucci noch eine Einheit mit Spezialisten der Brigade Financière und der Police Scientifique an. So kommen insgesamt über fünfzig Männer und Frauen in dem engen und stickigen Sitzungssaal im Commissariat von Antibes zusammen.

Flavio Carlucci nimmt neben seiner erfahrenen Assistentin Brigadier-Chef Simone Boué Platz, die bereits ein Programm auf ihrem Computer nur für diese Kommission geschrieben hat. In tagelanger Kleinarbeit hat sie sämtliche Ermittlungsergebnisse aller betreffendern Todesfälle in das neue Programm eingegeben.

»So, meine Damen und Herren, zuerst einmal zur Organisation«, beginnt Flavio Carlucci die Sitzung. »Wir bilden vier Gruppen unter der Leitung je eines Offiziers der Antiboiser Kripo. Zu jeder Gruppe gehören der ehemalige Sachbearbeiter des Tatortes, die besten Ermittler unter Ihnen, einige Leute von der Spurensicherung, einige Spezialisten der Finanzbrigade und im Falle des Capitaine Girardot der Ermittlungschef der ›Bœuf Carottes‹.«

Flavio Carlucci zündet sich seine 14. Gintanes Maïs an diesem frühen Morgen an und nimmt einen Schluck aus dem vor ihm stehenden Wasserglas. Nur wenige im Saal wissen, dass es sich dabei nicht um Leitungswasser, sondern um einen Martini blanc handelt. Trotzdem oder gerade deshalb ist der Chef der Sonderkommission hochkonzentriert.

«Wir fangen bei Null an. Ignorieren Sie sämtliche bestehenden Ermittlungsergebnisse. Durchsuchen Sie die Tatorte, die Wohn- und Arbeitsplätze der Opfer erneut, nehmen Sie erneut Spuren, soweit das noch möglich ist. Sichten Sie auch das letzte Papier, dessen Sie habhaft werden können. Die Leichen werden alle noch einmal seziert, und zwar in Lyon. Ich habe das bereits mit den beiden Untersuchungsrichterinnen abgeklärt. Stellen Sie sich vor, wir wissen gar nichts und behandeln jeden Fall, als ob er heute erst geschehen wäre. Wenn es einen Zusammenhang zwischen den Morden geben sollte, dann findet es meine Assistentin Simone Boué heraus. Ich ordne an, dass wir an jedem Montagmorgen um 9 Uhr hier zusammenkommen, um unsere Erkennntnisse auszutauschen und sie Brigadier-Chef Boué zu übermitteln. Für sämtliche Mitglieder der Sonderkommission gilt ab sofort Urlaubssperre und Tag-und-Nacht-Bereitschaft. Ende der Sitzung. An die Arbeit, avanti!«

Die Begeisterung der Mitglieder der Sonderkommission hält sich in Grenzen, doch mit dem Commissaire divisionnaire Flavio Carlucci ist nicht zu spaßen.

Das ist auch an der Côte d'Azur bekannt. Sein Ruf als ehemaliger Chef der Brigade Antibanditisme ist ihm aus Paris vorausgeeilt. Dass er sich von niemandem einschüchtern oder politisch unter Druck setzen lässt, ist ebenfalls mehr als bekannt. Das hat ihn auch die Karriere gekostet. Er hat nichts mehr zu verlieren, denn er hat keinerlei Ehrgeiz mehr.

Doch sein sizilianisches Temperament ist gefürchtet. Seine Kompetenz ist aber unbestritten, wenngleich auch seine offen ausgelebten Laster oft Anlass zum Lästern geben.

23.

Cabinet III
Der Untersuchungsrichter
Palais de Justice
Nizza

Anni Gastaud meldet einen völlig unerwarteten Besuch. Sie glüht vor Erregung, sodass sich Richterin Lucia Carlucci schon Sorgen um ihre treue Rechtspflegerin macht.

»Madame la Juge, Madame la Juge, ein Mann. Ach, was sage ich, ein Wunder von einem Mann«, stößt Annie Gastaud heraus und streckt die Hände zur Decke.

Lucia Carlucci lacht herzerfrischend über ihre Greffière. »Ist etwa George Clooney im Vorzimmer?«

»Besser, viel besser. Ein Mann, mon Dieu, ein Wunder der Schöpfung!« Annie Gastaud kann sich nicht beruhigen. Bevor ihre treue Rechtspflegerin noch einen Herzanfall bekommt, lässt Lucia Carlucci bitten.

Die Richterin lässt sich nichts anmerken, obwohl auch sie beim Anblick ihres Besuches ein leichtes Kribbeln verspürt. Vor ihr steht ein fast zwei Meter großer Offizier der französischen Armee. Seine Uniform ist mit einer vierteiligen bunten Ordensschnalle geschmückt. An den Uniformhosen trägt er die breiten Bisen eines Generalstabsoffiziers.

Das Gesicht des Offiziers ist scharf geschnitten und braun gebrannt. Seine Haare sind an den Schläfen schon leicht ergraut. Der Offizier grüßt militärisch:

»Madame la Juge, ich bin Lieutenant-Colonel Jean de Sobieski vom militärischen Nachrichtendienst DGSE. Dürfte ich Sie in einer Angelegenheit der nationalen Sicherheit sprechen?«

»Bitte nehmen Sie Platz, Lieutenant-Colonel. Treten die Geheimdienstoffiziere des DGSE immer in so prunkvoller Uniform auf?«, lächelt Richterin Carlucci den Offizier an, um die Spannung aus dem Gespräch zu nehmen und eine lockere Atmosphäre zu schaffen.

Der blendend aussehende Offizier gibt jetzt den Charmeur und lächelt auf eine umwerfende Art: »Madame la Juge, nur wenn wir Eindruck machen wollen.«

»Das, mein verehrter Lieutenant-Colonel, ist Ihnen zumindest bei meiner Greffière vollkommen gelungen. Sie ist ja vollkommen aus dem Häuschen.«

»Madame la Juge, das war nicht meine Absicht. Ich dachte da eher an Sie, Madame.«

»Kommen Sie zur Sache.« Lucia Carlucci hat von ihrem Vater eine natürliche Abneigung gegen alle Geheimdienste eingebleut bekommen. Und so ist sie nach dem anfänglichen Geplänkel auf der Hut.

»Gerne, Madame la Juge. Der Grund meines Besuches ist die Sorge des Generalstabes, dass durch den Tod des Colonel Maurice Le Gen das Ansehen des französischen Militärs beschädigt werden könnte. Ich bitte Sie daher, diesen Fall aus den anderen Ermittlungen der Sonderkommission, die von Ihrem geschätzten Herrn Vater geleitet wird, herauszulösen und abzuschließen. Der Chef d'Etat Major (Generalstabschef) der französischen Streitkräfte wäre Ihnen zu großem Dank verpflichtet.«

»Lieutenant-Colonel, ich werde mich von niemandem, auch nicht vom Militär und schon gar nicht von der Politik, in meiner Arbeit beeinflussen lassen«, antwortet Lucia Carlucci kalt wie Polareis. So etwas hat ihr gerade noch gefehlt.

»Madame la Juge, ich hatte diese Antwort befürchtet, daher bin ich ermächtigt, Ihnen ein Staatsgeheimnis anzuvertrauen. Colonel Le Gen gehörte einer Verbindung ehemaliger OAS-Offiziere an, die immer noch an die Wiedereingliederung Algeriens in das französische Mutterland glauben. Es scheint da eine arabisch-gesteuerte terroristische Organisation zu geben, die sich an ehemaligen Offizieren der französischen Besatzungsarmee rächen will. Wir befürchten weitere Anschläge auf hoch dekorierte Offiziere, falls die Ermittlungen nicht zu einem schnellen Ergebnis kommen. Wir wollen die Sache möglichst kleinhalten und haben eine Gefährdungsliste erstellt. Diese Personen werden von unserer operativen Abteilung besonders geschützt.«

Der Lieutenant-Colonel übergibt Lucia Carlucci eine drei Seiten lange Liste.

»Lieutenant-Colonel, ich danke Ihnen für Ihre Unterstützung. Ich werde Ihre Einwände und Sorgen prüfen und in die Ermittlungen miteinbeziehen.«

Mit freundlicher Geste bedeutet Madame la Juge dem Offizier des DGSE, dass das Gespräch für sie zu Ende ist.

Der Lieutenant-Colonel erhebt sich sofort, deutet zum Abschied von Lucia Carlucci mit Grandezza einen Handkuss an und grüßt dann noch vor dem Verlassen des Cabinets militärisch.

Sofort kommt Annie Gastaud hereingestürmt. »Na, was wollte der Supertyp?«, fragt sie ganz respektlos.

»Annie, Annie, jetzt wird's gefährlich, ich muss sofort weg. Ich komme heute nicht mehr ins Büro«, entgegnet die Richterin und geht zu Fuß in ihr Appartement auf dem Cours Saleya.

Die erfahrene Greffière macht sich Sorgen. So ernst hat sie ihre Richterin noch nie gesehen, seit sie mit ihr zusammenarbeitet.

24.

Wohnhaus von »Commissaire Josse«
Rue du Lavoir
Antibes

Flavio Carlucci ist alarmiert. Der Besuch des Geheimdienstoffiziers bei seiner Tochter hat bei ihm alle Alarmsirenen schrillen lassen. Sofort danach hat er seine Freunde, Commandant Bixente Isetegui, Olivier Petacci und »Commissaire Josse«, den Patron des Café des Chineurs, angerufen. Sie verabreden sich im Privathaus von Jocelyn Garbi, der von allen nur »Commissaire Josse« genannt wird.

Lucia Carlucci hat sich sofort auf den Weg nach Antibes gemacht und sorgfältig darauf geachtet, dass ihr niemand folgt. Sie kennt zwar das Café des Chineurs in der Altstadt von Antibes, doch bei »Commissaire Josse« war sie noch nie zu Hause. Ihr Vater hat ihr den Weg genau beschrieben.

Sie fährt am Port Vauban durch die Stadtmauer von Antibes, lässt das Café des Chineurs links liegen, überquert den Place Audibert, um auf die Stadtmauer des alten Antibes zu gelangen. Dort fährt sie die schmale Promenade Amiral de Grasse entlang, an der Kathedrale und am Château Grimaldi vorbei, in dem das Musée Picasso untergebracht ist, und parkt dann ihren kleinen Peugeot vor dem wunderbaren alten Steinhaus in der Rue du Lavoir.

Das Haus scheint schon so lange zu stehen wie die Festungsmauer des historischen Antibes. Es wirkt wie eingelassen in die wehrhafte Stadtmauer, die die historische Altstadt umschließt. Durch einen bescheiden wirkenden Eingang tritt Lucia Carlucci in den obersten Stock des Hauses ein, wo sie herzlich von Jocelyn Garbi mit Küsschen empfangen wird.

Man sieht es von der Uferpromenade aus nicht, aber das Haus von »Commissaire Josse« ist drei Stockwerke hoch und hat im untersten Geschoss einen weiteren Ausgang, der direkt in die verwinkelten Gassen der Altstadt führt.

Lucia Carlucci ist überrascht über den Anblick, der sich ihr da bietet. In einem wunderbaren Salon im ersten Untergeschoss sitzen ihr Vater Flavio und seine Freunde Olivier Petacci und Bixente Isetegui bei einer Flasche Rotwein vom Allerfeinsten zusammen und rauchen. Ein süßlicher Geruch schlägt ihr entgegen.

»Ihr alten Säcke, Ihr werdet doch nicht etwa ...?«

»Commissaire Josse« beruhigt Lucia und öffnet eine Glasscheibe, hinter der sich ein fein klimatisiertes Gärtchen befindet.

»Aber das ist doch ...!« Entsetzt dreht sich Lucia Carlucci zu ihrem Vater um.

Flavio Carlucci grinst frech: »Schätzchen, komm, setz dich zu uns, nimm ein Glas von diesem wunderbaren Wein und wenn du willst, kannst du ja noch einmal an deine Studentenzeit anknüpfen und ein bisschen Gras rauchen. Oder hast du etwa geglaubt, dass ich es nie gerochen habe, wenn du als Studentin mit einem leicht süßlichen Geruch in deinen Kleidern nach Hause gekommen bist?«

»Also das ist doch der Gipfel, ich rufe gleich die Rauschgiftfahndung an.« Lucia Carlucci scheint empört zu sein.

»Ja klar«, grinst Bixi, »dann werden wir vom Dienst suspendiert und sind diesen Scheißfall los. Ich freue mich schon auf ein paar Tage im Knast, dann kann ich endlich mal wieder ausschlafen.«

»Ich glaube es einfach nicht, mein Vater raucht Gitanes Maïs, bis der Arzt kommt, säuft literweise seinen Scheiß-Martini und jetzt raucht er auch noch Cannabis. Ich fasse es nicht. Los, Josse, drehe mir auch einen Stengel. Mal sehen, ob ich es noch kann.«

Alles bricht in schallendes Gelächter aus. Als Lucia die Liste des Geimdienstoffiziers aus der Tasche zieht und herumreicht, werden die Herren jedoch wieder ernst.

Flavio Carlucci ist besorgt: »Josse, was hältst du davon?«

»Wenn das alles Offiziere im Algerienkrieg waren, dann fresse ich meinen Koch Momo«, kritisiert »Commissaire Josse« nachdenklich die Liste. Ein paar davon kenne ich, aber das waren keine Armeeangehörige. Der eine da war ein Plantagenbesitzer aus Oran, der heute Immobilienmakler in Cannes ist. Dank seiner guten arabischen Sprachkenntnisse hat er gutes Geld als Makler verdient, als die Scheichs anfingen, Villen und Paläste in Cannes zu kaufen. Heute ist er aber längst im Ruhestand. Was der mit der OAS zu tun haben soll, ist mir schleierhaft.«

Olivier Petacci macht einen Vorschlag: »Ihr wisst ja, dass ich ein bisschen technisches Verständnis besitze ...«

Alles lacht, denn jeder weiß, dass Olivier Petacci ein technisches Genie ist. Er knackt so ziemlich jeden Computer, installiert Satellitenüberwachungen, spürt Wanzen auf oder installiert sogar welche. Überhaupt hat er ein schwer gestörtes Verhältnis zu Eigentumsverhältnissen.

Als er als Brigadier-Major und Chef der Materialverwaltung im Polizeipräsidium von Paris in den Ruhestand verabschiedet wurde, hat er noch schnell in die Preziosenkiste des Inlandsgeheimdienstes Renseignements Généraux gegriffen und sich mit den feinsten Dingen versorgt, die der Markt an Hightech so hergibt.

Vorher war er jahrelang in Commissaire Carluccis Brigade und wurde dort bei einem Einsatz schwer verletzt. Flavio hatte ihm dabei das Leben gerettet und ihm den Posten in der Materialverwaltung verschafft. Das war eine schlechte Entscheidung der Direktoren, denn Olivier hat sich dort selbst reichlich bedient.

»Nun, ich könnte ja mal diese Liste abklopfen. Wenn der George Clooney-Verschnitt allerdings recht hat, dann könnt ihr euch auf eine Serie von Morden verlassen.«

»Und wenn nicht?«, will Bixi wissen. Man sieht ihn kaum hinter seiner Rauchschwade. »Ich rauche nur, was ich vorher gesehen habe«, fügt er noch zu seiner Entschuldigung an und schiebt den Rauch mit einer Bewegung seiner Bärentatzen beiseite.

»Wenn nicht«, meint Commissaire Josse besorgt, »dann stecken wir alle erst recht in der Merde.«

»Warum?«, fragt Flavio Carlucci leicht angenervt.

»Weil dann der Geheimdienst mit dir altem Esel und deiner hübschen Tochter ein ganz böses Spiel treibt. Wenn das nicht alles OAS-Offiziere waren, und das steht jetzt schon für mich fest, warum sollten die dann von einer arabischen Terrorzelle bedroht werden?«

Olivier Petacci stimmt dem zu: »Und außerdem sind die Jungs auf der Liste über ganz Frankreich verteilt, wie ich hier aus dem Papier entnehme. Die OAS-Leute und die zivilen Algerienflüchtlinge haben sich aber fast alle nach ihrer Flucht an der Côte d'Azur niedergelassen. Hier ist das Klima ähnlich wie in Algerien und hier gibt es die größten Vereine, Clubs und Veteranenverbände aus Algerien. Halb Cagnes-sur-Mer besteht aus den sogenannten Pieds-noir.«

Sie trinken stundenlang, rauchen und diskutieren. Es wird Abend, bis Flavio Carlucci seine eigene Analyse der Situation durchdacht hat.

»Wenn das alles OAS-Leute sind, haben wir gar kein Problem, dann soll Lucia dem Wunsch des Lackaffen vom Geheimdienst entsprechen und wir lösen den Fall Le Gen aus der Sonderkommission heraus. Mädchen, dann stelle das Verfahren ein und überlass die Vertuschung dieses merkwürdigen Todesfalls dem DGSE.«

»Papa, ich glaube, dass du spinnst, so etwas würde ich nie tun, das entspricht nicht meiner Dienstauffassung und verstösst ausserdem gegen das Gesetz. Das ist Strafvereitelung im Amt«, empört sich Richterin Lucia Carlucci.

»Scheiß auf deine Dienstauffassung, scheiß auf das Gesetz und das ganze politische System, scheiß auf alle Geheimdienste dieser Welt. Mein Kind, es geht nur ums Überleben«, bricht es unvermittelt aus Flavio Carlucci heraus. »Lege Dich nie mit einem Geheimdienst an und schon gar nicht mit dem französischen. Die sind zu allem fähig. Ebenso wie sie einfach ein Greenpeace-Schiff in fremden Hoheitsgewässern versenken und dabei zwei Menschen ersäufen können, ist das für diese Gauner in Offiziersuniform nur ein Schnippen mit den Fingern und eine kleine Untersuchungsrichterin landet in den Schiffsschrauben der Korsika-Fähren im alten Hafen von Nizza.«

»Papa, ich weiß, du glaubst an gar nichts mehr, doch ich bin ein Organ der Rechtspflege. Ich glaube noch an den Geist des Code Napoléon.«

»Hör auf, mit mir über Moral in der Politik und der Justiz zu diskutieren, Mädchen. Ich kann es nicht mehr hören. Das ist alles Mist. Wenn du Geld oder Macht hast, kann dir keine Justiz Frankreichs etwas. Wenn du aber eine arme Sau aus den Banlieus und den Elendsquartieren der Großstädte bist, dann, mein Mädchen, hast du keine Chance. Erst geben Sie denen keine regulären Papiere, obwohl sie in Frankreich geboren sind, dann lassen sie sie nicht in eine anständige Schule gehen, dann schieben sie sie in eines der Ghettos der Vorstädte ab, wohin kein Bus und keine Bahn mehr fährt, und dann werden sie von den Flics halb tot-geschlagen, wenn die sie beim Klauen erwischen. Und schließlich kommt die Scheißjustiz daher und steckt diese Jungs in diese verstunkenen Knäste aus dem 18. Jahrhundert, die restlos überfüllt sind und in denen katastrophale Zustände herrschen. Hast du etwa die Berichte der Straßburger Menschenrechtskommission nicht gelesen, wonach Frankreich die unmenschlichsten Haftbedingungen in ganz Europa hat? Jedes Jahr haben wir fast 200 Selbstmorde in unseren Dreckgefängnissen. Zum Vergleich: in Deutschland sind es nur zehn, in Spanien nur fünf und in Italien nur dreizehn Suizide pro Jahr in den Gefängnissen. Und wenn die Jungs dann doch glücklich überlebt haben, verlassen sie diese Hölle lebend. Und was ist dann? Dann geht der ganze Scheiß wieder von vorne los! Hast du ein einziges Mal erlebt, dass ein Offizier des DGSE im Knast gesessen hätte? Oder hast Du ein einziges Mal erlebt, dass einer dieser Scheißpolitiker wegen ihrer korrupten Machenschaften auch nur einen Tag im Knast war? Nein? Gut, dann höre bitte auf, deinem alten versoffenen Vater Moralvorträge zu halten.«

Atemlos haben Flavios Freunde und Lucia Carlucci dem verbitterten Monolog von Flavio Carlucci zugehört.

Bixente Isetegui, der seinen Freund und Chef am besten und am längsten kennt, wirft eine philosophische Frage auf:

»Wisst ihr, was ein Zyniker ist? Nein? Ein Zyniker ist ein enttäuschter Idealist. Und das genau ist unser Freund Flavio, für den ich alles tun würde. Ich arbeite jetzt seit über zwanzig Jahren mit ihm zusammen und weiß sehr genau, was er in dieser Zeit alles durchgemacht hat.«

»Kommen wir zur Sache zurück«, versucht Olivier Petacci die gespannte Atmosphäre aufzulockern. »Also gesetzt der Fall, Le Gen ist tatsächlich von irgendeinem arabischen Fanatiker umgebracht worden, dann stimme ich Flavio zu. Das geht uns einen Scheiß an und du, Lucia, solltest dem Rat deines Vaters, der es nur gut mit dir meint, folgen. Was ist aber, wenn die ganze Liste erstunken und erlogen und nur einer dieser schmutzigen Geheimdiensttricks ist?«

»Commissaire Josse« versucht eine Antwort: »Dann läuft da eine Riesensauerei, von der wir alle keine Ahnung haben. Mir stellt sich nämlich ständig die Frage, was zum Teufel die anderen Morde an dem Chefarzt, dem Notar und dem Capitaine Girardot mit dem Fall Le Gen gemein haben. Nach dem Alter der drei Ermordeten zu schließen, waren die nie in Algerien, haben auch keinerlei Militärdienst geleistet und können auf Grund ihres relativ jugendlichen Alters weder mit dem Algerienkrieg noch mit der OAS etwas zu tun haben.«

Flavio zieht daraus den Schluss: »Entweder sind wir auf dem vollkommen falschen Dampfer und die Morde haben gar nichts miteinander zu tun oder irgendeine andere Sauerei läuft da ab. Also, was schließen wir daraus?«

»Jungs, Papa, ich bin die zuständige Richterin, wir machen so weiter, wie das angeordnet ist. Basta così!«

»Hm«, knurrt Flavio, »dann kannst du jetzt zurück nach Nizza fahren. Wir trinken noch eine Flasche.«

»Ihr Gauner wollt mich also loswerden?«, protestiert Lucia Carlucci. »Womöglich wieder, um irgendeine eurer Zirkusnummern auszukungeln. Ciao! Davon will ich gar nichts wissen!«

Wie aus einem Munde schallt es der Richterin Lucia Carlucci entgegen: »Genau!«

Als Lucia Carlucci wütend die Haustür hinter sich zugeschlagen hat, diskutieren die Freunde noch stundenlang weiter.

Flavio gibt noch ein paar Anweisungen: »Olivier, du verdrahtest morgen als Erstes die Wohnung von Lucia. Kameras, Satellitenüberwachung, Mikrophone und das ganze Programm. Verwanze auch ihr Handy. Ihr Auto bekommt einen Peilsender.«

»Du machst dir wirklich Sorgen, Flavio? Ich regle das, verlass dich auf mich. Ich setze noch einen drauf. Dasselbe mache ich mit ihrem Cabinet im Justizpalast«, lacht Olivier Petacci.

»Wie willst du denn da reinkommen, du Spinner?«

»Ich habe doch immer noch meine alte Uniform und meinen Ausweis der Brigade Antibanditisme,«, grinst Olivier.

»Ich dachte, den hattest du abgegeben bei deiner Verabschiedung?«, lacht Bixi.

»Jungs, ihr seid doch zu dämlich. Man hat in Frankreich von allen Ausweispapieren immer zwei Ausfertigungen. Einen davon hat man irgendwann einmal »verloren« oder er wurde einem »gestohlen«. So hat man immer ein Ersatzpapier, wenn man einmal in Not ist.«

»Dann noch etwas, Olivier, überprüfe mal diesen Lieutenant-Colonel und die Personen auf seiner Liste. Vielleicht bringt uns das weiter!«

»Mach ich doch glatt.« Und damit neigt sich diese lange Bordeaux- und Cannabis-geschwängerte Nacht dem Ende zu.

25.

Commissariat de Police
Avenue des Frères Olivier
Antibes

Jeden Montagmorgen findet im obersten Stockwerk des Commissariats eine Vollversammlung der Sonderkommission statt. Wie immer sind auch auch die Richterinnen aus Grasse, Colette Mouchard, und aus Nizza, Lucia Carlucci, anwesend, um die neuesten Ermittlungsergebnisse auszutauschen und die folgenden Maßnahmen zu koordinieren.

Brigadier-Chef Simone Boué führt das Protokoll und gibt die neuesten Ermittlungsergebnisse in ihr Computerprogramm ein. Capitaine Odette Sarazin-Ponti war die ganze Woche in der Rechtsmedizin von Lyon und beobachtete die erneuten Obduktionen der Getöteten.

Sie berichtet: »Meine Damen und Herren, ich kann keine Leichenhalle mehr sehen. Die erneuten Obduktionen haben keinerlei neue Erkenntnisse gebracht. Das ist kurz und gut das Ergebnis dieses gesamten Aufwandes.«

»Aber Capitaine«, wendet Simone Boué ein, »darf ich ein wichtiges Teil ergänzen? Zwar hat sich nicht an allen Leichen eine vergleichbare DNA gefunden, doch es gibt eine DNA, die immer im Zusammenhang mit jedem Tötungsdelikt steht. Das ergibt sich aus meiner Computeranalyse. Bitte schauen Sie alle auf den Bildschirm, ich überspiele das einmal auf den großen Schirm an der Stirnwand.«

Alles ist gespannt, denn Simone Boué, die kleine und überaus intelligente Brigadier-Chef mit Vorfahren von der Elfenbeinküste, hat schon einen großen Fall, der landesweit Schlagzeilen gemacht hat, durch ihre Detailversessenheit gelöst oder doch zumindest der Auflösung nahegebracht. Heute lacht niemand mehr, wenn sie ihre schwarzen Kulleraugen rollt und damit andeutet, wie aufgeregt sie ist, wenn sie auf eine heiße Spur gestoßen ist.

»Das russische Gewehr, das objektiv die Tatwaffe im Falle des Maître Kerensky ist, weist dieselbe DNA auf, wie die Nüstern des Hengstes von Colonel Le Gen. Das hat die Police Scientifique in mühsamer Kleinarbeit ermittelt. Die DNA im Fahrzeug des getöteten Kardiologen der »Fontonne« ist identisch mit Fall eins und zwei. An den Leichen des Capitaine Girardot und der Prostituierten in dem SM-Studio in Nizza sind ebenfalls diese DNS-DNA-Spuren zu finden wie in den Fällen eins, zwei und drei. Wir haben also fünf gleichlautende DNA-Befunde.«

Richterin Colette Mouchard aus Grasse mischt sich ein: »Dann haben wir also fünf gleichlautende DNA und dadurch einen einzigen Täter und damit einen Serienkiller?«

»Madame la Juge, bitte vergessen Sie nicht, dass der gesamte Tatort der Rechtsmedizin in Nizza ebenfalls dieselbe DNA aufweist«, gibt Simone Boué zu bedenken.

»Sie wollen doch nicht im Ernst behaupten, dass der Direktor der Rechtsmedizinischen Falkultät der Universität von Nizza etwas mit dem Fall zu tun hat? Jetzt geht aber Ihre Phantasie mit Ihnen durch, kleines Mädchen.«

Das ruft Commissaire Marie-Antoinette Raibaud sofort auf den Plan. Mit fast unverhohlener Feindseligkeit giftet sie die Richterin an: »Madame la Juge, erstens ist das kein »kleines Mädchen«, sondern eine erstklassige und überaus fleißige Polizistin und zweitens hat es bis jetzt kein Richter gewagt, den vornehmen Herrn Direktor einmal genauer unter die Lupe zu nehmen. Das könnte ja zu politischen Schwierigkeiten führen«, fügt sie noch höhnisch an.

Der Einsatzleiter der Ermittlungen gegen Capitaine Girardot gibt zu bedenken, dass der Capitaine zwar durch und durch korrupt war, doch seine Ermittlungsergebnisse bis heute nicht widerlegt sind.

Lucia Carlucci ist hier zuständig: »Gut, dann ordne ich nun die Zeugeneinvernahme des Professor Jean-Baptiste Astier an. Ich werde eine

Commission rogatoire (offizielles Ermittlungsverfahren) gegen den Professor einleiten, um den vernehmenden Polizisten die Gelegenheit zu geben, jederzeit während der Vernehmung vom Zeugen auf den Status des Beschuldigten übergehen zu können. Auch können die Beamten dann gegebenenfalls sofort nach dessen eventueller Festnahme eine Hausdurchsuchung durchführen.«

»Wer führt die Vernehmung?«, fragt Flavio Carlucci in die Runde. »Keiner will sich hier die Finger verbrennen? Was seid ihr bloß für eine feige Bande. Dann mache ich es eben zusammen mit Capitaine Sarazin-Ponti. Die hat ja jetzt Erfahrung mit Leichen.«

Alles lacht. Capitaine Odette Sarazin-Ponti seufzt: »Der lebt ja, Gott sei Dank. Von Leichen habe ich die Nase voll.«

»Noch!«, ruft der Saal, »Noch!«

Unter schallendem Gelächter wird die Sitzung der Sonderkommission für heute geschlossen.

Kaum sind Flavio Carlucci, Bixente Isetegui und Marie-Antoinette Raibaud im Büro von Flavio versammelt, klopft es an der Tür. Simone Boué will ihren Chef sprechen.

»Patron, ich habe Sorgen. Seit Wochen arbeite ich fast Tag und Nacht an dem Fall. Mein kleiner Sohn Mousse fühlt sich vollkommen vernachlässigt. Er macht große Schwierigkeiten. Können Sie mir helfen?«

Flavio Carlucci kennt das Problem. Brigadier-Chef Simone Boué ist alleinerziehende Mutter dieses Jungen, den alle hier im Commissariat ins Herz geschlossen haben.

»Simone, wir machen es wie im Fall Solférino. Du bringst den Jungen nach der Schule hier ins Commissariat. Da kann er sich austoben. Abends gehe ich mit ihm ins Café des Chineurs und wir essen zusammen. Wenn er nicht zu müde ist, dann spielen wir wieder vierhändig Klavier und unterhalten die Gäste. Das war doch früher auch immer ein Kassenschlager für ›Commissaire Josse‹. Er wird nichts dagegen haben.«

»Das wäre wirklich unglaublich großzügig von Ihnen, Patron.« Simone Boué rollt mit den Augen. Ihre rabenschwarze Haut glänzt vor Aufregung. »Doch was soll ich nachts mit ihm machen, wenn ich arbeiten muss?«

»Simone, du richtest einfach ein paar Sachen für ihn her, dann schläft er bei mir auf dem Boot. Morgens machen ich oder Nénette ihm das Frühstück und bringen ihn in die Schule nach Sophia Antipolis.«

»Patron, Sie sind ein richtiger Schatz!«, Simone kann nun nicht mehr an sich halten und küsst ihren Chef ganz unvorschriftsmäßig auf die Wange. »Es ist gar nicht wahr, was die Leute immer von Ihnen sagen.«

Flavio wird neugierig: »So, was sagen die Leute denn so über mich? Ich meine, es interessiert mich nicht wirklich«, wiegelt er dann wieder ab, weil er schon ahnt, was seine Untergebenen von ihm halten.

Simone Boué traut sich nicht. Sie fühlt, dass sie sich vergaloppiert hat. Nénette hilft ihr aus der Patsche:

»Ich weiß, was die Leute über den Commissaire divisionnaire Flavio Carlucci denken. Er sei ein abgefeimter Zyniker, ein Leuteschinder, ein fauler Sack, der lieber auf seinem Boot sitzt, als in seinem muffigen Büro, und ein herzensguter und überaus sensibler Mensch. Das sagen doch die Leute über ihn. Richtig Simone?«

»Commissaire, wenn ich ganz offen sein darf, es gibt noch eine weitere Eigenschaft, die unseren Patron prägt. Er lässt nie einen Menschen im Stich, der ihm ans Herz gewachsen ist«, fügt Simone Boué noch an, bevor sie das Büro verlässt. An der Tür dreht sie sich noch einmal um: »Es gibt keinen Menschen auf dieser Erde, dem ich mein Kind anvertrauen würde, außer meinem Patron.«

26.

Cabinet III
Palais de Justice
Nizza

Professeur Jean-Baptiste Astier hat vorsichtshalber seinen Anwalt, Maître Jean-Pierre d'Oriola, mitgebracht. Der ist ein überaus angenehmer Anwalt und besitzt einen erstklassigen Ruf in ganz Frankreich. Normalerweise ist er gar kein ausgewiesener Strafverteidiger. Maître d'Oriola ist Spezialist für medizinische Kunstfehler.

Die Richterin Lucia Carlucci, ihr Vater Commissaire Flavio Carlucci und Capitaine Odette Sarazin-Ponti haben ihre Strategie vor der Vernehmung des hochangesehenen Professors genau abgestimmt.

Richterin Lucia Carlucci eröffnet die Sitzung: »Professeur, Sie haben sich bereits bedient? Annie, bitte mache noch eine Kanne Café für alle! Dann bitte ich dich zu protokollieren.«

Dann beginnt die Richterin, den Professor über seine Rechte zu belehren und weist ausdrücklich darauf hin, dass »im Moment« nur eine Zeugeneinvernahme geplant ist. Sie verschweigt aber nicht, dass eine Commission Rogatoire erlassen wurde, die es der Richterin jederzeit ermöglicht, den Zeugen zum Beschuldigten zu erklären.

Das hätte weitreichende juristische Folgen, da dem Beschuldigten nach französischem Recht weitaus mehr Rechte zustehen als dem Zeugen. Es müsste in diesem Falle also eine völlig neue Belehrung stattfinden und die Uhrzeit vom Beginn der Vernehmung als Beschuldigter in das Wachbuch der Haupttorwache und in das Protokoll eingetragen werden. Es gilt, allergrößte Disziplin einzuhalten. Ein einziger formaler Fehler und der gewiefte Maître d'Oriola würde das ganze Verfahren in der Luft zerreissen.

Die Atmosphäre ist entspannt. Flavio Carlucci raucht ganz unvorschriftsmäßig seine Gitanes Maïs und hält sich zurück. Er beobachtet, wie die raffinierte Korsin Capitaine Sarazin-Ponti den Professor langsam aber sicher vor sich hinköcheln lässt, um dann fast am Ende der sich so träge dahinschleppenden Vernehmung zuzuschlagen:

»Professeur, geben Sie bitte zu Protokoll, wie kommen die DNA-Spuren eines russischen Präzisionsgewehrs, mit dem ein Antiboiser Notar erschossen wurde, in die Nüstern eines Rennpferdes von Cagnes-sur-Mer, von da in das Fahrzeug von Docteur Jean-Pierre Schweitzer, dann an die Leichname von Capitaine Alain Girardot und einer Prostituierten in einem Edelpuff in der Altstadt von Nizza und schliesslich auf die Treppe, die Türen und an die aufgefundene Leiche im Rechtsmedizinischen Institut der Universität von Nizza?«

»Meine Antwort ist ganz einfach, Capitaine«, antwortet der hochgewachsene und feingliedrige Pathologe, nachdem er sich gemütlich noch einen Café eingeschenkt hat. »Ich weiß es nicht.«

Maître d'Oriola ergänzt: »Und woher soll mein Mandant das auch wissen. Gibt es irgendwelche Anhaltspunkte dafür, dass mein Mandant die anderen Opfer gekannt haben könnte?«

»Nein, Maître«, gibt die Richterin Lucia Carlucci zu, um dann zum nächsten verabredeten Schlag auszuholen. »Wenn all diese merkwürdigen DNA-Spuren nichts mit Ihrem Institut oder gar mit Ihnen persönlich zu tun haben, so haben Sie sicher nichts dagegen, dass wir jetzt zusammen in Ihre Villa auf dem Mont Boron fahren und dort unsere Café-Runde fortsetzen.«

Der Anwalt und Professeur Astier schauen sich kurz an und erklären sich »gerne« bereit, bei den Ermittlungen behilflich zu sein.

Commissaire Flavio Carlucci ruft bei Dennis Melano an und fordert zwei Fahrzeuge der Krimalpolizei und ein Kommando der Spurensicherung an.

Die Fahrzeugkolonne macht sich mit Sirenengeheul auf den Weg. Flavio Carlucci und Odette Sarazin-Ponti sitzen zusammen mit zwei Beamten der Brigade des ermordeten Capitaine Girardot im ersten Fahrzeug.

Sie haben den Weg zur Villa auf dem Mont Boron in das GPS des Dienstwagens von Commissaire Carlucci eingegeben. Während Flavio Carlucci das Fahrzeug an der alten Oper vorbei auf den Quai des Etats Unis steuert, beobachtet Flavio die beiden Männer der Brigade Girardot und kommt zu dem Schluss, dass es sich um eine raue Brigade handeln muss, die sich täglich mit der Niçoiser Unterwelt herumschlagen muss. Gentlemen stellt man sich anders vor.

Doch dass diese rauen Burschen auch erfahrende Niçoiser Polizisten sind, stellt sich sofort am Kriegerdenkmal am Quai Rauba Capeu heraus.

»Commissaire, das stinkt«, ruft einer der beiden Kripoleute und zieht sofort seine Dienstpistole. Der zweite Mann wartet erst gar nicht, sondern lässt die Scheibe herunter und hält seine Waffe aus dem Fenster.

Bevor Commissaire Carlucci und Capitaine Sarazin-Ponti reagieren können, werden sie von einem schwarzen BMW gerammt und in die Hafeneinfahrt, die zu den Fähren nach Korsika führt, abgedrängt. Dabei hätte Commissaire Carlucci fast den Wächter überfahren, der sich gerade noch mit einem Sprung in die Pförtnerloge retten kann.

Aus dem Flohmarkt von Nizza, vis-à-vis des alten Hafens, schießt ein Camion heraus und stellt sich vor dem zweiten Fahrzeug, in dem ein Polizist, die Richterin Carlucci, Professeur Astier und Maître d'Oriola sitzen, quer.

Das dritte Fahrzeug der Kolonne mit den Beamten der Spurensicherung wird von einem aus dem Zollhof kommenden LKW so heftig gerammt, dass es sich überschlägt und im Hafenbecken landet.

Die Schiebetür des Camion öffnet sich. Aus dem Camion des Flohmarktes springen drei schwer bewaffnete und maskierte Männer von der Ladefläche, erschießen, ohne zu zögern, den Polizisten am Steuer des zweiten Fahrzeuges, zerren Professeur Astier aus dem Streifenwagen und schleppen ihn in den Camion.

Die Passagiere im ersten Fahrzeug haben sich schnell von dem Schrecken erholt. Zu viert stürmen sie zurück auf den Quai Lunel.

Commissaire Carlucci schreit einen der Niçoiser Kripomänner an: »Putain de merde, ich brauche eine Waffe!«

Einer der Kripoleute hatte zuvor noch eine Pistole und einige Reservemagazine aus dem Handschuhfach des Streifenwagens geholt und wirft sie Flavio Carlucci zu. Er hatte schon beim Einsteigen in der Tiefgarage des Palais de Justice kopfschüttelnd bemerkt, dass der Commissaire offensichtlich unbewaffnet war. So etwas wäre in Nizza undenkbar.

Während sich Capitaine Sarazin-Ponti und die beiden Niçoiser Polizisten mit den Gangstern in dem schwarzen BMW eine wilde Schießerei liefern, stürzt sich Commissaire Carlucci auf den Gangster, der den Polizisten im Fahrzeug seiner Tochter erschossen hat, und streckt ihn mit einem gezielten Schuss in den Oberschenkel nieder. Dann befördert er dessen Waffe mit einem Fußtritt in den Rinnstein und schlägt den Gangster mit dem Pistolenknauf bewusstlos.

Commissaire Carlucci zerrt den toten Polizisten aus dem Fahrzeug seiner Tochter, setzt sich hinter das Steuer und legt den Rückwärtsgang ein. Er fühlt sich in seine schlimmsten Zeiten von Paris zurückversetzt. Als das Fahrzeug genügend Fahrt aufgenommen hat, zieht er die Handbremse und schleudert durch die Sperrkette des Kriegerdenkmals. Dort kommt der Wagen schwer beschädigt zum Stehen. Die Passagiere sind zwar kreidebleich, jedoch unverletzt.

Sofort löst Flavio Carlucci Alarm in der Leitstelle des Polizeipräsidiums in der Avenue Foch aus. Von allen Seiten hört man kurz darauf Sirenengeheul. Ein Mannschaftswagen der Police Nationale hält hinter dem Autowrack vor dem Kriegerdenkmal.

Flavio Carlucci hält seinen Dienstausweis hoch über seinen Kopf und schreit den Polizisten zu: »Sofort die Passagiere dieses Fahrzeuges bergen und unter Bewachung zurück in den Justizpalast bringen. Los, Abmarsch!«

Dann schnappt er sich einen gerade mit Blaulicht und Sirene heranfahrenden Motorradpolizisten, stößt ihn von seiner schweren BMW-Maschine herunter und befiehlt dem zweiten Motorradpolizisten, ihm zu folgen.

Dem völlig verdutzten Polizisten, der sich Sorgen um sein gepflegtes Motorrad macht, befiehlt Commissaire Carlucci, die Erste-Hilfe-Aktionen an dem getroffenen Polizisten zu koordinieren und den von ihm niedergeschossenen Gangster zu fesseln.

Der Camion mit dem entführten Professor Astier sowie der schwarze BMW können sich trotz des heftigen Beschusses von Capitaine Sarazin-Ponti und den beiden Niçoiser Kripoleuten bis zum Place Ile de Beauté durchschlagen. Doch es wird eng, denn von der Rue Cassini und dem Boulevard Lech Walesa aus versuchen die alarmierten Einheiten der Police Nationale, der Stadtpolizei von Nizza und der Gendarmerie Nationale, die beiden flüchtigen Fahrzeuge einzukreisen.

Einer der Begleitpolizisten von Capitaine Sarazin-Ponti hat sich eine Kugel in der Schulter eingefangen. Commissaire Carlucci befiehlt ihm, am Tatort zu bleiben, die Einsätze vor Ort zu koordinieren und der Gendarmerie Maritimes zu befehlen, die Männer der Spurensicherung aus dem Wasser des Hafenbeckens am Place Guymer zu bergen.

Vom Quai de Commerce her stoßen nun Einheiten der Zollfahndung über den Boulevard de Stalingrad vor und teilen sich an der Rue Lazaret. Während eine Einheit an der Kreuzung Boulevard de Stalingrad den Boulevard zum Mont Boron sperrt, fährt die zweite Einheit der Zollfahndung über die winzige Rue Lazaret auf den Quai des Docks.

Dort stoßen die Peugeots des Zolls mit dem schweren schwarzen BMW der Siebener-Klasse hart zusammen. Sofort beginnt die Schiesserei von neuem. Doch in der Zwischenzeit ist direkt hinter dem Camion Commissaire Carlucci auf seinem Motorrad gleichzeitig mit einer schwerbewaffneten Einheit des Sondereinsatzkommandos GIPN von Nizza eingetroffen.

»Schafft die Gäste aus den Hafenrestaurants«, schreit Commissaire Carlucci dem Einsatzleiter der GIPN zu, denn die Straßencafés an dieser Seite des Hafens stehen mitten in der Schusslinie zu dem Camion mit dem entführten Professor Astier und dem schwarzen BMW der Gangster.

Panik entsteht. Tische und Stühle fallen um. Die Gäste laufen wie die aufgescheuchten Hühner zwischen den Einsatzfahrzeugen der GIPN und dem schwarzen BMW hin und her und verdecken das freie Schussfeld der Scharfschützen der GIPN.

Unglücklicherweise werden durch die andauernden Schusswechsel auch einige Unbeteiligte getroffen.

Der Chef der Kripo von Nizza, Direktor Dennis Melano, trifft gerade ein und lässt sich von Commissaire Carlucci über die Lage informieren. Dann trifft er eine Entscheidung:

»Befehl an die Zollfahndung: Ziehen Sie sich auf die Rue Lazaret zurück! Die zweite Einheit zieht sich bis zum Quai Amiral Riboty zurück und hält dort die Stellung.«

Damit macht er scheinbar den Fluchtweg für die Gangster über den Quai de Commerce frei und beendet die für die zahlreichen Gäste der Straßencafés lebensgefährliche Schießerei.

Zu Flavio Carlucci gewandt, grinst der fast 130 Kilo schwere ehemalige Pilier der »XV de France«, der Nationalmannschaft des Rugby: »Dann lassen wir sie auf den Zollhafen für Frachtgüter und schnappen sie uns dort. Dort sitzen sie in der Falle. Wir sind auf diesem Hafengelände ungestört.«

Die Verhandlungen mit den Gangstern dauern stundenlang. Die Polizeipsychologen geben sich redlich Mühe, die Situation der eingekesselten Gangster zu entschärfen.

Doch als auch die Verhandler alle Hoffnung fahren lassen, gibt der Einsatzleiter der GIPN den Befehl: »Zugriff! Avanti, avanti!«

Die Gangster werden nach einem weiteren heftigen Schusswechsel schwer getroffen und geben auf. Im Camion finden Commissaire Carlucci und Direktor Dennis Melano den Professor Astier. Er muss schon seit einigen Stunden tot sein. Er muss entweder von einer Polizeikugel getroffen worden sein oder wurde von den Gangstern erschossen, nachdem sie die Ausweglosigkeit ihrer Situation erkannt haben. Das wird eine Autopsie klären müssen.

Dennis Melano stützt sich schwer auf seinen Freund Flavio Carlucci und seufzt: »Flavio, jetzt sitzen wir beide richtig in der Merde!«

»Falsch«, lächelt Flavio Carlucci lakonisch. »I c h bin es, der wieder einmal in der Scheiße steckt. Und diesmal bis zur Oberkannte Unterlippe!«

»Na, das tröstet mich ja ungemein, ich dachte schon, ich müsste mit meinen kaputten alten Knochen wieder den Verkehr am Place Masséna regeln.«

27.

Alter Hafen
Bassin des Amiraux
Bassin Lympia
Nizza

Es dauert Stunden, bis die Police Scientifique das angerichtete Chaos aufgenommen, vermessen und alle Spuren gesichert hat. Danach werden die involvierten Fahrzeuge in die Caserne Auvard und in das Hauptquartier der Kripo von Nizza in die Roquebillière gebracht, um weitere Spuren zu sichern und Analysen zu nehmen.

Das Verkehrschaos in Nizza ist perfekt. Die von Colonel Philippe Desfreux herbeigerufene Gendarmerie Nationale und eine Escadron der Bereitschaftspolizei CRS aus Saint-Laurent-du-Var hat den Hafen weiträumig für jeden Verkehr gesperrt. Die einlaufenden Fähren aus Korsika wurden vom Hafenmeister der Capitainerie auf das offene Meer hinausdirigiert und sind gezwungen, untätig auf hoher See auf die Erlaubnis zum Einlaufen in den Hafen von Nizza zu warten.

Der DDSP, Xavier Quinti, sowie Monsieur le Préfet sind eingetroffen, um sich ein Bild von der Lage zu machen. Dennis Melano übernimmt die schwere Aufgabe der Berichterstattung, während Flavio Carlucci ununterbrochen telefoniert.

Zuerst versichert er sich, dass seiner Tochter nichts passiert ist und sie wohlbehalten wieder im Schutz des Justizpalastes angekommen ist. Dann bittet er seinen Freund Xavier Quinti, seiner Tochter eine Leibwache der besten Niçoiser Polizisten zu stellen.

Xavier Quinti macht sich große Sorgen um Lucia Carlucci und gibt den Befehl, dass eine Rotte von fünf Männern des Sondereinsatzkommandos

GIPN in Zivil die Richterin rund um die Uhr bewacht. Die Massnahmen laufen sofort an. Ein junger Lieutenant der GIPN meldet sich bei Lucia Carlucci. Seine Leute beziehen Posten vor dem Cabinet III des Landgerichts von Nizza. In der Tiefgarage haben sie zwei gepanzerte Citroën geparkt, falls die Richterin auswärtige Termine haben sollte.

Als sich Flavio Carlucci davon überzeugt hat, dass seine Tochter in guten Händen ist, wendet er sich an Monsieur le Préfet, der sich immer noch mit Xavier Quinti und Dennis Melano berät.

»Monsieur le Préfet, das mag für Sie nach einer Katastrophe aussehen, doch zum ersten Mal, solange diese Ermittlungen andauern, bewegt sich etwas in dem Fall.«

»Commissaire Carlucci, sind Sie jetzt komplett übergeschnappt? Dieses Chaos nennen Sie einen Fortschritt?« Monsieur le Préfet ist konsterniert.

»Jawohl, Monsieur le Préfet, bisher haben wir nur im Nebel herumgestochert. Offensichtlich ist es uns gelungen, die eigentlichen Strippenzieher dieser Mordserie nervös zu machen. Die Herren machen Fehler. Jetzt hat die Theorie von einer Mordserie zum ersten Mal Substanz erhalten.«

»Sehen Sie das auch so, Monsieur Quinti und Monsieur Melano?«

»Monsieur le Préfet, immer mehr kommen wir zu der Überzeugung, dass Commissaire Carlucci richtigliegt. Welchem Zweck sonst sollte diese halsbrecherische Kommandoaktion dienen, als einen möglichen lästigen Zeugen zu beseitigen.«

Flavio Carlucci denkt jedoch schon weiter: »Ich frage mich allerdings, warum Professeur Astier nicht schon vorher getötet wurde, als das noch völlig risikolos möglich war. Warum also ausgerechnet heute diese wahnsinnige Aktion mit so hohem Risiko?«

Commissaire Carlucci klatscht sich mit der Hand an die Stirn. »Porca miseria, woher wussten die von unserer Durchsuchungsaktion und warum gerieten die dann derart in Panik?«

Xavier Quinti schaltet sofort. Er kennt die Gedankengänge seines Freundes Carlucci schon zu lange. »Commandant«, wendet er sich an den Leiter der Spurensicherung »stellen Sie sofort einen technischen Trupp zusammen und durchsuchen Sie die Büroräume der Richterin. Das Verhör muss abgehört worden sein.«

Flavio Carlucci lacht laut auf: »Falsch! Feind erkannt, Feind gebannt. Commandant, lassen Sie das. Jetzt, da wir wissen, dass die Richterin abgehört worden sein muss, warum nutzen wir nicht den Vorteil dieser Erkenntnis und streuen gezielte Falschinformationen an die Strippenzieher dieser Mordserie?«

»Carlucci, Carlucci, jetzt merkt man, dass Sie 25 Jahre Erfahrung in der Brigade Antibanditisme in Paris gesammelt haben. Ich bereue es nicht, Ihrer Ernennung zum Leiter der Sonderkommission zugestimmt zu haben.« Monsieur le Préfet lächelt auf seine maliziöse Art. Er weiß natürlich sehr genau um die Schwächen und Stärken dieses außergewöhnlichen Mannes. Er kennt dessen Akte.

»Meine Herren, drehen Sie sich bitte jetzt nicht um«, Commissaire Carlucci tut etwas völlig Unverständliches.»Wir gehen jetzt in eines der Straßencafés und trinken etwas. Commandant, schicken Sie mir möglichst unauffällig den Chef des Sondereinsatzkommandos mit drei Ferngläsern. Er soll den Hintereingang des Cafés benutzen. Los, fragen Sie nicht, tun Sie es!«

Etwas verunsichert stimmen die drei hohen Funktionäre des Départements Alpes Maritimes der unverständlichen Bitte des Commissaire Carlucci zu. Als der Café von einer verstörten Kellnerin serviert wird, gesellt sich, von der Straßenseite uneinsehbar, der Capitaine der GIPN hinzu. Er hat drei Spezialferngläser mitgebracht.

Flavio Carlucci bittet die vier hohen Offiziere, sich hinter der Markise aufzustellen und die Ferngläser auf die gegenüber dem Hafen von Nizza gelegene Parkanlage »La Colline du Château« zu werfen. Dieser wunderschöne Park erhebt sich hoch über dem Hafen von Nizza. Es gibt zwei Wege dorthin. Einmal über eine kleine Straße vom Montée Montfort aus oder man nimmt den Fahrstuhl neben dem Hotel de Suisse. Dazwischen liegt das Monument aux Morts, unter den Niçoisern auch spöttisch Kranzabwurfstelle genannt.

»Sehen Sie bitte genau auf den vorderen Teil der Balustraden. Direkt neben dem Musée Naval führt ein Weg rund um den Park herum. Von der dem Hafen zugewandten Seite des Parkes hat man einen phantastischen Blick auf das Geschehen rund um den Hafen.«

»Und? Ich sehe nichts außer den üblichen Touristen«, stellt Dennis Melano ungehalten fest.

Doch Flavio Carlucci lässt sich nicht beirren:

»Und nun sehen Sie bitte einmal auf das Musée Naval, dann folgen Sie mit den Gläsern dem Weg bis zur Stirnseite des Hafens. Fällt Ihnen nichts auf?«

Xavier Quinti hat den Mann zuerst entdeckt. Ein großer, alter, aber kerzengerader Mann mit Glatze sieht unverwandt mit einem Fernglas auf den Hafen.

»Der Herr beobachtet uns schon seit dem ersten Schusswechsel«, triumphiert Flavio Carlucci. Und an den Capitaine des Sondereinsatzkommandos gewandt, befiehlt er: »Schnappt ihn euch, aber möglichst unauffällig.«

Flavio Carlucci bittet Dennis Melano, die Spurensicherung und ein Kommando der Brigade Girardot in die Villa von Professor Astier zu schicken.

»Jetzt benutzen wir die vorsorglich ausgestellten Durchsuchungsbefehle und stellen die Bude des Professors richtig auf den Kopf. Hoffentlich haben die Gangster nicht schon vor uns aufgeräumt.«

Xavier Quinti fragt Flavio Carlucci, ob er nicht an der Durchsuchung teilnehmen wolle.

»Das macht Capitaine Sarazin-Ponti, die kennt den Fall so gut wie ich«, grinst Flavio seinen Freund an.

»Und was machst du?«, will Xavier Quinti etwas ärgerlich wissen.

»Ich fahre in das Gefängniskrankenhaus von eurem Knast. Dort muss doch der einzige überlebende Gangster nach meiner ›Behandlung‹ eingeliefert worden sein. Oder etwa nicht?«

28.

Krankenabteilung
Zentralgefängnis
Nizza

Commissaire Flavio Carlucci weist sich aus, schließt seine Waffe und die Munition in einen kleinen Tresor der Hauptwache und wird dann zum Trakt der Krankenabteilung geführt. Dort trifft er auf seinen »Kunden«.

Der Gefängnisarzt erklärt Flavio Carlucci, dass der Streifschuss am Oberschenkel harmlos ist und nur genäht werden musste. Die Kopfverletzung durch den Schlag mit einem harten Gegenstand hat eine leichte Gehirnerschütterung verursacht. Bleibende Schäden wurden nicht diagnostiziert.

»Kann ich dem Kerl schon einige Fragen stellen?«, will Flavio Carlucci von dem wenig interessierten Gefängnisarzt wissen.

»Von mir aus«, knurrt der Knastdoktor desinteressiert und geht.

»Hör zu, mein Junge. Deine körperlichen Gebrechen werden in ein paar Wochen verheilt sein. Doch was dann folgt, sind mindestens 25 Jahre Knast. Du hast einen Bullen umgelegt und darauf gibt es das volle Programm. Ist dir das klar?«

»Verpiss dich, Scheißbulle«, ist die einzige Antwort des Verletzten.

»Aha, du mimst hier also den ganz großen Mec. Es gibt zwei Lösungen für dich und ich sage es dir nur einmal, weil ich jetzt nämlich richtig sauer bin. Also hör mir genau zu: Wer sind deine Auftraggeber?«

»Leck mich am Arsch, Scheißbulle«, grunzt der Kerl.

»Das würde aber mein Problem nicht lösen, auch wenn dein Angebot noch so verlockend ist«, grinst Commissaire Carlucci und setzt sich auf das Bett des Gefangenen. Dabei muss er irgendwie an das verletzte Bein gekommen sein, denn der Kerl stößt einen Schmerzensschrei aus.

»Oh, Verzeihung, das tut mir aber leid«, entschuldigt sich Commissaire Carlucci. »Wer ist dein Auftraggeber, du Pfeife?«

Unter Stöhnen presst der Gefangene ein »Ich weiß es doch nicht« hervor.

»Wer sind deine Komplizen?« Dabei stützt sich Commissaire Carlucci versehentlich auf dem verletzten Bein des Gefangenen ab.

Der schreit vor Schmerzen laut auf: »Wir sind alte Kameraden von der Fremdenlegion. Irgend so ein Ex-Legionär hat uns in Marseille für diesen Job angeheuert und bezahlt. Sonst weiß ich nichts. Ist sowieso alles schiefgelaufen. Wir sollten den Professor nur entführen. Irgendwie ist das alles dann aus dem Ruder gelaufen. Die Vorbereitungszeit für das Kommando war einfach zu kurz, putain de merde!«

»Um wie viel Uhr kam euer Einsatzbefehl?«

»Kurz bevor die Kolonne mit der Richterin die Tiefgarage des Justizpalastes verlassen hatte. Wir mussten improvisieren.«

»Brav, Mec, würdest du den Ex-Legionär wiedererkennen?«

»Ganz sicher, nur dann ist mein Leben kein Centimes mehr wert. Der Drecksack ist doch auch nur eine Marionette.«

»Wie willst du das wissen?«

»Der geht nicht mal pissen, ohne vorher zu telefonieren.«

»Hör zu, wenn ich etwas tun kann oder dir noch etwas einfällt, dann lass es mich wissen. Hier ist meine Karte. du kannst mich Tag und Nacht erreichen.«

»Können Sie wirklich etwas für mich tun?«, will der Gefangene jetzt neugierig geworden wissen.

»Was?«

»Ich habe noch einen Tipp für Sie, wenn ich Rabatt bekomme.«

»Hör zu, du Zierde der Legion, ich bin Chef einer Sonderkommission und meine engsten Freunde sitzen in der Polizei- und Justizverwaltung. Also spuck's aus, dann will ich sehen, was ich für dich tun kann.«

»Der Ex-Söldner muss ein ganz großes Schwein sein. Er war mindestens

Adjudant-Chef einer Eliteeinheit der Legion, so wie der mit uns umgesprungen ist. Und eine Besonderheit ist mir noch aufgefallen: Er war bigott und faselte dauernd von Gott und dass er das alles wieder beichten müsse. Also ich glaube, dass er bei ganz schmutzigen Einsätzen dabei war und darüber den Verstand verloren hat. Wir hatten auch so einen Typen in unserer Einheit, der angesichts der Grausamkeiten, die wir im Kongo, in Gabun und Ruanda sehen mussten, übergeschnappt und dann mit der Machete auf die Menschen losgegangen ist. Unser Lieutenant musste ihn erschießen.«

»Ruf mich an, vielleicht kann ich dir helfen. Aber halte den Mund, sonst bist du deines Lebens nicht mehr sicher.«

29.

Commissariat de Police
Avenue des Frères Olivier
Antibes

Sofort nach der Rückkehr nach Antibes ruft Commissaire Carlucci eine Sondersitzung des Krisenstabes zusammen. Seine Tochter, Richterin Lucia Carlucci wird von ihren Leibwächtern in einem gepanzerten Citroën nach Antibes gebracht. Monsieur le Préfet und die Richterin von Grasse, Colette Mouchard, sind ebenfalls eingetroffen.

Xavier Quinti ist sofort nach Antibes gekommen. Er entschuldigt das Fernbleiben von Dennis Melano, der immer noch mit den Aufräumarbeiten am Hafen von Nizza beschäftigt ist. Sie werden wohl die ganze Nacht dauern. Die Sicherung der Spuren und deren Auswertung, sowie die DNA-Analysen werden noch Tage in Anspruch nehmen.

Commissaire Carlucci eröffnet die Sitzung:

»Was haben wir? Bitte zuerst Capitaine Sarazin-Ponti.«

»Patron, wir haben die Villa von Professeur Astier auf den Kopf gestellt. Es gibt keine Hinweise auf einen irgendwie gearteten Zusammenhang mit den anderen Gewaltverbrechen. Professeur Astier scheint sehr religiös gewesen zu sein, denn er besitzt eine wertvolle Bibliothek alter religiöser Schriften. Besonders schien er sich für die Templer zu interessieren. Das ganze Haus ist voller Reliquien. Das führt uns aber nicht weiter, denn dieser Orden wurde meines Wissens schon vor Jahrhunderten ausgerottet.«

Simone Boué erhebt Widerspruch: »Doch, Capitaine, das ist die zweite zusammenhängende Spur neben den gleichlautenden DNA-Nachweisen in allen Todesfällen.«

Commissaire Marie-Antoinette Raibaud fällt es wie Schuppen von den Augen: »Simone, Sie sind ein kleines Genie und ich bin dämlich.«

»Sag ich doch die ganze Zeit schon«, flüstert die Richterin Colette Mouchard dem neben ihr sitzenden Sous-Préfet von Grasse zu.

Nénette lässt sich heute nicht provozieren, sie ist wie elektrisiert: »Dieselben Bücher und religiösen Insignien habe ich bei der Hausdurchsuchung von Maître Kerensky in Mougins gefunden.«

Die Commissaire divisionnaire Barbara Ghaleb von Cagnes-sur-Mer mischt sich aufgeregt ein: »Genau wie bei Colonel Maurice Le Gen in Marina Bai des Anges.«

Der Einsatzleiter der »Bœuf Carottes«, der die Ermittlungen gegen Capitaine Girardot geleitet hat, kritisiert jedoch diesen Zusammenhang, denn bei Docteur Jean-Baptiste Schweitzer fand man nichts außer medizinischer und philosophischer Literatur. Ausserdem war Capitaine Girardot das Gegenteil eines bigotten Menschen. Er war ein korrupter, menschenverachtender Zyniker. Docteur Schweitzer war ein guter Arzt und half den Menschen aus den ausweglosesten Situationen. Alle erinnern sich, dass er seine Patienten auch beim Sterben in der humansten Weise begleitete, die einem Arzt gerade noch erlaubt ist. Ob er diese Grenzen überschritten hat, klärt ja zurzeit die Ethikkommission der Nationalversammlung, in der er sogar als Experte Mitglied ist.

»Doch, meine Damen und Herren«, bittet Commissaire Carlucci um Ruhe in dem entstandenen Durcheinander der Meinungen,»es gibt zwei zusammenhängende Spurenstränge. Einmal die bei allen Getöteten gleichen DNA-DNS-Spuren und bei mindestens zweien der Opfer einen Hinweis auf religiöse Ambitionen, die durch folgende Tatsache noch zu einem Zusammenhang führen könnten.«

Er berichtet von seinem ausführlichen Gespräch mit dem von ihm angeschossenen Gangster im Gefängnishospital. Besonders erwähnt er die Beschreibung des Drahtziehers des Kommandos der Schießerei in Nizza und dessen offensichtliche Bigotterie.

»Um den Kerl zu finden, müsste ich mich in den Computer des Verteidigungsministeriums einloggen.« Simone Boué schüttelt so bedenklich ihren Kopf, dass ihre Rastalocken wild durcheinanderfliegen.

Monsieur le Préfet meint, dass er sicher die Genehmigung des Verteidigungsministers bekommen wird, wenn es hier um einen Mordverdacht gegen einen ehemaligen Militärangehörigen geht.

Commissaire Carlucci ist berüchtigt für seine Respektlosigkeit gegenüber Vorgesetzten, was ihm ja auch schließlich die Karriere gekostet hat.

»Mit Verlaub, Monsieur le Préfet, wenn Sie allen Ernstes glauben, dass das Verteidigungsministerium sich in die Personalakten schauen lässt, dann sind Sie ganz schön naiv! Ganz besonders dann nicht, wenn es um die Verbrechen von Fremdenlegionären geht. Alles, was diese Saubande von Elitesoldaten an Dreck ausbaden muss, das die Politiker vorher angerichtet haben, wird als Staatsgeheimnis deklariert. Und wissen Sie warum, Monsieur le Préfet? Weil die Fremdenlegion überall dahin geschickt wird, wo man die regulären Armeeeinheiten aus Geheimhaltungsgründen nicht einsetzen kann. Wenn alle schmutzigen Einsätze der Fremdenlegion an die Öffentlichkeit kämen, dann müssten einige Politiker in unserem schönen Frankreich einige sehr unangenehme Fragen beantworten.«

Es ist still geworden im Sitzungssaal des Commissariat von Antibes. Monsieur le Préfet ist kalkweiß geworden. Er ist unschlüssig, ob er sich diese Respektlosigkeit gefallen lassen oder sie einfach ignorieren soll.

Der Direktor der Niçoiser Kripo Dennis Melano erlöst ungewollt Monsieur le Préfet aus seiner peinlichen Situation, als er atemlos in den Sitzungssaal stürmt.

Commandant Bixente Isetegui lacht laut auf, als er seinen ehemaligen Kameraden von den »XV de France« so außer Atem sieht.

»Mit dir ist aber kein Staat mehr zu machen. Du warst schon damals eine lahme Ente, deshalb haben wir auch gegen die Maori von den ›All Blacks‹ verloren. Bärenstark im Bloggen, aber nicht vom Fleck kommen beim Essai.«

»Halts Maul, Bixi, du hast das Spiel gegen die Maori versaut, weil du damals den Stürmer nicht blocken konntest.«

»Ist es jetzt gut, ihr ausrangierten Rugbyveteranen?«, grinst Flavio Carlucci. »Zur Sache, Dennis, was gibt es Neues?«

»Also zuerst die schlechte Nachricht: Der Zuschauer auf dem Château ist uns entwischt. Wahrscheinlich ist er mit dem Fahrstuhl bis zum Hotel de Suisse hinuntergefahren und dann in der Menschenmenge des Quai des Etats Unis untergetaucht. Und nun die gute Nachricht: An der Begrenzungsmauer des Parks, von wo aus der Kerl die Aktion beobachtet hat, und im Fahrstuhl haben wir die DNA gefunden, die zu den anderen Spuren in allen Mordfällen passt.«

»Putain de merde«, flucht Commissaire Carlucci. »So, Monsieur le Préfet, jetzt haben wir es also mit einer Kommandoaktion ehemaliger Fremdenlegionäre zu tun. Und was, bitte, wollen Sie jetzt dagegen unternehmen, hochverehrter Monsieur le Préfet?«

Monsieur le Préfet ist geschockt und ratlos. Er stammelt: »Ich werde den Innenminister und das Verteidigungsministerium informieren.«

»Tun Sie das, Monsieur le Préfet, tun Sie das. Und lassen Sie sich ruhig Zeit damit. Während Sie sich nämlich die blöden Ausreden in Paris anhören müssen, tun wir das, was das Gesetz in solchen Fällen vorschreibt«, ruft ihm Commissaire Carlucci höhnisch hinterher.

Flavio Carlucci ist stinksauer, zündet sich die ungefähr 60. Gitanes Maïs an diesem Tag an und trinkt sein vor ihm stehendes Wasserglas, in dem alles andere als Wasser ist, mit einem Schluck aus. Simone Boué nimmt eine grüne Wasserflasche von Perrier und schenkt das Glas ihres Patron wieder voll. Nur wenige Personen im Saal wissen, warum Simone Boué immer die grünen Wasserflaschen von Perrier verwendet, wenn sie ihrem Patron nachschenkt.

Die Diskussion und der Austausch der Infomationen unter den Mitgliedern der Sonderkommission dauern noch Stunden. Simone Boué wird noch Tage und Nächte benötigen, um alle eingehenden Informationen in ihr Computerprogramm einzuspeisen.

30.

Café des Chineurs
Place Audibert
Antibes

Flavio Carlucci hat für diesen Tag die Schnauze gestrichen voll. Seine Sonderkommission tagt noch immer im Commissariat von Antibes. Doch er hat Hunger und Durst. Zusammen mit dem kleinen Mousse Boué ist er auf seiner Vespa in seine Stammkneipe im alten Antibes gefahren. Dort genießen die beiden ungleichen Freunde Flavio und Mousse zusammen mit »Commissaire Josse« ein ausführliches Diner. Später stößt noch Olivier Petacci hinzu.

Olivier Petacci fängt zuerst mit den Tagesereignissen an. Doch Flavio Carlucci legt den Zeigefinger auf den Mund und schiebt ihm einen Zettel zu. Er will nicht vor dem Kind von den schrecklichen Morden an diesem Tag sprechen.

»Mousse, mein kleiner Schokobär, hat es dir geschmeckt?«, wendet sich Flavio stattdessen an seinen Schützling und streichelt ihm liebevoll über seinen Lockenkopf.

»Klar, Flavio«, lächelt Mousse au chocolat, wie er oft von den Flics im Commissariat gutmütig gehänselt wird.

»Was macht dein Klavierunterricht?«

»Heute war es super, ich habe dem alten Professor gesagt, dass ich die Nase voll habe von Chopin, Schubert, Mozart und Beethoven. Ob er nicht auch etwas anderes könne als diesen klassischen Mist.«

Flavio, Olivier und »Commissaire Josse« brechen in schallendes Gelächter aus. Unter Tränen fragt »Commissaire Josse« den kleinen Mousse:

»Und, hat dich der Professor nicht gleich rausgeworfen?«

»Von wegen, Ihr glaubt es nicht. Er lehrte mich ›Great balls of fire‹ von Jerry Lee Lewis.«

Wie aus einem Mund toben Flavio, Josse und Olivier los und klatschen dabei rhythmisch in die Hände:

»Ans Klavier, ans Klavier, ans Klavier!«

Die Gäste schauen verständnislos zu Flavios Tisch. Doch als sich der kleine Mousse Boué an das altertümliche und leicht verstimmte Klavier setzt und unbekümmert den weltberühmten Rock n Roll von Jerry Lee Lewis in die Tasten haut und dann auch noch bäuchlings auf dem Klavier liegt, um das Instrument von oben zu beharken, da toben die Gäste los. Einige ältere unter ihnen beginnen sogar, sich an ihre wilde Jugend zu erinnern, und tanzen wie die Verrückten zwischen den schmalen Gängen der Bistrotische.

»Zugabe, Zugabe, Zugabe«, schreit das ganze Bistro.

Da lässt sich Mousse nicht lange bitten und ruft Flavio zu Hilfe. Zusammen spielen sie die bekanntesten Titel von »Queen«, »Elvis« und »ABBA« und schließen dann völlig erschöpft mit dem Wahnsinnstitel von David Bowie »Absolute Beginners«.

Doch der »Bistropöbel«, wie »Commissaire Josse« seine Gäste gerne nennt, wenn er nach vierzehn Stunden Arbeit die Nase richtig voll hat, will mehr.

Flavio und Mousse stimmen sich kurz ab und dann geht es erst richtig los. David Bowies Welthit tönt durch die schmalen Gassen des historischen Kerns von Antibes:

»Heroes«

Das völlig aus dem Häuschen geratene Publikum im Bistro Café des Chineurs und die durch die Musik angelockten Passanten johlen den weltbekannten Titel mit. Das so spontan begonnene Fest will und will nicht enden.

Doch dann besinnt sich Flavio seiner »Vaterpflichten«, verfrachtet den protestierenden Mousse auf seine Vespa und sie fahren zusammen in den

Port Vauban, wo sich Mousse, nun doch todmüde, sofort in seine Koje des Segelbootes »Lady Nabila« schleicht.

Flavio Carlucci setzt sich noch mit einer Flasche Martini an Deck und raucht seine letzte Zigarette an diesem so anstrengenden Tag, bevor auch er total erschöpft in die Kajüte schlüpft und in einen Tiefschlaf fällt. An diesem Abend ist er sogar zu müde, um seinen geliebten Papagei »Rossini« anzuketten.

»Ist auch egal, der fliegt ohnehin nie weit«, denkt sich Flavio beim Einschlafen.

31.

Tag I

Flavio wird durch das leise Wimmern eines Kindes aufgeweckt. Er friert erbärmlich. Ein moderiger Geruch nimmt ihm fast den Atem. Es ist stockfinster. Er weiß nicht, wo er sich befindet und wie er hier hergekommen sein könnte. Zunächst hatte er an einen seiner zahlreichen Alpträume geglaubt, doch es ist Wirklichkeit.

Er tastet um sich und greift nach warmem Fleisch. Es ist Mousse Boué, der zitternd vor Angst und vor Kälte zu Flavio kriecht und bei ihm Schutz sucht. Mousse will schreien, doch Flavio hält ihm den Mund zu.

»Mousse, bleib ganz ruhig«, flüstert Flavio dem Jungen zu, »ich habe keine Ahnung, wo wir sind, aber wir müssen jetzt erst einmal still sein und die Lage sondieren, klar?«

Mousse Boué nickt. Doch er klappert so stark mit den Zähnen vor Kälte, dass es aus diesem offensichtlich hohlen Raum widerschallt. Flavio tastet an sich herunter und entdeckt, dass er nur seine Shorts anhat, mit denen er in die Koje geschlüpft war. Mousse hat auch nichts an mehr außer noch einem zusätzlichen T-Shirt.

»Bleib schön hier liegen,«, flüstert Flavio, »ich will zuerst einmal herausfinden, was das für ein Loch ist.«

»Nein, Flavio, bleib bei mir, lass mich nicht alleine, ich habe solche Angst«, wimmert Mousse Boué.

»Hast du auch solche rasenden Kopfschmerzen?«, will Flavio von dem Jungen wissen, denn in seinem Schädel hämmert es wie in einer Hufschmiede.

»Ja, Flavio, mir rast der Kopf, was ist das bloß?«

»Vielleicht war der letzte Drink bei Josse schlecht«, versucht Flavio den kleinen Mousse aufzumuntern. »Jetzt sei mal still, ich höre etwas, psssst!«

Beide halten den Atem an und lauschen. Über sich hören sie leise gregorianische Gesänge.

»Putain, wir sind unter einer Kapelle, die singen da oben und beten monoton vor sich hin.«

»Wir sollten um Hilfe schreien«, winselt Mousse total verstört.

»Bloß nicht, vielleicht haben die noch etwas mit uns vor.«

»Was?«, jammert Mousse.

»Dass wir noch mitsingen sollen«, grinst Flavio, doch der Spass passt irgendwie nicht, denn Mousse beginnt wieder zu weinen.

»Ich will hier sofort raus«, fleht Mousse.

»Glaubst du vielleicht, ich nicht? Also bleib cool, wir checken jetzt erst mal die Lage und dann beraten wir, wie wir hier herauskommen. Klar, junger Mann?«

«O. K., Alter.« Mousse beruhigt sich etwas und steigt auf die flapsige Art Flavios ein, obwohl dem eigentlich nicht danach ist. Doch in erster Linie macht er sich Sorgen um den Jungen.

»Wir machen das jetzt zusammen, damit wir uns nicht verlieren. Halte dich am Hosenbund meiner Shorts fest und dann tasten wir die Wände ab.«

Sie untersuchen stundenlang das Verlies, in dem sie gefangengehalten werden. Es scheint sich um eine Grabkammer zu handeln. Die Gruft ist cirka fünf Meter lang und drei Meter breit. Die Wände bestehen aus sich feucht anfühlenden Quadersteinen von cirka 40 x 40 Zentimeter. In der Mitte der Gruft steht ein steinerner Sarkophag. Der Boden besteht aus unebenen Felsen. In die Decke ist eine schwere Platte eingelassen. Es scheint unmöglich, aus dieser Gruft zu entkommen.

32.

**Chantier de Naval
Pier 374
Port Vauban
Antibes**

Wie jeden Morgen bringt Clara Petacci frisches Baguette zu der »Lady Nabila«. Sie steht wie angewurzelt an dem leeren Pier und schaut minutenlang in das trübe Wasser des Hafenbeckens. Was sie da sieht, vermag sie nicht zu fassen. Das Boot von Flavio Carlucci ist weg. Einfach weg. Zwischen den anderen angrenzenden Booten des leeren Liegeplatzes klafft ein Loch.

»Flavio fährt doch niemals morgens auf das offene Meer«, grübelt Clara. »Außerdem muss doch der Junge in die Schule. Und überhaupt, Flavio muss doch zum Dienst«.

Alles Mögliche geht Clara durch den Kopf. Immer wieder blickt sie auf den leeren Liegeplatz, wo sonst jahraus, jahrein die »Lady Nabila« lag. Es mag völlig unsinnig sein, doch sie fährt mit ihrem Fahrrad die ganzen Liegeplätze ab. »Vielleicht hat er den Liegeplatz gewechselt«, sagt sie sich. Doch auch das ist Unsinn. Man kann den Liegeplatz gar nicht wechseln und das schon gar nicht in der Saison.

Also fährt Clara Petacci zur Capitainerie. Aufgeregt fragt sie nach der »Lady Nabila«. Sie erhält die Auskunft, dass sich die »Lady Nabila« gestern Abend um 22.22 Uhr gemäß den Vorschriften abgemeldet hat. Ziel sei ein Feuerwerk in Cannes gewesen, das der Kapitän sich von See her ansehen wolle.

Während Clara Petacci völlig entnervt ihren Mann Olivier anruft, versuchen die Hafenmeister per Funk Kontakt mit der »Lady Nabila« aufzunehmen. Nichts. Kein Signal. Keine Antwort.

Olivier Petacci ist sofort nach dem Anruf seiner Frau vom Cap d'Antibes zum Port Vauban gefahren. Unterwegs informiert er per Handy Commissaire Marie-Antoinette Raibaud.

Nénette ist äußerst beunruhigt. Sie bittet Simone Boué, in die Schule von Mousse nach Sophia Antipolis zu fahren, um zu prüfen, ob der Junge von Flavio in die Schule gebracht worden ist. Doch auch die Lehrerin ist in Sorge. Mousse ist ganz gegen seine Gewohnheiten nicht zum Unterricht erschienen. Auch Commissaire Carlucci, der ihn immer mit der Vespa oder mit seinem Dienstwagen, einem silbernen Peugeot 407, zur Schule bringt, ist heute nicht aufgetaucht.

Simone Boué ist völlig aufgelöst, obwohl sie nicht an das Schlimmste glauben kann, da Flavio Carlucci ja offensichtlich bei dem Jungen sein muss, sonst wäre ja wenigstens er aufgetaucht.

Commissaire Raibaud ruft sofort wieder Olivier Petacci an und fragt nach dem GPS-Rufzeichen der »Lady Nabila«. Als sie dieses Kennungsmerkmal hat, das in jedes Boot und jedes teure Luxusfahrzeug eingebaut ist, ruft sie den Hafenkapitain vom Port Vauban an und erbittet eine Peilung.

Wenige Minuten später hat Nénette die Peilung. Sie schreibt mit: 43° 3 0' 48.28 Nord – 7° 04' O2.73 Ost. Sie lässt sich den genauen Standort der Peilung geben. Es ist die Nordküste der Ile Sainte Marguerite zwischen der Pointe Carbonel und der Ilot Saint-Ferréol.

Sofort ruft Nénette den Stab der Funkleitstelle aller Einsatzkräfte, die für die öffentliche Sicherheit des Départements Alpes Maritimes verantwortlich ist, an und lässt sich zu einem Sammelruf aufschalten.

Nun hören sämtliche Polizeistationen der Police Nationale, alle Feuerwehrposten, die Gendarmerie Nationale, die Bereitschaftspolizei CRS, sämtliche Streifenwagen der Polizei, der Gendarmerie, des Zolls und der CRS Maritimes den Funkspruch:

»Hier spricht Commissaire Marie-Antoinette Raibaud von der Police Nationale in Cannes. Achtung an alle Einsatzkräfte! Vermisst werden seit den Morgenstunden ein Einmastsegelboot der Marke Cranchi. Das Boot hat einen blauen Anstrich, braune Mahagoniplanken und weiße

Segel. Name des Bootes »Lady Nabila«. Es trägt die Registriernummer BU 5489320/ FR und fährt unter der Flagge der Bermudas. Die letzte GPS-Ortung erfolgte vor 17 Minuten an der Pointe Carbonel vor der Ile Sainte Marguerite. Per Funk ist das Schiff nicht erreichbar. Mit dem Schiff werden folgende Passagiere vermisst: Commissaire divisionnaire Flavio Carlucci, Chef der Police Nationale von Antibes. Personenbeschreibung: 55 Jahre alt, 1,78 Meter groß, schlanke Gestalt, graue Haare, Hautfarbe Weiß. Zweite Person: Mousse Boué,11 Jahre alt, 1,23 Meter groß, Hautfarbe Schwarz, auffällig gewelltes Haar. Alarm an alle Einsatzkräfte. Es besteht die Möglichkeit einer gewaltsamen Aktion zum Nachteil der Besatzung. Divisionnaire Carlucci ist Leiter einer Sonderkommission zur Ermittlung einer Serie von Tötungsdelikten im Département. Ende.«

In der Leitstelle laufen die ersten Alarmbestätigungen ein. Xavier Quinti und Dennis Melano sind sofort in den Krisenstab in der Avenue Foch in Nizza geeilt, um den Einsatz zu koordinieren. Während der Fahrt informiert sich Xavier Quinti ausführlich bei Nénette per Handy über die Umstände des Verschwindens von Flavio.

Der Direktor der Kripo des Départements Alpes Maritimes Dennis Melano bestellt einen Hubschrauber der Gendarmerie und fliegt zusammen mit dem gerade mit Blaulicht in den Hof gefahrenen Colonel Desfreux hinüber nach Antibes. Dort nehmen sie Commissaire Raibaud und Olivier Petacci an Bord. Der Pilot zieht den Hubschrauber sofort wieder hoch und fliegt über das offene Meer hinaus auf die Ile Sainte Marguerite. In den Bordcomputer gibt er die Peilung der »Lady Nabila« ein, die ihm Commissaire Raibaud beim Abflug gegeben hat.

Von weitem sieht man bereits zwei Schnellboote und drei Zodiacs der Gendarmerie Maritimes mit gesetztem Blaulicht auf das Riff Pointe Carbonel zusteuern.

Der Pilot des Hubschraubers umrundet di Pointe Carbonel mehrmals in circa 300 Meter Höhe. Alle Passagiere haben die ihnen überlassenen Ferngläser an sich genommen und suchen das Gewässer des Felsvorsprungs ab. Dann geht der Pilot tiefer auf etwa 150 Meter über dem Meeresspiegel.

Olivier Petacci sieht die Umrisse des Bootes zuerst. Ganz aufgeregt fuchtelt er mit den Armen und zeigt auf einen blauen Schiffsrumpf etwa 20 Meter vor dem letzten Felsen der Pointe Carbonel ostwärts in Richtung Ilot Saint-Ferréol.

Jetzt haben die anderen Passagiere ebenfalls den Schiffsrumpf entdeckt, der nur etwa 15 Meter unter Wasser liegen muss. Colonel Philippe Desfreux dirigiert die Gendarmen in den Zodiacs an die Stelle.

Den Schnellbooten des Zolls und der Gendarmerie Maritimes befiehlt er, circa 50 Meter querab liegenzubleiben. Das Gewässer rund um die Ile Sainte Marguerite ist tückisch. Es gibt zahlreiche von der Wasseroberfläche nicht einsehbare Felsvorsprünge, die manchen Freizeitkapitän schon in Seenot gebracht haben, wenn er mit einem der Felsen kollidiert oder gar aufgelaufen ist.

Jeden Sommer muss die Gendarmerie Maritimes dutzende von Mannschaften von Segelbooten und Besatzungen von Motorbooten vor dem Ertrinken retten. Deshalb nennt man den Wasserabschnitt zwischen der Ile Sainte Marguerite und der Ile Saint-Honorat auch Fishermen's Friedhof.

Colonel Desfreux befiehlt den Gendarmen in ihren Zodiacs, die Tauchausrüstung anzulegen und zu der gesunkenen Yacht hinunterzutauchen. Xavier Quinti ruft eine Escadron der Bereitschaftspolizei CRS herbei und lässt das Nord- und Ostufer der Ile Sainte Marguerite absuchen. Dann fliegt der Hubschrauber zurück zum Port Vauban nach Antibes.

Xavier Quinti, Dennis Melano, Nénette und Olivier Petacci sind äußerst beunruhigt. Clara Petacci versucht die in Tränen aufgelöste Simone Boué zu trösten.

33.

Tag II

Die Nacht in der Gruft ist grauenhaft. Man sieht nichts. Man hört nichts. Nur ab und zu hört Flavio Carlucci das leise Wimmern von Mousse. Sie klammern sich eng aneinander, um wenigstens von der Körperwärme des anderen zu profitieren. Hunger und Durst quälen die in dieser gruseligen Gruft Eingeschlossenen. Ab und zu hören sie ein Schlurfen über sich, dann ist wieder Stille.

Flavio schaut auf seine Uhr. Die Leuchtziffern zeigen 11 Uhr an. Da beginnen wieder die gregorianischen Gesänge. Es folgen gemurmelte Gebete, dann wieder die unheimliche Stille.

Sobald wieder absolute Ruhe eingekehrt ist, macht sich Flavio an eine schauerliche Arbeit. Er versucht mit aller Kraft, den steinernen Deckel des Sarkophages zu öffnen.

Vorher hat er Mousse erklärt, warum er das tun will. »Wenn das das Grab eines Mönches oder Priors ist, dann finden wir darin gar nichts, denn ich glaube, wir liegen in der Grabkammer eines Klosters oder einer Kirche. Vielleicht ist es aber auch der Sarkophag eines Edelmannes oder eines Ritters, dann gibt es vielleicht etwas, womit wir etwas anfangen können.«

Also arbeiten die beiden bis zur Erschöpfung an dem fast unmöglichen Versuch, mit bloßen Händen und ohne irgendein Hilfswerkzeug, den Sarkophag zu öffnen.

Zwischendurch schlafen sie vor lauter Erschöpfung wieder ein. Sie frieren und leiden unter entsetzlichem Durst. Die Luft in der Grabkammer wird immer stickiger.

Flavio und Mousse beginnen in dieser Nacht, ihren eigenen Urin zu trinken. Verzweiflung und Hoffnungslosigkeit wollen sich bei den Eingeschlossenen breitmachen.

Flavio Carlucci ist kein Mann, der besonders am Leben hängt. Zu viel Elend hat er in seinem Leben schon gesehen und erlebt.

Schon einmal, damals in Paris nach seinem Rausschmiss aus der Brigade de Repression du Banditisme BRB wollte er sich in einem Anfall tiefster Depression mit seiner Beretta eine Kugel in den Mund jagen. Monatelang war er danach in psychiatrischer Behandlung und daher dienstunfähig. Es war ihm damals alles egal.

Doch heute geht es nicht um ihn. Seine Assistentin Brigadier-Chef Simone Boué hat ihm ihr Kind anvertraut. Und dafür fühlt er sich mit jeder Faser seines Körpers verantwortlich. Er würde ohne Rücksicht auf sein eigenes Leben dafür kämpfen, um diesen Jungen zu retten. Dies ist der einzige Gedanke, der ihn in dieser völlig verzweifelten Lage nicht aufgeben lässt.

34.

Kaserne der Rangers der 27. Brigade D'Infanterie de Montagne
Barcelonnette
Cour de la Vallée d'Ubaye
Alpes Maritimes
Provence-Alpes-Côte d'Azur (PACA)

Lieutenant-Colonel Jean de Sobieski wartet schon ungeduldig auf das angekündigte Eintreffen eines Spezialkommandos des militärischen Geheimdienstes DGSE. Er weiß, dass er jetzt schnell handeln muss. Das Leben von Commissaire divisionnaire Carlucci und des kleinen Jungen Mousse Boué ist in höchster Gefahr.

Deshalb hat er einem Kommando ausgesuchter Geheimdienstprofis den Befehl gegeben, diesen »Exécuteur«, wie sie ihn alle nennen, nun endlich zu greifen und hierherzubringen.

Seit Monaten sind er und seine Männer diesem Mann auf den Fersen. Sie haben auch bereits ermittelt, mit welchem Kaliber sie es zu tun haben.

Endlich ertönen die Rotorblätter der Hubschrauber des Gebirgsjäger-Regiments, das hier oben hoch in den Seealpen direkt an der italienischen Grenze stationiert ist.

Das Greifkommando zerrt einen circa siebzigjährigen Mann in einem grauen Anzug grob aus dem Hubschrauber und verfrachtet ihn in einen olivgrünen Geländewagen. Auf dem Kopf trägt der Gefangene eine schwarze Kapuze, sodass er nicht sehen kann, wo er sich befindet.

Jean de Sobieski setzt sich in den ersten Geländewagen und gibt seinem Fahrer einen Wink. Als die kleine Kolonne die Haupttorwache der Kaserne passiert, grüßt der Wachhabende vorschriftsmäßig und lässt den Schlagbaum hoch.

Er hat Befehl von seinem Brigadekommandeur, keine Fragen zu stellen und keine Ausweiskontrollen durchzuführen, wenn dieser ihm völlig unbekannte Offizier mit seiner Einheit das Haupttor passiert.

Die Fahrt geht hinaus in das Vallée d'Ubaye, bis die Straßen enger werden und die Kolonne sich der italienischen Grenze nähert. Dann biegen die beiden Fahrzeuge in einen Feldweg ein, halten vor einem Schlagbaum, an dem ein Schild mit der Aufschrift »Halt, militärisches Sperrgebiet« prangt. Einer der Elitesoldaten des DGSE öffnet den Schlagbaum. Dann rumpelt die Kolonne über unwegsames Gelände, bis sie vor einem riesigen Bunker der alten Maginot-Linie zum Stehen kommt.

Der Greiftrupp des DGSE zerrt den an den Händeln gefesselten alten Mann mit der Kapuze über dem Kopf aus dem zweiten Geländewagen und stößt ihn grob in den Bunker. Jean de Sobieski schließt den Bunker hinter sich wieder zu. Sie durchqueren mehrere Schleusen, dann erreichen sie einen wie ein Büro eingerichteten Raum. Jean de Sobieski setzt sich hinter einen Schreibtisch.

Wohlweislich trägt er einen in Tarnfarben gehaltenen Kampfanzug und darunter einen olivgrünen dicken Militärpullover. An den Füßen tragen alle Männer Springerstiefel. An seinem Tarnanzug sind, genau wie bei seinen Männern, keinerlei Rangabzeichen, Abzeichen von Regimentern oder sonst welche Laufbahnabzeichen zu erkennen, die die Männer irgendeiner Einheit der französischen Armee zuordnen ließen.

Es ist kalt, muffig und feucht in diesem Bunker. Die Betonmauern dieses verlassenen Bunkers sind drei Meter dick. Kein Geräusch dringt nach außen. Der Bunker ist durch ein ausgeklügeltes Tunnelsystem mit weiteren Bunkeranlagen verbunden. Die Maginot-Linie zieht sich so vom Royatal hinter Menton quer durch die Alpen bis hinauf nach Elsass-Lothringen und zum Pas de Calais.

Man hat nach den schmerzlichen Erfahrungen mit den deutsch-österreichischen Achsenmächten im Ersten Weltkrieg von 1914 bis 1918 in den Jahren von 1930 bis 1934 eine Verteidigungslinie vom Mittelmeer bis zum Pas de Calais gebaut.

Dabei wurden mehrere Milliarden Goldfrancs in diese vermeintlich sichere Verteidigungslinie investiert. Es war der dümmste Bau seit dem Turmbau von Babel.

Niemals in der Geschichte der Maginot-Linie wurde sie angegriffen, ausser im Zweiten Weltkrieg. Ein paar verrückte italienische Verbände unter der Leitung des Duce, Benito Mussolini, meinten gerade hier die ehemalige Grafschaft von Piemont, die 1860 an Frankreich gefallen war, zurückerobern zu können.

Dieser Angriff war auch der sprichwörtlichen Eitelkeit des Duce geschuldet, denn das damalige Tende war der Geburtsort der Eltern der Maîtresse des Duce, namens Clara Petacci. Sie stammten aus dem damals noch italienischen Tende. Die italienischen Alpini haben sich gerade hier oben in den Seealpen bei Tende und in Dignes-les-Bains eine blutige Nase geholt.

Die Bunkeranlage ist intakt. Der DGSE nutzt diese völlig unzugänglichen Bunkeranlagen mit ihrer exzellenten Infrastruktur für seine zahlreichen Kommandoaktionen, Verhöre, Verstecke und manchmal auch nur, um einen Menschen einfach für immer verschwinden zu lassen.

Der Bunker, der von Jean de Sobieski ausgesucht wurde, ist besonders komfortabel ausgestattet. Er verfügt über Gefängniszellen, Folterzimmer, Verhörräume, in denen sämtliches Material gesammelt ist, das man überhaupt nur benötigen könnte, um einen auch noch so störrischen Menschen zum Sprechen zu bringen.

Nebenan ist eine Anlage mit den modernsten Kommunikationssystemen installiert. Radar, Computer, Abhöranlagen, Tonbandgeräte, hochsensible Horchgeräte. Alles, von dem sich der normale Soldat überhaupt keine Vorstellungen machen kann, dass so etwas überhaupt existiert.

Im weit verzweigten Tunnelsystem dieses Bunkers gibt es außerdem Schlafräume für die heutigen »Benutzer«, Duschen, Vorratsräume, eine hochmoderne Feldküche sowie eine riesige Waffenkammer, bei deren Anblick das Herz eines jeden Waffenkenners Freudentänze aufführen würde. Ein Generatorensystem macht den Bunker autark, er erzeugt Strom und Trinkwasser.

»Nehmen Sie ihm die Kapuze ab«, befiehlt Lieutenant-Colonel de Sobieski einem seiner Männer.

Der hochgewachsene alte Mann streckt sich, sitzt aufrecht und mustert sein Gegenüber mit kalten Augen. Dann schaut er sich um und erlaubt sich doch tatsächlich, den Mund aufzumachen.

»Wer sind Sie und wo bin ich?«

»Die Frage ist schon falsch, Adjudant-Chef Pierre Godin, oder soll ich lieber den Namen benutzen, den Sie vor dem Eintritt in die französische Fremdenlegion benutzt haben. Wie wär's denn mit Dragan Krcic?«

»Und wer seid ihr?«, will der alte Mann trotzig wissen.

»Wir sind die Männer, die du als Letztes in deinem Leben sehen wirst, Arschloch«, zischt ihm einer der Männer des Greifkommandos zu und schlägt den Kopf des alten Mannes auf den Schreibtisch.

Blut läuft aus dessen Nase. Ein Geräusch splitternder Knochen zeigt an, dass sein Nasenbein gebrochen sein muss.

»Ihr Schweine!«, schreit der Gefangene und will sich auf den Greifer stürzen, doch er sackt mit einem Schmerzensschrei wieder auf seinen Stuhl zurück. Die Männer hatten ihn mit Stromkabeln an den im Boden des Bunkers fest verankerten Stuhl gefesselt.

»So, nun zum Geschäft«, lächelt Lieutenant-Colonel Jean de Sobieski sein Gegenüber mitleidlos an. Von seinem sprichwörtlichen, die Frauen um den Verstand bringenden Charme ist nichts mehr zu spüren. Er zieht eine Pfeife aus dem Tarnanzug, stopft sie genüsslich und zündet sie an. Ein süßlicher Geruch ströhmt durch den kalten Bunker.

»Wir haben nur zwei Fragen. Beantwortest du diese Fragen wahrheitsgemäß, dann wirst du einen schmerzfreien Tod haben und deinem verpfuschten Leben ein Ende setzen können, wie es sich für einen Legionär geziemt, wenn er sich in einer ausweglosen Lage, wie damals in Camarone, befindet. Beantwortest du sie nicht, dann wirst du Schmerzen erdulden müssen, wie du sie noch nie gekannt hast. Nicht einmal die Gefangenen, die du in Algerien zu Tode gequält hast, haben jemals solche Schmerzen erleiden müssen. Verstehen wir uns jetzt?«

Der Greifer setzt sich nun direkt neben den Gefangenen, während sich Jean de Sobieski in den dunkleren Teil des Bunkers zurückzieht. Er beobachtet nur.

»Wo hast du Carlucci und den Jungen vergraben?«

«Leck mich!« ist die Antwort des Gefangenen.

Ein zweiter Greifer reißt dem Gefangenen die Schuhe herunter und zieht ihm die Strümpfe aus. Dann holt er einen Hammer aus dem Spind hinter sich. Er schlägt dem Gefangenen ohne Vorwarnung damit so hart auf den großen Zeh, dass die Knochen splittern. Der Gefangene heult vor Schmerzen gepeinigt auf.

»Wir haben ja noch neun Zehen, dann kommen die Knie und dann deine verdammten Eier. Also noch einmal: Wo ist Carlucci?«

»Leck mich!«, presst der Gefangene heraus.

Der zweite Schlag auf den großen Zeh des linken Beines fällt etwas härter aus. Als der Gefangene ohnmächtig zu werden droht, wird ihm von hinten ein Eimer kaltes Wasser über den Kopf geschüttet. So geht das den ganzen Vormittag weiter. Immer wieder wird der Gefangene ohnmächtig. Doch er schweigt beharrlich.

»Ein harter Hund«, meint halb anerkennend Jean de Sobieski. »Wir lassen die Knie aus und kommen gleich zu seinen Kronjuwelen.«

Die Greifer reißen dem Gefangenen die Kleider vom Leib, bis er völlig nackt auf seinem Stuhl gefesselt kauert.

»Docteur, geben Sie dem Kerl eine Spritze, ich will nicht, dass er uns noch abkratzt«, grinst einer der Greifer.

Der angebliche Arzt des Greifkommandos setzt ihm eine Spritze, die ein Serum enthält, das man heute in jedem Foltergefängnis der USA von Guantanamo bis Bagdad kennt. Dann werden die Hoden des Gefangenen mit elektrischen Kabeln verdrahtet.

Jean de Sobieski gibt seinen Männern ein Zeichen zu warten.

»Du weißt was jetzt kommt, du hast diese Methode oft genug selbst in Oran und in den Kabylen, später dann in Algier angewendet. Also, letzte Frage, wo ist Carlucci? Die ganze Côte d'Azur ist in höchster Aufregung. Alle Sicherheitskräfte sind alarmiert. Hundertschaften von Polizisten durchsuchen die Iles des Lérins, wo sie sein Boot gefunden haben. Ich will wissen, wo ist Carlucci und wer sind deine Auftraggeber für die Morde an Maître Donnedieu de Nièvre, Maître Kerensky, Docteur Schweitzer,

Le Gen und Professeur Astier? Gibst du mir eine befriedigende Antwort, dann kannst du in Ruhe sterben.«

Keine Antwort, nur ein leises Jammern. Jean de Sobieski gibt seinem Greifer ein Zeichen mit dem Daumen, den er auf sieben Uhr stellt. Ein Stromstoss durchfährt den Gefangenen, der sich vor Schmerzen halb wahnsinnig in seinem Stuhl aufbäumt.

Er stammelt: »Saint Sauv…«

Der Kommandeur der Greifertruppe setzt sich an den Computer und gibt zahlreiche Suchbegriffe ein. Dann hat er es. Das könnte es sein.

Er verlässt den Raum und telefoniert mit seinem Onkel Général René Gabriel Donnedieu de Nièvre, dem Cabinetschef des Militärischen Geheimdienstes DGSE beim französischen Verteidigungsminister. Dessen Kommandozentrale liegt im dritten Untergeschoss des französischen Verteidigungsministeriums am Boulevard Saint Germain in Paris. Die Geheimdienstzentrale ist so tief unter den Boulevard Saint-Germain getrieben worden, dass man nicht einmal mehr die Metro hört, die im Minutentakt über sie hinwegdonnert.

30 Minuten später werden zwei Super Etandard mit Wärmebildkameras ausgerüstet und starten vom Flugzeugträger Charles de Gaulle, der derzeit vor Toulon vor Anker liegt.

35.

Tag III, IV, V, VI

Die Stimmung von Flavio und Mousse ist auf dem Nullpunkt. Sie bekommen fast keine Luft mehr in der stickigen Grabkammer. Vergeblich haben sie mit vereinten Kräften versucht, den steinernen Deckel des Sarkophages zu öffnen. Ihre Kräfte reichen einfach nicht aus. Auch nicht der kleinste Lichtschimmer fällt in die Gruft.

Mousse Boué weint und weint und weint. Beide sind schon unterkühlt. Seit drei Tagen und drei Nächten haben sie nichts gegessen und außer ihrem Urin nichts getrunken.

Flavio grübelt und grübelt. Dann nimmt er seine letzten Kräfte zusammen und rennt in einem Anfall höchster Wut und Verzweiflung noch einmal gegen den Sarkophag. Und tatsächlich, der schwere Deckel gibt etwas nach.

»Mousse«, flüstert Flavio, »komm her, er bewegt sich, hilf mir.«

Mousse Boué kommt herangekrochen, tastet sich an Flavio hoch und greift nach dem Sargdeckel. Zusammen gelingt es ihnen, den schweren Stein innerhalb von wenigen Stunden wenigstens cirka 10 Zentimeter zur Seite zu schieben.

Flavio klettert auf den Sarkophag und untersucht den Inhalt. Er tastet an einem Skelett entlang. Der Schädel des Skelettes ist mit einem eisernen Helm bedeckt. Ab dem Brustbein trägt der Tote ein Kettenhemd. Seine Hände sind über einem schweren Schwert gekreuzt. An einem eisernen Gürtel trägt er noch eine circa fünfzehn Zentimeter lange Klinge in einer Scheide aus Leder.

Das Schwert ist mindestens 1 Meter 30 lang und unglaublich schwer. Es kostet Flavio viel Mühe, das schwere Stück aus dem Sarkophag zu zerren und zu Boden zu lassen. Dann zieht er dem toten Ritter auch noch den Dolch aus der Lederscheide und klettert auf den Boden der Gruft hinunter.

»So mein lieber Mousse, jetzt heißt es graben, wir sind auf jeden Fall nicht mehr unbewaffnet.«

Weitere zwei Tage und Nächte benötigen Flavio und Mousse, der immer wieder in Ohnmacht fällt, um einen Quader aus der Gruft zu stemmen. Dann stößt Flavio zunächst auf Lehm und dann auf locker aufeinandergeschichtete Steine, die aber nicht verfugt sind.

Als er am sechsten Tag mit letzter Kraft auch noch diese Gesteinsschicht durchbricht, wäre er fast abgestürzt und in den hinter dieser letzten Gesteinsschicht sich befindenden Brunnen gefallen.

Doch was Flavios Herz Freudensprünge machen lässt, ist ein seltsames Geräusch, das vom oberen Brunnenrand herkommt. Ein leuchtend rot-blauer Papagei sitzt auf dem Brunnenrand und stößt die obzönsten italienischen Flüche aus:

»Porca miseria, cazzo, cazzo, quel coglione fara un casino. Merde! Putain de bordel de merde! Cazzo, cazzo! Coglione! Malafitoso!«

Flavio weint vor Freude, seinen Papagei »Rossini« fluchen zu hören.

»Mousse, komm her, wir sind gerettet, Rossini sitzt am Brunnenrand und flucht wie ein sizilianischer Seeräuber.«

Dann ist auch Flavio Carlucci am Ende seiner Kräfte und sackt ohnmächtig zusammen. Er hört nicht mehr, wie eine Rotte Super Etandard im Tiefflug über ihn hinwegdonnert.

36.

Chapelle Saint Sauveur
Ile Saint-Honorat

Zwei Hubschrauber der GIGN (Groupe d'Intervention de la Gendarmerie Nationale) setzen zeitgleich mit den Einheiten der Gendarmerie Maritimes, der Police Nationale, der Bereitschaftspolizei CRS an den Stellen St. Caprais, St. Sauveur, Débarcadère, St. Michel, dem Port, an der Trinité, dem Kloster, am St. Porcaire und St. Pierre zur Landung auf der Ile Saint-Honorat auf.

Koordiniert wird dieser gemischte Einsatz zwischen Militär und Polizei vom Hubschrauber des Colonel Desfreux aus, der im Moment der Landung der verschiedenen Einheiten noch in der Luft bleibt.

In einem weiteren Hubschrauber der Police Nationale sitzen die Richterin Lucia Carlucci, die den entscheidenden Hinweis durch einen Anruf aus dem Verteidigungsministerium erhalten hat, sowie Commissaire Raibaud und Brigadier-Chef Simone Boué.

Dennis Melano und Xavier Quinti sind schon mit der ersten Welle auf der Insel gelandet und leiten den Einsatz vom Boden aus. Eine Einheit des Sondereinsatzkommandos des Militärs GIGN sprengt die schwere Türe zur Chapelle Saint Saveur auf, eine zweite Einheit dieser Elitetruppe lässt sich vom Hubschrauber in den Brunnen abseilen und kriecht in das von Flavio Carlucci gegrabene Loch. Doch vorher bringt Nénette noch den fürchterlich fluchenden Papagei »Rossini« in Sicherheit.

Flavio Carlucci und Mousse Boué werden gefunden, an die Oberläche gehievt und sofort notärztlich versorgt. Dann fliegt sie ein Sanitätshubschrauber der Berufsfeuerwehr in das Krankenhaus »La Fontonne« nach Antibes, wo beide sofort auf die Intensivstation des Reanimationszentrums eingeliefert werden. Simone Boué und Commissaire Raibaud mit dem Papagei Rossini auf dem Arm werden von den Sanitätern eingeladen mitzufliegen.

Mousse Boué und Flavio Carlucci sind jetzt an Infusionen angeschlossen und tragen Sauerstoffmasken. Sie sind außerdem in golden glänzende Wärmedecken eingehüllt. Beide sind nicht bei Bewusstsein. Der mitfliegende Arzt kümmert sich professionell um die Verletzten. Er ist per Funk mit der Klinik verbunden und gibt seine ersten Diagnosen durch.

Die Untersuchungsrichterin Lucia Carlucci ordnet gegen den Protest des Priors des Klosters die sofortige Durchsuchung sämtlicher Gebäude auf der Ile Saint-Honorat an. Als der Prior auch noch juristisch werden will und mit der Unverletzlichkeit des souverainen Terrains der Kirche zu argumentieren beginnt, reißt der Richterin Lucia Carlucci die Hutschnur. Jetzt geht das sizilianisches Temperament mit ihr durch:

»Monseigneur, um es einmal ganz unjuristisch und wenig christlich auszudrücken: Ihre Konkordats- und Lateranverträge, die die Kirche mit den damaligen faschistischen Regimen in Deutschland und dem Königreich Italien ausgehandelt hat und die bedauerlicherweise von der Bundesrepublik Deutschland und der Republik Italien ohne Änderungen übernommen wurden, interessieren mich einen Scheißdreck. Hier sind wir auf französischem Territorium und hier wurde zum Glück die Trennung von Staat und Kirche vollzogen. Frankreich ist säkularisiert. Sie haben also keine anderen Rechte als jeder andere französische Bürger. Und wenn dann auch noch Ihre so scheinheilige Bruderschaft in Verdacht steht, so schwere Verbrechen wie Menschenraub begangen zu haben, dann, Monseigneur, habe ich als Richterin von Nizza jedes Recht der Republik Frankreich hinter mir, so vorzugehen, wie es zur Rettung von Menschenleben notwendig erscheint. Und noch etwas: Besonders böse werde ich dann, wenn sich unter den Opfern mein eigener Vater befindet. Also halten Sie jetzt ihr gotteslästerliches, verlogenes Schandmaul, sonst gehen Sie sofort in den Knast nach Grasse.« Richterin Carlucci hat sich richtig in Rage geredet und bekommt rote Flecken am Hals, die immer auf einen erheblichen Zorn bei ihr schließen lassen.

Doch der Prior lässt nicht locker. Er keift schon wieder: »Dann rufe ich jetzt den Kardinalerzbischof von Paris und den apostolischen Nuntius in Paris an, um mich über Sie zu beschweren.«

Das ist nun der Richterin Lucia Carlucci endgültig zu viel.

»Monseigneur, meinetwegen können Sie auch die Avon-Beraterin oder den Papst anrufen. Doch erst wenn wir hier fertig sind. Vorher rühren Sie kein Telefon an. Ist das jetzt klar genug, Monseigneur?«

Sie winkt zwei Gendarmen herbei und befiehlt ihnen, den Prior zu bewachen. »Monseigneur, es ist jetzt 17.27 Uhr. Sie sind vorläufig festgenommen. Ich belehre Sie, dass diese Festnahme 48 Stunden andauern kann. Dann werde ich entscheiden, ob die Haft fortdauern soll. Es steht Ihnen in dieser Zeit genau ein Anruf zu. Gendarmen, führen Sie den Herrn ab und sperren Sie ihn in eine Zelle im Justizpalast von Nizza. Sie bleiben bei ihm, bis Ablösung kommt. Verstanden?«

Die beiden Gendarmen salutieren militärisch, legen dem Prior Handfesseln an und besteigen mit ihm einen Hubschrauber der Gendarmerie Nationale.

»So, dann werden wir mal diese Höhle ausräuchern«, reibt sich Richterin Carlucci die Hände.

37.

Hospital »La Fontonne«
Antibes

Schon nach drei Tagen und Nächten sind Flavio Carlucci und Mousse Boué so weit wieder hergestellt, dass sie von der Intensivstation in ein Zweibettzimmer verlegt werden können. Flavio hat darauf bestanden, mit seinem Schützling Mousse ein Krankenzimmer teilen zu dürfen. Brigadier-Chef Simone Boué ist überglücklich, dass ihr Sohn gerettet wurde.

»Patron, das werde ich Ihnen nie vergessen«, schluchzt Simone Boué und küsst ihren Patron immer wieder auf die Wangen.

Doch von der Tür her hallt die Stimme von Nénette: »Jetzt ist aber Schluss mit dem Geschmuse, Simone, dafür bin ich zuständig.«

Dann fällt Nénette über Flavio her und will ihn nicht mehr loslassen. »Sag mal, du verrückter Kerl, bist du nicht ein wenig zu alt für so einen Scheiß?«

Gerade betritt der diensttuende Arzt das Zimmer und schließt sich dem aufkommenden Gelächter an. »Das kann man wohl sagen, doch der Commissaire hat sich ja sicher nicht freiwillig in das Loch eingraben lassen. Die Blutanalysen haben ergeben, dass beide Patienten mit einem starken Betäubungsmittel außer Gefecht gesetzt und dann in diese gruselige Gruft verschleppt wurden. Sauerstoff-, Flüssigkeits- und Nahrungsmangel haben den beiden schwer zu schaffen gemacht. Doch in einer Woche sind die Patienten wieder fit, das kann ich versichern. Bleibende medizinische Schäden haben die beiden nicht zu befürchten. Vielleicht ab und zu ein Alptraum, doch dies kann unser Psychologe in einigen Sitzungen beheben. Das Kind hat das ganze nur überlebt, das kann ich aus meiner Sicht sagen, weil der Commissaire bei ihm war. Das ist sicher.«

Als der Arzt wieder gegangen war, betreten »Commissaire Josse« und Olivier Petacci das Krankenzimmer.

»Na, Alter, du treibst ja tolle Sachen«, grinsen die beiden Freunde Flavios. »Erst versenkst du das schöne Boot meines Chefs, dann lässt du dich auch noch einmauern, um dir die Schande zu ersparen. Feiger Kerl!«

Olivier Petacci kann es nicht lassen: »Mein Ölscheich wollte den Schaden gleich der Versicherung melden und war froh, das lästige Boot los zu sein, doch wo sollen du und dein meschuggener Papagei dann wohnen? Also habe ich eine Bergungsfirma beauftragt, die ›Lady Nabila‹ zu heben und in die Werft im Port Vauban zu schleppen. Der Versicherungsagent von Lloyd's hat bereits den Schaden geschätzt und den Scheck für die Reparatur gezückt. Das Boot wird wie neu!«

»Und wo ist ›Rossini‹?«, will Flavio besorgt wissen.

»Ich habe das unverschämte Vieh in meine Wohnung eingesperrt, wo er jetzt aus lauter Protest im Kreis scheißt und meine schönen Möbel versaut«, schimpft Nénette.

Flavio Carlucci wird scheinbar ernst, doch seine Augen sprechen eine andere Sprache:

»Habt ihr faules Pack denn während meines Urlaubs überhaupt etwas gearbeitet?«

Gut, dass die Richterin Lucia Carlucci auch noch zu der Runde stößt und liebevoll ihren Vater streichelt. Ihr ist anzumerken, wie sehr sie an ihrem Vater hängt und welche Sorgen sie umgetrieben haben müssen. Als ermittelnde Richterin hat sie natürlich auch das Vorrecht, ihrem Vater, der ja schließlich immer noch Chef der Sonderkommission ist, zu unterrichten.

»Also, die Ermittlungen haben bis jetzt Folgendes ergeben: Du und Mousse wurden von einem Mann, dessen DNA mit denen übereinstimmt, die wir bei allen Mordopfern gefunden haben, auf der ›Lady Nabila‹ mit einem subkutan verabreichten Betäubungsmittel mindestens 24 Stunden außer Gefecht gesetzt. Laut Aussagen des Hafen-Capitaines hat sich ein großer, schlanker Mann, der deine Bluse trug und deine Mütze aufhatte, am späten Abend bei der Capitainerie des Port Vauban abgemeldet und ist mit der ›Lady Nabila‹ in Richtung Cannes in See gestochen. Der Hafen-Capitaine hat sich zwar gewundert, doch da an diesem Abend ein Feuerwerk auf der Uferpromenade La Croisette in Cannes angesetzt war, liefen noch mehrere Boote aus, um das Spektakel von See aus zu bewundern.«

Olivier Petacci hat jedoch Bedenken: »Wieso hat der Hafen-Capitaine aber nicht bemerkt, dass das Boot nicht um das Cap d'Antibes herumgefahren ist, um auf dem direkten Wege in die Bucht von Cannes einzulaufen, sondern Kurs auf die Ile Sainte Marguerite genommen hat?«

»Das habe ich ihn bei seiner Vernehmung auch gefragt, doch er wusste keine Antwort. Die wahrscheinlichste Antwort auf diese berechtigte Frage ist, dass es ihm einfach egal war oder er zu faul war, das Küstenradar zu beobachten.«

»Commissaire Josse« ist aber immer noch nicht zufrieden: »Aber zumindest hätte der Kerl es doch bemerken müssen, als die ›Lady Nabila‹ vom Küstenradar verschwand. Ist es nicht möglich, dass er mit dem Entführer unter einer Decke steckt?«

Richterin Carlucci lächelt: »Da spricht der erfahrene Polizist, Josse. Genau aus diesem Grund habe ich ihn vorläufig festgenommen. Er wird zurzeit von der CRS Maritimes vernommen.«

»Braves Mädchen«, grinst Flavio Carlucci mit sichtlichem Stolz.

»Doch jetzt müsst ihr alle mal eine Minute vor die Tür. Ich muss mal pinkeln. Die pumpen so viel Flüssigkeit in meine Venen, dass ich dauernd zur Urinflasche greifen muss.«

»Nun hab dich mal nicht so«, lacht Nénette, »wir alle haben schon mal einen Mann beim Pinkeln gesehen, nicht wahr, Simone?«

Simone Boué lässt die Augen kullern. Sie ist peinlich berührt.

»Aber doch nicht den Patron.«

»Wenn Sie ihm jeden Tag Martini in der grünen Perrierflasche servieren, dürfte es ja kaum noch größere Geheimnisse zwischen Ihnen beiden geben«, lacht Nénette.

»Das haben Sie bemerkt?«, Simone Boué ist entsetzt.

»Schätzchen, das weiß das ganze Revier und amüsiert sich königlich über Ihre Verschleierungsbemühungen.«

»Also Schluss jetzt damit, raus mit euch. Ich habe ein Recht auf meine Intimsphäre!«, brüllt Flavio.

Als die Freunde wieder eintreten, fordert Flavio seine Tochter auf, weiter zu berichten.

»Mit einem Zodiac hat der unbekannte Mann euch beide auf die Ile Saint-Honorat geschafft. Dann wurde die schwere Grabplatte eines Ritters des Templerordens angehoben und ihr wurdet darin praktisch lebendig begraben. Wenn es euch nicht gelungen wäre, den Sarkophag zu öffnen und mit dem Schwert des Ritters eine Öffnung in die Gruft zu graben, hätte es etwas länger gedauert, bis man euch gefunden hätte.«

»Lucia, du spinnst, Ihr hättet uns nie gefunden«, empört sich Flavio.

»Oh doch, Papa, Ihr habt nur eine stärkere Wärmeabstrahlung für die Wärmebildkamera der Super Etandard von der ›Charles de Gaulle‹ abgegeben.«

»Was soll der Quatsch?«, will Flavio erzürnt wissen.

»Jetzt wird es mysteriös«, versucht Lucia Carlucci ihren Vater zu beruhigen. «Irgendjemand aus dem französischen Verteidigungs-ministerium, ich habe auch schon eine Ahnung, wer das ist, hatte ein Interesse daran, dass du und Mousse gefunden werdet. Denn ich bekam den entscheidenden Hinweis auf euren Aufenthaltsort durch den Anruf eines Général Robert Gabriel Donnedieu de Nièvre. Ich habe mich sofort über ihn erkundigt. Das ist der Direktor des militärischen Geheimdienst-Cabinets des Verteidigungsministers.«

»Commissaire Josse« blättert eifrig in seinen mitgebrachten Unterlagen. Dann triumphiert er: »Ich hab's! Ich hab's! Der Général ist der Onkel deines Lackaffen, Lieutenant-Colonel Jean de Sobieski. Wir haben nämlich auch recherchiert während deines Urlaubs«, grinst »Commissaire Josse« Flavio Carlucci an.

Olivier Petacci hat eine Erklärung, wie das Verteidigungsministerium Flavio und Mousse finden konnten:

»Eine Stunde, bevor du, Lucia, deinen Großeinsatz auf die Ile Saint-Honorat gestartet hast, sind zwei Super Etandard mindestens fünfmal im Tiefflug über die Insel geflogen. Ich habe das selbst von meinem Wächterhaus auf dem Cap d'Antibes gesehen. So etwas hat es noch nie gegeben. Offensichtlich haben die nach etwas gezielt gesucht. Vielleicht hatten die eine Wärmebildkamera an Bord. Auf jeden Fall drehten sie danach wieder Richtung Toulon ab. Und dort liegt der Flugzeugträger ›Charles de Gaulle‹ zurzeit vor Anker.«

»Commissaire Josse« stellt sich laut die Fragen aller Fragen: »Und woher wussten die Piloten, wo sie suchen mussten?«

Darauf hat auch Richterin Carlucci keine Antwort. Doch sie stellt eine Theorie auf: »Nehmen wir einmal an, der DGSE ermittelt ebenfalls gegen unseren Hauptverdächtigen und hat ihn gefunden, dann könnte es doch sein, dass dieser im Laufe der Vernehmungen gestanden hat, wo er Flavio und Mousse begraben hat?«

»Commissaire Josse« schüttelt sich vor Lachen: »Lucia, die Annahme ist durchaus berechtigt, doch deine Wortwahl entspricht nicht den Methoden des DGSE. Erstens ist es natürlich richtig, dass die ganz andere Möglichkeiten haben, einen ehemaligen Angehörigen der französischen Streitkräfte zu ermitteln, als die Justiz. Aber zweitens führen die eine Vernehmung nicht so durch, wie du dir das vorstellt. So mit Belehrung und all dem Kappes. Die foltern den, bis er zugibt, Kennedy ermordet zu haben. So läuft das.«

»Und wo wollen die so etwas Rechtswidriges tun können? Doch nur in einer Kaserne?«, fragt Lucia Carlucci.

»Commissaire Josse« lächelt etwas mitleidig, doch auch Bitternis ist in seiner Stimme: »Mädchen, diese Saubande hat in ganz Frankreich und in Übersee so viele Verstecke, die du im ganzen Leben nicht finden würdest, und wenn ja, dann würde dir das Militär den Zutritt verwehren.«

»Na, das werden wir dann mal sehen, das Militär steht nicht außerhalb des Gesetzes!«, beharrt Lucia Carlucci und kommt sich selbst dabei etwas naiv vor.

Olivier Petacci ist der Pragmatiker und ohnehin bekannt dafür, wenig Skrupel zu haben:

»Lucia, offiziell kommst du nie in einen militärischen Sperrbezirk. Im günstigsten Falle musst du deine Strafakten an die Militärjustiz abgeben und dann bist du den Fall los. Dort wird wahrscheinlich alles vertuscht und wir haben alle mit Zitronen gehandelt. Wir machen es auf meine Art.«

»Oh, mein Gott«, schallt es im Krankenzimmer des Hospitals der »Fontonne« wie aus einem Munde. »Jetzt kommt wieder Petaccis Zirkusnummer.«

Unbeirrt stellt Olivier Petacci seinen Plan vor:

»Du, meine liebe Lucia begibst dich auf den Pfad der Liebe. Du lädst den Lackaffen zum Essen ein, um dich für die Rettung deines Vaters zu bedanken. Ich verdrahte in der Zwischenzeit dessen Karre und dann werden wir ja sehen, wo der Kerl überhaupt nächtigt.«

»Commissaire Josse« ist sofort damit einverstanden, er kennt die Gepflogenheiten dieser Geheimniskrämer nur zu gut aus dem Algerienkrieg.

»Wetten, dass der Herr Offizier sich in irgendeiner Kaserne häuslich eingerichtet hat, denn die Brüder vom DGSE übernachten ungern in Hotels. Einmal, weil das teure Spesen verursacht, und zum anderen, weil sie dort nicht ungestört ihre dreckigen ›Geschäfte‹ abwickeln können.«

»Einverstanden«, erklärt zum Entsetzen ihres Vaters die Richterin Lucia Carlucci. »Doch da wäre noch etwas. Die Ermittlungen auf der Ile Saint-Honorat haben ergeben, dass die schwere Grabplatte niemals von einem Mann geöffnet hätte werden können. Es ist ein Gabelstapler verwendet worden, mit dem normalerweise die Weinlese auf dem Klostergut erfolgt. Der Prior wurde frech und da habe ich ihn auch gleich in Haft genommen. Der sitzt jetzt seit Tagen im Gefängnis und ruft nach dem Nuntius, dem Kardinal und bald auch noch nach dem Papst. Ich habe ihn bis jetzt schmoren lassen und werde ihn morgen vernehmen.«

Nénette ist immer noch nicht ganz zufrieden:

»Zunächst einmal zum Procedere: Ich habe mit Zustimmung der beiden Richterinnen und des Präfekten die vorübergehende Leitung der Sonderkommission übernommen, bis Commissaire Carlucci wieder im Dienst ist. Simone Boué hat in der Zwischenzeit sämtliche Ermittlungsergebnisse seit deinem Verduften, mein lieber Flavio, computermäßig erfasst und alle Akten der Untersuchungsrichter von Nizza und Grasse in ihr Programm eingegeben. Außerdem habe ich Personenschutz für Commissaire Carlucci und Mousse Boué angeordnet, was der Präfekt sofort genehmigt hat. Vor eurem Krankenzimmer sitzen also nicht nur Ärzte und Schwestern, sondern es sind auch einige gut austrainierte Polizisten darunter.«

»Das ist doch Quatsch, Nénette!«, protestiert Flavio Carlucci. »Mousses Entführung war doch nur ein Zufall, weil er zufällig auch auf dem Boot war. Und ich kann mich schon wehren.«

»Ja, ja, das hat man ja gesehen, wie toll du dich wehren kannst. Es bleibt bei meiner Anordnung. Basta! Und außerdem habe ich dir deine Beretta mitgebracht, die du ab sofort nach Dienstvorschrift immer am Mann zu tragen hast. Da ich weiß, dass du gar nichts auf meine Sorgen und Anweisungen gibst, habe ich dir hiermit den schriftlichen Befehl des Präfekten des Départements Alpes Maritimes zu eröffnen. Bitte unterschreibe diese Sicherheitsbelehrung! Und mach ja keine Zicken!«

Murrend unterschreibt Commissaire Carlucci den schriftlichen Befehl des Präfekten.

»Jetzt aber raus mit euch, ich muss schon wieder pinkeln.«

Beim Verlassen des Krankenzimmers ruft Flavio Carlucci seinen Freunden noch nach:

»Und klärt doch mal, wieso der Kerl es überhaupt auf mich abgesehen hat. Und noch etwas, untersucht doch mal, worin bei allen Fällen diese religiöse Verbindung besteht. Es kann ja kein Zufall mehr sein, dass alle Opfer religiöse Insignien, Schriften und Reliquien in ihren Häusern hatten und ich ausgerechnet in dem Grab eines Tempelritters begraben werden sollte. Meines Wissens war das doch ein geistlicher Ritterorden, der die Kreuzzüge der Pilger auf ihrer Reise nach Jerusalem vor Räubern und Plünderern geschützt hat.«

Und an Simone Boué gewandt: »Simone, besorgen Sie mir doch bitte einmal ein paar Bücher über die Geschichte der Templer. Irgendwie scheinen unsere Fälle mit der Geschichte der Tempelritter zusammenzuhängen.«

»Olivier, komm noch mal zurück.« Flavio richtet sich in seinem Krankenbett auf. Ihn treibt eine große Sorge um. »Bitte, rufe meinen Sohn in Melun an. Er soll ein paar Tage freinehmen und seine Schwester zusammen mit dir und Bixi heimlich bewachen. Ich habe Angst um das Kind.«

Olivier Petacci lächelt spitzbübisch: »Flavio, erstens ist das kein Kind mehr, sondern eine erwachsene und mit allen Wassern gewaschene Richterin und zweitens habe ich das schon veranlasst. Jean-Baptiste hat sich ein paar Freunde seines Einsatzkommandos der GIPN geschnappt und ist bereits auf dem Weg hierher. Ich habe ihn und deine Eltern seit deinem Verschwinden täglich auf dem Laufenden gehalten.«

Flavio Carlucci sinkt erleichtert in die Kissen zurück und stößt einen tiefen Seufzer aus. Trotzig verabschiedet er sich von seinem Freund Olivier Petacci: »Lucia wird immer mein Kind sein, bis ich ins Grab fahre.«

Beim Verlassen des Krankenzimmers lächelt Olivier Petacci seinem alten Freund und Weggefährten beruhigend zu: »Ich weiß, mein lieber Flavio, ich weiß. Verlass dich auf mich.«

Er sieht nicht mehr, wie Flavio sich wegdreht und leise in sein Kissen weint. Die vergangenen Tage sind doch nicht so spurlos an dem Commissaire divisionnaire und ehemaligen Chef der Brigade Antibanditisme von Paris vorübergegangen.

Da wird es warm in seinem Bett. Flavio spürt wieder den so vertrauten Körpergeruch von Mousse Boué. Der ist in das Bett von Flavio gekrochen und kuschelt sich eng an ihn. Notgedrungen darf Flavio jetzt keine Schwäche mehr zeigen und reißt sich zusammen. So dreht er sich um und nimmt seinen Schützling in den Arm.

»Flavio, sei nicht traurig, du hast jetzt drei Kinder. Deine Tochter Lucia, deinen Sohn Jean-Baptiste und mich. Wir lieben dich alle drei. Und für alle drei hast du immer gesorgt. Für mich hast du sogar dein Leben riskiert.«

»Sozusagen ›in loco parentis‹«, murmelt Flavio und schläft mit Mousse Boué im Arm ein.

38.

Palais de Justice
Nizza

Richterin Lucia Carlucci muss unbedingt den Prior des Klosters der Ile Saint-Honorat zur Vernehmung vorladen, um die gesetzlichen Fristen einzuhalten. Frère Michel wird in Handschellen von zwei Gendarmen vorgeführt. Richterin Carlucci weist die Gendarmen an, dem Gefangenen die Fesseln abzunehmen. Der Prior ist in einem erbärmlichen Zustand. Gerade will Lucia Carlucci nach dem Anwalt des Beschuldigten fragen, da wird die Tür zu ihrem Büro aufgerissen und Maître Castaldi kommt mit wehender Robe hereingerauscht.

Annie Gastaud hatte ihre Richterin schon vorgewarnt. Der Anwalt ist einer der reputiertesten Strafverteidiger von Nizza. Man sollte ihn niemals unterschätzen. Er gibt auch gleich eine Kostprobe seines Könnens.

»Madame la Juge«, hebt der etwa fünfundfünfzigjährige, graumelierte Jurist in einem sehr gepflegtesten Französisch an, »die Festnahme erfolgte ohne einen dringenden Tatverdacht gegen meinen Mandanten und ohne mich zu benachrichtigen. Ich lege förmliche Haftbeschwerde ein.«

Lucia Carlucci bleibt freundlich: »Aber Maître, lassen Sie uns doch erst einmal einen guten Café zu uns nehmen, dann rauchen wir gemeinsam eine Zigarette, entspannen uns und beginnen dann mit der Vernehmung Ihres sehr geehrten Mandanten zur Person. Was halten Sie davon?«

Überrascht blicken sich der Gefangene und Maître Gastaldi an und stimmen dann diesem scheinbaren Versöhnungsangebot zu.

Als sich die Situation entspannt hat und die Personalien zu Protokoll genommen worden sind, schießt Richterin Carlucci unvermittelt den ersten Pfeil ab. Sie drückt ihre Zigarette im Aschenbecher aus und gibt ihre erste Frage zu Protokoll:

»Frage: Wie viele Hubschrauber landen pro Tag auf der Ile Saint-Honorat?«

»Antwort des Beschuldigten: keine!«

»Vorhalt: Letzte Woche am Donnerstag, den 17. des Monates um genau 11.37 Uhr ist jedoch ein Hubschrauber direkt im Hof des Klosters gelandet. Hier ist die Aussage des für den Luftraum im Einzugsgebiet des internationalen Airports von Nizza verantwortlichen Fluglotsen. Um 11.57 Uhr hat das Luftfahrtgerät wieder abgehoben und ist in Richtung Parc Mercantour weitergeflogen. Der Hubschrauber hatte keine Erkennungsnummer, daher konnte die Herkunft des Hubschraubers und der Eigentümer des Fluggerätes nicht festgestellt werden. Funkrufe des Fluglotsen blieben unbeantwortet, was diesen verpflichtete, eine Meldung an die Préfecture und an die Luftfahrtaufsichtsbehörde zu machen.«

»Antwort des Beschuldigten: Davon ist mir nichts bekannt.«

»Frage: Wo waren Sie am 17. des Monats in der Zeit zwischen 11.37 Uhr und 11.57 Uhr?«

»Antwort des Beschuldigten: Um diese Zeit bin ich immer in der Chapelle St. Sauveur, um die Mittagsmesse zu lesen.«

»Frage: Wie weit ist die Chapelle St. Sauveur vom Klosterhof entfernt?«

»Antwort des Beschuldigten: circa 300 Meter.«

»Vorhalt: Und da wollen Sie das Geräusch eines Hubschraubers nicht gehört haben?«

»Antwort des Beschuldigten: Wir singen während der Messe gregorianische Gesänge. Da kann man das Geräusch eines Hubschraubers nicht hören.«

»Frage: Wer bedient den Gabelstapler und wozu wird der auf dem Klosterhof benötigt?«

»Antwort des Beschuldigten: praktisch jeder Frère des Klosters, der bei der Ernte, insbesondere der Oliven- und Weinlese, mitarbeitet.«

»Frage: Helfen Sie als Prior auch bei den Ernten mit?«

»Antwort des Beschuldigten: Nein, ich arbeite in der Verwaltung des Klosters und leite die lithurgischen Zeremonien.«
»Vorhalt: Wie kommen dann Ihre Fingerabdrücke an den Gabelstapler?«
»Antwort des Beschuldigten: Das ist praktisch ausgeschlossen ... ehm, es kann schon sein, dass ich ihn gelegentlich einmal angefasst habe.«
»Vorhalt: Sie sagten eingangs, dass der Gabelstapler nur zur Ernte eingesetzt wird, richtig?«
»Antwort des Beschuldigten: richtig!«
»Vorhalt: Wie erklären Sie sich dann den Umstand, dass es Reifenabdrücke des Gabelstaplers in der Chapelle Saint Sauveur gibt? Die Spurensicherung hat auch Einkerbungen in den historischen Kirchenfliesen aus dem 11. Jahrhundert vor dem Grabmal eines Tempelritters gefunden. Der Fahrer des Gabelstaplers hat, um das Gewicht zu stabilisieren, die hydraulischen Stützen des schweren Gerätes ausgefahren und dann mit einer Kette die Grabplatte des Templers entfernt.«
»Antwort des Beschuldigten: Das ist mir völlig unerklärlich.«
»Vorhalt: Im Beichtstuhl fanden sich Fingerabdrücke von Ihnen. Erklären Sie das.«
»Antwort des Beschuldigten: Das ist völlig normal, denn ich nehme dort jeden Tag die Beichte meiner Frères ab.«
»Vorhalt: nur die Ihrer Frères?«
»Antwort des Beschuldigten: Gelegentlich kommen auch einmal Besucher vom Festland, um die Beichte abzulegen.«
»Vorhalt: Wie erklären Sie die Tatsache, dass im Beichtstuhl auch die Fingerabdrücke und die DNA eines wegen sechsfachen Mordes gesuchten Täters gefunden wurden?«
»Antwort des Beschuldigten: Das weiß ich nicht. Natürlich kommen Sünder in den Beichtstuhl, um für ihre Sünden um Vergebung zu bitten.«
»Vorhalt: Fahren diese Sünder auch den Gabelstapler des Klosters?«
»Antwort des Beschuldigten: Das kann ich mir nicht vorstellen.«
»Vorhalt: Wohnen diese Sünder auch im Kloster?«

»Antwort des Beschuldigten: Im Kloster wohnen nur die Frères.«

Richterin Carlucci lehnt sich zurück, zündet sich eine Zigarette an, nimmt einen Schluck aus der Kaffeetasse und holt dann zum Schlag aus:

»Vorhalt: Wie erklären Sie dann die Tatsache, dass die Fingerabdrücke eines des sechsfachen Mordes Verdächtigen auf dem Gabelstapler, im Beichtstuhl, an der geöffneten Grabplatte und in einem Zimmer des Klosters auf der Ile Saint-Honorat von der Spurensicherung der Police Scientifique der Police Nationale von Nizza konstatiert wurden?«

Anstatt des Beschuldigten greift nun Maître Castaldi in die Vernehmung ein. Er war während des Verhörs sichtlich unruhig geworden.

»Madame la Juge, bei allem nötigen Respekt, aber in was haben Sie sich denn da verrannt? Wollen Sie dem hochangesehenen Prior eines der ältesten Zisterzienserklöster Frankreichs allen Ernstes unterstellen, dass er etwas mit Mord und Entführung zu tun haben könnte? Diese angeblichen Spuren sind doch reine Zufälle und haben mit meinem Mandanten überhaupt nichts zu tun. Meinen Sie nicht, Madame la Juge, dass Sie in Ihrem jugendlichen Übereifer etwas zu sehr über das Ziel hinausgeschossen sind? Oder ist etwa der Umstand, dass Ihr sehr geehrter Herr Vater Opfer eines hinterhältigen Anschlages auf dem Gelände des Klosters geworden ist, der Grund, warum Sie so überreagieren? Ich ersuche Sie, meinen Mandanten sofort auf freien Fuß zu setzen und die vorläufige Festnahme aufzuheben.«

Maître Castaldi kennt Richterin Lucia Carlucci noch nicht. Es ist seine erste Audienz bei ihr. Sonst wüsste er, dass er es hier nicht mit einer blutigen Anfängerin zu tun hat, die gerade erst ihr Examen als Richterin bestanden hat, sondern dass Lucia Carlucci selbst lange als Pflichtverteidigerin am Palais de Justice in Paris tätig gewesen war. Sie kennt also schon einige Tricks der Anwälte, die sie früher selbst bei Vernehmungen ihrer Mandanten vor dem Untersuchungsrichter angewandt hat.

Richterin Lucia Carlucci lächelt dem ihr nicht unsympathischen Rechtsanwalt zu und bietet Maître Castaldi und dem Beschuldigten noch eine Tasse Café an.

Maître Castaldi wertet diese Geste jedoch völlig falsch. Er steht auf und zieht seinen Mandanten vom Stuhl hoch: »Na also, dann gehen wir jetzt, Madame la Juge.«

Richterin Carlucci bittet Maître Castaldi und den Beschuldigten noch einmal, für eine kleine Formalität Platz zu nehmen. Dann wendet sie sich an ihre Greffière Annie Gastaud:

»Bitte nehmen Sie zu Protokoll: Es ist jetzt 13.24 Uhr. Die vorläufige Festnahmeerklärung (Garde à vue) gegen den Prior des Zisterzienserklosters der Ile Saint-Honorat ist beendet. Es ergeht nunmehr Haftbefehl wegen des Verdachtes der Beihilfe in sechs Mordfällen, wegen des Verdachtes der Beihilfe in zwei Fällen des Menschenraubes und wegen Beihilfe in zwei Fällen versuchten Mordes. Der Gefangene ist in das Untersuchungsgefängnis von Nizza zu überführen. Ende der Sitzung. Gendarmen, führen Sie den Gefangenen ab und überstellen Sie ihn in Untersuchungshaft.«

Während die Gendarmen ungerührt den Befehl der Richterin ausführen, den Gefangenen fesseln und die Ausfertigung des Haftbefehls von der Rechtspflegerin entgegennehmen, ringt Maître Castaldi um Fassung.

»Madame la Juge, das ist wohl die abgefeimteste Vernehmung, die ich in meiner langen Praxis als Strafverteidiger erlebt habe. Das ist ja ungeheuerlich. Wo sind denn Ihre Beweise für so eine absurde Conclusion eines Verhörs? Ich werde mich über Sie beschweren. Sie spülen gerade Ihr Richteramt den Orkus des Justizpalastes von Nizza hinunter. Das verspreche ich Ihnen!«

Richterin Carlucci wendet sich noch einmal ungerührt an ihre Rechtspflegerin: »Annie haben Sie das zu Protokoll genommen?«

Annie Gastaud lächelt auf ihre feine Art: »Pflichtgemäß, Madame la Juge.«

»Gut, dann senden Sie je eine beglaubigte Abschrift dieses Protokolls an den Bâtonnier der Rechtsanwaltskammer und an den Präsidenten des Tribunals des Landgerichts von Nizza. Maître Castaldi, Sie bedrohen hier keine Richterin, ist das klar?«

Maître Castaldi ist kreideweiß geworden und verlässt mit zitternden Knien das Cabinet III der Untersuchungsrichter von Nizza.

Er ärgert sich maßlos über sich selbst. Einmal, weil er die junge Richterin total unterschätzt hat, und zum anderen, weil er dermaßen die Selbstbeherrschung verloren hat.

Er weiß sehr genau, einer Richterin der Republik Frankreich droht man nicht ungestraft.

39.

Restaurant »Spaghettissimo«
Cours Saleya
Nizza

Annie Gastaud und Lucia Carlucci, die sich in der kurzen Zeit ihrer Zusammenarbeit schon etwas angefreundet haben und öfters auf dem nahen Cours Saleya zum Mittagessen gehen, begegnen auf dem Weg über dem Blumenmarkt von Nizza Lieutenant-Colonel Jean de Sobieski.

Die Rechtspflegerin hat den hochgewachsenen Mann in der Menschenmenge zwischen den Obst- und Gemüseständen zuerst entdeckt. Ganz aufgeregt stößt sie Lucia Carlucci in die Seite und macht sie auf das überaus gepflegte Erscheinungsbild des Adeligen aufmerksam.

Doch der scheint sie nicht zu bemerken, sodass sich zur Schande von Lucia Carlucci ihre Rechtspflegerin ganz ungeniert an den Lieutenant-Colonel heranpirscht.

Überrascht dreht sich Jean de Sobieski um. Ein Strahlen geht über sein gebräuntes Gesicht, als er Lucia Carlucci entdeckt.

»Madame la Juge, was für eine Überraschung! Was führt Sie denn auf den Markt? Meine liebe Annie, Sie werden die Richterin doch nicht auch noch bekochen?«

Annie Gastaud ist in heller Aufregung: »Aber Lieutenant, wo denken Sie denn hin, wir schlendern doch jeden Mittag, wenn es die Zeit zulässt, über den Markt, um dann in einem der zahlreichen Restaurants zum Essen zu gehen.«

»Aber, aber, ma chère Annie«, lächelt Jean de Sobieski und hebt drohend den Zeigefinger, »in all den Jahren hat es noch niemand gewagt, mich gleich um vier Ränge zu degradieren. Dafür müssen Sie mir aber jetzt einen kleinen Salat und ein Glas Rotwein spendieren.«

»Oh Gott, das wird teuer, Annie«, lacht Lucia Carlucci, »kommen Sie Lieutenant-Colonel, ich lade Sie in das ›Spaghettissimo‹ ein.«

Sie amüsieren sich köstlich. Lucia Carlucci versäumt es nicht, sich für die Rettung ihres Vaters und des kleinen Mousse zu bedanken, was Jean de Sobieski mit nichtssagendem Blick kommentiert.

Während der Unterhaltung betrachtet Lucia Carlucci den Offizier genau. Heute ist er in Zivil. Er trägt teure Jeans von Versace, ein seidenes Hemd von Givenchy und eine sehr teure Lederjacke. An den Füßen trägt er handgemachte Schuhe von Gucci. Seine Haut ist sonnengebräunt, die schwarzen Haare sind leicht graumeliert und an den Schläfen schon etwas stärker ergraut. Nachdem er die Lederjacke lässig über den Stuhl gehängt hat, kommt seine durchtrainierte und sportliche Figur zur Geltung. An den Armen, insbesondere an den Handgelenken, kommen jedoch hässliche Narben zum Vorschein, als er die Ärmel seines teuren Hemdes hochkrempelt. Er bemerkt den verwunderten Gesichtsausdruck.

»Madame la Juge, das sind so kleine Erinnerungen an verschiedene Kampfeinsätze«, lächelt er Lucia Carlucci an. Doch dieses Lächeln ist nicht charmant, sondern eher von einer gewissen Bitternis durchdrungen.

Lucia Carlucci ist etwas verlegen: »Aber ich dachte, ein Offizier des DGSE ist meistens hinter einem Schreibtisch igendeines Stabes zu finden, wo er Nachrichten auswertet.«

»So, so, das denken Sie also von mir. Dass ich ein Schreibtischtäter bin? Oh nein, Madame la Juge, nach der Absolvierung der Ecole Polytechnique und der Offiziersakademie in Saint-Cyr war ich in zahlreichen Kampfeinsätzen in Afrika, in Bosnien, im Kosovo und zuletzt in Afghanistan. Erst neulich erhielt ich meine erste Stabsverwendung und erwarte gerade meine Beförderung zum Colonel.«

»Sind Sie nicht ein bisschen jung für so einen hohen Rang?« Annie Gastaud kann manchmal recht unverblümt sein.

Jean de Sobieski lacht: »Sehen Sie, Annie, das liebe ich so an Ihnen, Sie sind immer so herzerfrischend ehrlich. Ich möchte diese Ehrlichkeit erwidern. Meine schnelle Karriere habe ich mehreren Umständen zu verdanken. Einmal ist es natürlich meine Tüchtigkeit als Frontoffizier, wie sie ja an den zahlreichen Auszeichnungen an meiner Uniform gesehen haben.«

»Aber das alleine hilft doch nicht bei einer so steilen Karriere«, wendet Lucia Carlucci zweifelnd ein. »Mein Vater hat zwei Reihen hoher Orden der französischen Republik und was hat es ihm gebracht? Er ist ein kleiner Commissaire in Antibes.«

»Eben, sag ich doch«, lächelt Jean de Sobieski und eröffnet Lucia mit geradezu entwaffnender Ehrlichkeit: »Natürlich ist es auch meine adelige Abstammung. Einer meiner Ahnen war König von Polen und hat zusammen mit Prinz Eugen von Savoyen die Türken vor Wien geschlagen. Ein anderer Ahne war Marschall von Frankreich unter Napoléon I. Er steht heute in Stein gehauen neben dem Prince Poniatovski am Louvre auf der Seite der Rue Rivoli in Paris. Der ist übrigens ebenfalls ein Abkomme eines polnischen Königs und Marschalls von Frankreich unter Napoléon I. Beide Fürstengeschlechter haben heute ihren Sitz in Frankreich. Ein Nachkomme des Prince Poniatovski war übrigens unter dem Präsidenten Georges Pompidou Innenminister der V. Republik und wohnt heute hier in Le Rouret im Hinterland von Nizza.«

»Das alleine kann es wohl nicht sein.« Lucia Carlucci holt zu einer ihrer gefürchteten Spitzen aus: »Immerhin ist Ihr Onkel Général Robert Gabriel Donnedieu de Nièvre einer der Direktoren des DGSE und Chef des militärischen Geheimdienstcabinets des Verteidigungsministers. Und um das Maß vollzumachen, dessen Bruder ist der amtierende Generalsekretär des Elyséepalastes.«

Annie Gastaud verschluckt sich an ihren Spaghetti carbonara, doch Lucia setzt noch einen drauf.

»Und der Vater Ihrer beiden Onkel ist erst kürzlich unter großem Pomp auf dem Père Lachaise in Paris beerdigt worden. Und Sie tauchen hier auf und ermitteln in meinen Fällen. Sind das nicht ein bisschen zu viele Todesfälle, die uns verbinden?

»Chapeau, Madame la Juge.« Jean de Sobieski setzt ein undurchdringliches Lächeln auf, das wenig mit seinem üblichen Charme gemein hat. »Sie sind bestens informiert. Ich glaube, wir sollten diese gemeinsamen Kenntnisse bei einem Diner ausbauen, vielleicht kommen wir ja dann gemeinsam der Lösung der Fälle näher. Wie wär's mit heute Abend? Ich bestelle einen Tisch in der Brasserie ›Flo‹ in der Rue Sacha Guitry hier in Nizza.«

»Abgmacht, um 8 Uhr, ist das in Ordnung? Ich liebe Meeresfrüchte!« Lucia Carlucci drängt zum Aufbruch. Sie muss wieder zurück in den Justizpalast.

Annie Gastaud ist völlig aus dem Häuschen ob so viel Kaltblütigkeit ihrer Richterin.

40.

Palais de Justice
Nizza

Es ist jetzt doch schon 16 Uhr, als die Richterin Lucia Carlucci und ihre Rechtspflegerin Annie Gastaud das Cabinet III der Untersuchungsrichter aufschließen. Gerade als die beiden ihre Arbeit wieder aufnehmen wollen, klingelt das Telefon im Vorzimmer.

Mit düsterem Gesicht betritt Annie Gastaud wenig später das Richterzimmer.

»Madame la Juge, ich habe soeben einen Anruf des Präsidenten des Tribunals von Nizza bekommen, Sie mögen ihn doch bitte sofort in seinem Büro aufsuchen. Und er meinte wirklich: sofort!«

»Kein Problem, vielleicht werde ich befördert, wer weiß?« Lucia Carlucci ist jetzt doch etwas verunsichert und will diese Stimmung beiseite wischen.

»Na hoffentlich nicht an die frische Luft!«, befürchtet Annie Gastaud sorgenvoll.

Der Präsident des Tribunals von Nizza ist ein überaus ehrenwerter älterer Herr. Er trägt voller Stolz die rote Kokarde eines Offiziers der Ehrenlegion am Revers seines fein geschnittenen italienischen Anzuges.

Dass er auch sehr gebildet ist, zeigt seine gut bestückte Bibliothek, die nicht nur aus juristischer Fachliteratur besteht. Lucia Carlucci bemerkt mit einem Blick Werke von Voltaire, Rimbaud und Molière. Auch neuere Werke von Max Gallo, der gerade in die Académie Française, »Die Unsterblichen«, aufgenommen worden war, finden sich in der reichhaltigen Sammlung.

Der Präsident ist ein Mann von großer Klasse. Formvollendet bietet er der jungen Richterin einen Platz vor seinem Empire-Schreibtisch an und lässt Café kommen.

»Madame la Juge, wie haben Sie sich denn hier in Nizza eingelebt?«

»Danke, Monsieur le Président, ich habe viele alte und neue Freunde gefunden. Außerdem hat mir mein Vater, der ja Commissaire in Antibes ist, eine kleine Wohnung direkt am Cours Saleya eingerichtet.«

»Das freut mich sehr. Und was macht die Arbeit?«

»Ich kann klagen, wie wir Juristen sagen. Das heißt, ich habe neben den üblichen Gewaltdelikten sechs Morde in der Bearbeitung, die offensichtlich einer Serie zugerechnet werden müssen.«

»Sehen Sie, das macht mir etwas Sorgen. Wie schaffen Sie das alleine?«

»Monsieur le Président, das Département Alpes Maritimes verfügt über einen ausgezeichneten Kader an fähigen Polizeioffizieren aus allen Abteilungen. Ich schaffe das schon.«

»Ist es denn notwendig, dabei so forsch vorzugehen und gleich den Prior des Zisterzienserklosters der Ile Saint-Honorat in Untersuchungshaft zu nehmen? Ich will nicht verschweigen, dass ich deswegen vom Kardinalerzbischof von Paris, vom Kardinal von Lyon und sogar vom apostolischen Nuntius in Paris mit lästigen Anrufen bedrängt wurde.«

Richterin Lucia Carlucci richtet sich in ihrem Stuhl auf, stellt die Cafétasse etwas laut auf den Unterteller und erwidert:

»Monsieur le Président, bei allem nötigen Respekt, das ist der Unterschied zwischen uns beiden. Während Sie ein politischer Magistrat sind, der direkt vom Präsidenten der Republik ernannt wird und auch wieder abberufen werden kann, bin ich als Untersuchungsrichterin laut Dekret von Napoléon I. aus dem Jahre 1811 niemandem verantwortlich, habe keine Weisungen entgegenzunehmen und bin politisch völlig unabhängig. Ich bin unabsetzbar, es sei denn, der Disziplinarhof der Magistraten (CSM) weist mir einen Verfahrensfehler, ein Pflichtversäumnis oder eine Rechtsverletzung nach.«

»Aber, aber, Madame la Juge, das weiß ich doch alles. Niemand will Sie beeinflussen. Ich mache mir nur Sorgen um Sie. Wie schaffen Sie diesen

Arbeitsaufwand denn administrativ? Ich will Ihnen doch nur helfen. Was halten Sie denn davon, dass wir die zweite Untersuchungsrichterin Colette Mouchard von Grasse nach Nizza versetzen, damit diese Ihnen bei diesem riesigen Arbeitsaufwand behilflich ist?«

Richterin Lucia Carlucci wittert eine Falle. Der Präsident will sie vielleicht auf diese Weise gegen Colette Mouchard ausspielen und so den Fall »beerdigen«. Offensichtlich spekuliert er auf ein totales Zerwürfnis zwischen der Richterinnen.

Diesen Gefallen tut ihm Lucia Carlucci nicht: »Monsieur le Président, das wäre natürlich sehr hilfreich und überaus großzügig von Ihnen. Richterin Colette Mouchard und ich arbeiten ohnehin schon Hand in Hand an diesem überaus komplizierten Fall zusammen. Sie kennt ebenfalls fast jedes Detail der Ermittlungen. Wenn wir dann auch noch die räumliche Trennung zwischen Grasse und Nizza beseitigen könnten, dann wäre das sicher hilfreich.«

Mit strahlendem Lächeln und einer herzlichen angedeuteten Umarmung verabschieden sich der Präsident des Tribunals von Nizza und die Untersuchungsrichterin des Cabinet III in dem Bewusstsein gegenseitiger Abneigung.

Beim Verlassen der Präsidentensuite im Palais de Justice von Nizza flucht dann auch Lucia Carlucci leise vor sich hin: »Porca miseria, quel coglione fara un casino! Cazzo!«

41.

Brasserie »Flo«
Rue Sacha Guitry
Nizza

Die Kette der Brasserie von »Flo« ist über ganz Frankreich verteilt. Sogar in Barcelona findet man ein »Flo«. Eigentlich sind es gar keine Restaurants, sondern wunderschöne ehemalige Theater, Opernhäuser oder Cabarets aus der Zeit der Belle Epoque.

Das »Flo« von Nizza ist ein altes Opernhaus im Jugendstil der zwanziger Jahre. Es wurde ohne große Veränderungen in einen der angesagtesten Fresstempel von Nizza umgewandelt. Statt der in Opernhäuser üblichen Stuhlreihen wurden bequeme Tische und Stühle aufgestellt. Die ehemaligen Logen in der ersten Etage sind heute abgeteilte Separés, in denen man diskret speisen kann.

Die Küche befindet sich nun auf der Bühne und ist von allen Gästen gut einsehbar. Schon am Empfang zeigt das »Flo«, welches die Spezialitäten des Hauses sind. In einem circa sechs Meter langen Aquarium schwimmen lebende Langusten, riesige Hummer und allerlei Getier aus den Meeren dieser Welt.

Vor dem Aquarium stehen fleißige Serveure, die in unglaublicher Geschwindigkeit Platten mit Eis beschichten und Türme bis zu drei Etagen aufbauen, auf denen sie dann kunstvoll Austern, Muscheln, Schnecken, Seeigel, Krabben, Hummer und Langusten dekorieren. Anschließend schleppen die weiß beschürzten Kellner diese Meisterwerke zu zweit an die Tische, wo sie mit großem Hallo von den Gästen begrüßt werden.

Flinke Hände servieren einen trockenen Muscadet aus der Loire und für ganz Verwegene auch Bier aus dem Elsass. Die zweite Spezialität des

Hauses ist nämlich Choucroute. Das ist eine Riesenplatte mit Sauerkraut, allerlei gekochten Schweinshaxen, fetten Schweinswürsten und Blut- und Leberwürsten an Lorbeerblättern. Dazu gibt es reichlich Schnaps und natürlich als Vorspeise die unvermeidliche Gänseleber aus dem Elsass oder dem Perigord.

Hat einer der circa 500 Gäste, die in diese Brasserie passen, Geburtstag, so gehen beim Nachtisch plötzlich alle Lichter aus, sämtliche Kellner stellen sich rund um den Gast auf und singen das unvermeidliche »Happy Birthday«. Dazu wird eine als Ente drapierte Mousse au Chocolat serviert, die mit Wunderkerzen bestückt ist und wie ein Atomendlager strahlt. Man sollte nicht versuchen, etwas von dieser Mousse au Chocolat zu kosten, denn sie besteht nur aus Gummi und wird jeden Abend mindestens zehnmal verwendet.

Jean de Sobieski hat sich fein gemacht. Er trägt einen dreiteiligen Anzug von Ralph Lauren aus der neuen Purple-Label-Kollektion. Dazu ein rotgestreiftes Hemd mit weißem Kragen und Manschetten. An der Weste baumelt eine silberne Kette, die offensichtlich in eine Uhr mündet, die in einem der Seitentäschchen versteckt ist. Das Einstecktuch aus purer Seide ist passend zur Krawatte von Givenchy. Mit seinem Gardemaß von circa 1 Meter 90, seinen leicht grau melierten Haaren und seinem cremigen Teint gibt er eine Erscheinung ab, die den Frauen im Saal den Atem stocken lässt.

Doch er scheint schon vergeben. Mit einer ebenso dezenten wie grandiosen Geste, die große Klasse erkennen lässt, geleitet er eine glutäugige Schönheit an den vorbestellten Tisch. Lucia Carlucci hat sich von ihrem ersten Gehalt als Richterin ein kardinalrotes Kostüm von Christian Dior geleistet. Ihre natürliche Schönheit hat sie mit wenig Aufwand durch einige Accessoires raffiniert unterstrichen. Ihr langes schwarzes Haar hat sie heute zu einem kecken Dutt zusammengesteckt und mit einer Spange von Chanel dekoriert.

Das Paar speist und amüsiert sich sichtlich. Sie kommen sich durchaus auch näher. Eher unabsichtlich streift Jean de Sobieski die Hand Lucias, was sie gerne geschehen lässt, denn auch sie ist sehr angenehm von dem überaus charmant auftretenden Offizier berührt. Gleichwohl bleibt sie auf der Hut. Sie ist ihres Vaters Tochter und mit einem gesunden Misstrauen gegen Menschen jeder Art gesegnet. Aber sie ist auch eine junge und intelligente Frau, die natürlich für den Charme, die Aufmerksamkeiten und das Erscheinungsbild dieses außergewöhnlichen Mannes empfänglich ist.

Nach dem letzten Café steckt Jean de Sobieski dem Oberkellner äußerst diskret eine Platinkreditkarte für die Begleichung der Rechnung und einen 100-Euro-Schein für den exzellenten Service zu.

Sie verlassen das »Flo«. Am Ausgang wartet bereits der Voiturier mit einem azurblauen Porsche mit weißem Lederinterieur. Der typische Klang eines Porschemotors sägt leise vor sich hin.

Es ist heute nicht mehr ganz so einfach, mit dem Fahrzeug durch Nizza zu fahren. Die Stadt wurde durch den Bau der Tramway praktisch in zwei Teile geteilt. Zunächst muss Jean de Sobieski zurück auf die Rue Jean Médecin, um auf den Place Masséna zu gelangen. Dann fährt er am Casino Ruhl vorbei, umrundet das Karussell, um dann sofort wieder nach rechts in die Altstadt von Nizza einzubiegen. Der Weg führt an der prachtvollen Oper und dem historischen Rathaus vorbei, bis der Wagen vor dem Cours Saleya zum Stehen kommt.

Ab da beginnt die Fußgängerzone des Blumenmarktes von Nizza. Jean de Sobieski parkt seinen schicken Flitzer vor der alten Oper, hilft Lucia aus dem Wagen und begleitet sie die 200 Meter zu Fuß zum Hauseingang. Er machte keinerlei Anstalten, noch mit in das Appartement von Lucia eingeladen zu werden, küsst Lucia Carlucci links und rechts auf die Wange und zum Abschied die Hand und schlendert den Cours Saleya entlang zurück zu seinem Porsche.

42.

Nizza Barcelonnette
Bunker der Maginot-Linie

Diese kurze Zeit hat Olivier Petacci genutzt, einen Peilsender unter dem Porsche anzubringen. Olivier Petacci, Lieutenant Jean-Baptiste Carlucci und dessen beiden Freunde aus dem Sondereinsatzkommandos GIPN von Paris sitzen in einem grünen Range Rover, der abgeblendet in der Seitenstraße des alten Rathauses von Nizza geparkt steht.

Kaum fährt Jean de Sobieski los, so beginnt das grüne Zeichen auf dem Sender zu leuchten. Lieutenant Carlucci ist ein fast 1 Meter 85 großer und drahtiger Bursche. Er und seine Kameraden sind ungefähr gleichaltrig mit ihren 25 Jahren. Sie haben dasselbe harte Auswahlverfahren und die gleiche brutale Ausbildung eines Mitgliedes des SEK von Paris hinter sich gebracht.

Da Jean-Baptiste Carlucci aufgrund seines Baccalaureats die Offizierslaufbahn einschlagen konnte, ist er der Ranghöhere. Dies bedeutet bei der GIPN nicht viel, da hier nur der Teamgeist zählt. So ist auch der Umgangston unter den Mitgliedern des Sondereinsatzkommandos eher etwas legerer.

Olivier Petacci kann sich Zeit lassen. Er riskiert nicht, von Jean de Sobieski bemerkt zu werden. »Diese verdammten Geheimdienst-fritzen sind mit allen Wassern gewaschen, da sollten wir auf der Hut sein«, murmelt er vor sich hin.

Lieutenant Carlucci dirigiert den Range Rover in weitem Abstand vom Porsche de Sobieskis auf die Promenade des Anglais, an der Tanzbar »Missisippi« und am Hotel NEGRESCO vorbei bis hinaus an den Flughafen NICE CÔTE D'AZUR. Dort biegt der Porsche auf die Route Nationale

Richtung Digne-Grenoble ein. Der Verkehr wird dünner, deshalb hält Olivier Petacci nun noch mehr Abstand. Der Porsche ist nicht mehr mit bloßem Auge zu erblicken, doch die grüne Lampe auf dem Peilgerät zeigt, dass sie auf dem richtigen Weg sind.

Nach etwa einer Stunde Fahrt kommt der Porsche in der Kaserne der 27. Gebirgsjägerbrigade in Barcelonnette hoch oben in den Seealpen zum Stehen. Olivier Petacci parkt den Range Rover etwa einen Kilometer vor der Ortseinfahrt des kleinen Garnisonsstädtchens und schaltet die Lichter des Fahrzeuges aus.

»Merde, der Kerl wohnt doch tatsächlich in der Kaserne. Jetzt ist Ende im Gelände. Was machen wir nun? Wir können ja nicht in das militärische Areal einbrechen, sonst knallen uns diese Fanatiker von den Alpini noch ab. Die waren alle doch schon mal in Afghanistan«, schimpft Lieutenant Carlucci.

Doch der Zufall kommt ihnen zu Hilfe. »Fahr los, da ist der Kerl«, ruft einer der Kameraden von Jean-Baptiste und fuchtelt wie wild mit seinen Armen, um ihn auf einen tarnfarbenen Geländewagen aufmerksam zu machen, der gerade an ihnen vorbeigebraust war.

«Bist du sicher?«,fragt Olivier Petacci zweifelnd.

»Fahr los, alter Mann, der Kerl trägt jetzt zwar einen Tarnanzug, aber diese arrogante Lackaffenfresse vergesse ich nicht. Ich habe ihn ja schließlich im ›Spaghettissimo‹ als Kellner verkleidet bedient.«

»Sag noch einmal ›alter Mann‹ zu mir und ich zeige dir jungem Pisseur gleich mal, was man in dreißig Jahren unter Commissaire Carluccis Leitung in der Brigade Antibanditisme von Paris so alles gelernt hat«, lacht Olivier Petacci und startet den Rang Rover.

»Merde, wir verlieren ihn gleich, der Peilsender klebt immer noch unter dem Angeberschlitten«, schimpft Jean-Baptiste und klappt das Peilgerät zu. »Jungs, jetzt gibt es Dschungelkampf, der Kerl fährt auf einem Feldweg Richtung italienische Grenze, wie mein GPS hier anzeigt.«

Sie sind wirklich bestens vorbereitet und haben fast die halbe Ausrüstung der GIPN aus Paris mitgebracht. Doch die Verfolgung wird schwieriger. »Nachtsichtgeräte aufsetzen, Licht aus«, befiehlt Jean-Baptiste.

Als der Militärjeep vor einer Schranke mit dem Schild »Militärischer Sperrbezirk« hält, schaltet Olivier Petacci sofort den Motor des Range Rovers aus. Es ist finstere Nacht in diesem Waldstück hoch oben in den Seealpen und jedes Motorengeräusch ist kilometerweit zu hören.

Der Militärjeep fährt wieder an, nachdem die Schranke von dem hochgewachsenen Mann geöffnet wurde. Olivier Petacci parkt den Range Rover tief im Unterholz, etwa 500 Meter vor der Schranke. «Fahrzeug tarnen«, kommt der Befehl von Lieutenant Carlucci in heiserem Flüsterton. »Ausrüstung aufnehmen, Abmarsch. Olivier, du bleibst beim Wagen und hältst Funkkontakt!«

Olivier Petacci knurrt etwas von »Ich bin euch Scheißkerlen wohl zu alt für so einen Marsch mit meinem steifen Bein«, doch er fügt sich.

Dann erfolgt ein etwa vierzigminütiger Fußmarsch durch dichtes Gestrüpp. Es ist nicht einfach, jedes Geräusch in dieser Abgeschiedenheit von jeder Zivilisation zu vermeiden. Doch die Gruppe um Jean-Baptiste Carlucci ist bestens für solche Einsätze ausgebildet.

Sie kommen etwa 30 Meter vor einem Bunker zum Stehen. Kein Licht ist von außen zu erkennen. Der Militärjeep parkt vor der Eingangstür zum Bunker. Einer der Freunde von Jean-Baptiste schleicht sich an den Eingang des Bunkers heran und klebt ein Horchgerät an die Stahltür. Dann kommt er zurück.

»Nichts zu hören, mein Gerät ist hochsensibel, aber die Tür muss Tresorstärke haben, womöglich ist dahinter noch eine Schleuse.«

»Wo sind wir denn hier?«, flüstert der zweite Mann in das Funkgerät, das er als Kopfhörer direkt am Ohr trägt.

Olivier Petacci trägt das GPS abgedunkelt auf dem Schoß und flüstert: »Maginot-Linie.«

»Merde«, flüstert Jean-Baptiste Carlucci, »dann sind diese Scheißbunker mindestens drei Meter dick. Mit einer Sprengladung kommen wir nie durch die Tür.«

»Dann bleibt nur eines«, flüstert Olivier Petacci,»warten, bis der Kerl wieder herauskommt und wenn er die Türe aufschließt, Zugriff!«

»Sehe ich auch so«, stimmt ihm Jean-Baptiste zu.

Es dauert Stunden. Der Morgen zieht herauf. Dichter, feuchter Dunst legt sich über den nasskalten Waldboden. Da hören die durchgefrorenen Männer ein Geräusch an der Tür. Offensichtlich werden einige Riegel der Stahltür herumgelegt und ein Schloss wird betätigt.

Jean-Baptiste Carlucci gibt das Signal: »Zugriff, Zugriff!«

Die kleine Gruppe von nur drei Männern des mobilen Einsatzkommandos von Paris schleicht sich von drei Seiten an die Tür des Bunkers heran. Als sie aufgeht, springt der Schwerste unter den Jungs, ein breitschultriger Bretone, mit voller Wucht und waagerecht in der Luft hängend mit beiden Beinen gegen die Stahltür.

Lieutenant-Colonel Jean de Sobieski bekommt die schwere Stahltür mit voller Wucht gegen die Stirn und wird sofort ohnmächtig.

»Der ist ko.!«, flüstert der Bretone. »Schnappt euch die Schlüssel der zweiten Tür, ich verschnüre den Burschen.«

Nachdem Jean de Sobieski kunstgerecht verpackt und auf der Ladefläche seines Jeeps verstaut ist, stürmen die drei Burschen den Bunker. Sie überwältigen, ohne einen einzigen Schuss aus ihren mitgebrachten großkalibrigen Berettas abgefeuert zu haben, den Greiftrupp des militärischen Geheimdienstes DGSE, der aus fünf hartgesottenen Militäragenten besteht.

Dann durchsucht Jean-Baptiste Carlucci mit seinen beiden Freunden den Bunker samt der vielen Nebenräume.

»Nicht schlecht, mein lieber Joli«, flüstert Jean-Baptiste anerkennend, als er die hochtechnisierte Ausrüstung sieht.

Im dritten Raum finden sie die kümmerlichen Reste eines etwa 70 Jahre alten Mannes, der nackt an eine Pritsche gefesselt ist. Der Mann ist grausam verstümmelt und scheint tot zu sein. Der zweite Freund von Jean-Baptiste, der bei der GIPN für die Erstversorgung der Opfer von Geiselnahmen zuständig ist, kümmert sich um den alten Mann.

»Der lebt noch, los, holt eine Zange, wir schneiden die Fesseln durch, packen ihn warm ein und tragen ihn auf einer Zeltplane zurück zum Range Rover.«

»Scheiß drauf«, wendet Lieutenant Carlucci ein, »der verreckt uns unterwegs, wir machen es anders. Schafft den Lackaffen hierher. Wir schließen die Bande in diesem Scheißbunker ein. Sollen sie sehen, wie sie hier herauskommen, gefesselt und geknebelt, wie sie sind. Wir schaffen den alten Mann in den Militärjeep und laden ihn dann in den Range Rover um.«

Olivier Petacci hat alles am Funkgerät mitgehört, zieht sofort das Tarnnetz vom Range Rover, räumt die Ladefläche und klappt einen der hinteren Sitze um, sodass der Verletzte ausgestreckt liegen kann.

Kaum ist der Jeep angekommen, laden die Männer den alten Mann vorsichtig um. Der Freund Carluccis setzt dem Mann einen Zugang zu einer Vene am Unterarm, bindet ihn routiniert fest und schließt ihn an eine Infusion an. Außerdem spritzt er noch mehrere Medikamente in den Zugang. Während der halsbrecherischen Fahrt über die engen Serpentinen der Seealpen Richtung Nizza versorgt er den Verletzten professionell, so gut es eben geht.

Nach zwei Stunden Fahrt erreicht der Range Rover von Olivier Petacci den Park seines Chefs auf dem Cap d'Antibes. Sie befinden sich nun auf exterritorialem Gebiet, da der Ölscheich auch gleichzeitig Staatsoberhaupt eines arabischen Emirates ist und damit diplomatische Immunität genießt.

Die Männer schaffen den Schwerverletzten in eine der Gästesuiten der Villa und rufen »Commissaire Josse« an, der nach kurzer Zeit mit einem Arzt herbeigeeilt kommt.

43.

Hospital »La Fontonne«
Antibes

Richterin Lucia Carlucci wurde von ihrem Bruder Lieutenant Jean-Baptiste Carlucci ausführlich über die nächtliche Rettungsaktion informiert. Daraufhin wurde die Rechtsmedizin der Universität Nizza beauftragt, Speichel- und Blutproben bei dem Verletzten zu nehmen, um die DNA und DNS mit allen Opfern dieser heimtückischen Mordserie abzugleichen. Die Spurensicherung nahm Fingerabdrücke und verglich sie mit den an den Tatorten aufgefundenen Spuren.

Nachdem die Bestätigungen der Kriminaltechnik und der Rechtsmedizin eingegangen waren, dass die Spuren identisch sind, informiert Lucia Carlucci ihren Vater, der immer noch im Hospital »La Fontonne« in Antibes liegt.

Den hält es nicht mehr dort. Er ruft sofort seine Freundin Nénette an und bittet sie, ihm neue Sachen zum Anziehen zu besorgen. Schon nach einer Stunde kommen Nénette und Simone Boué mit einer großen Plastiktüte.

»Meine alten Sachen sind ja wohl mit der ›Lady Nabila‹ untergegangen«, knurrt Flavio Carlucci und starrt auf die Plastiktüte.

»Beruhige dich, Flavio, ich habe dir schöne und vor allen Dingen praktische Sachen gekauft. Hier sind Jeans mit einem breiten Gürtel. Du musst ja jetzt laut Befehl des Präfekten immer deine Waffe tragen. Also habe ich dir ein Hüftholster besorgt, in das deine schwere Beretta gut passt. Zwei Etuis für die Reservemagazine kannst du an der linken Hüfte am Gürtel befestigen. Deinen Ausweis mit der Marke konnte man aus dem Schiff bergen. Dann ist da noch ein elegantes Hemd, Socken, Schuhe und eine schicke Lederjacke. Die Unterwäsche ist sogar von ›Calvin Klein‹!«

»Spinnst du? Ich trage doch keine gebrauchten Unterhosen von irgend so einem Typen!«, schimpft Flavio und löst bei den beiden Damen schallendes Gelächter aus.

Dieses Gelächter zieht den Chefarzt der Station an. »Aber Monsieur Carlucci, was tun Sie denn da?«, fragt der Arzt entgeistert.

»Docteur, ich ziehe aus. Der Fraß hier in diesem Etablissement geht mir jetzt langsam auf die Nüsse!«

»Ja, das kann ich ja verstehen, jedoch ist es ärztlicherseits noch nicht zu verantworten, dass Sie wieder Dienst tun.«

»Mag sein, aber polizeilicherseits ist es nicht mehr zu verantworten, dass ich *keinen* Dienst tue«, zischt Flavio Carlucci den Arzt an.

»Aber dann bitte auf Ihre Verantwortung!«

»Was denn sonst?«, knurrt Flavio Carlucci und zieht sich an. »Mousse, du musst noch ein bisschen bleiben. Die Flics vor der Türe passen gut auf dich auf. Ich muss jetzt die Schweine fangen, die uns das angetan haben.«

Flavio Carlucci nimmt Mousse Boué in den Arm. Dieser will ihn gar nicht mehr loslassen und klammert sich fest an seinen Freund und Lebensretter.

Beim Verlassen der Krankenstation schärft Commissaire Carlucci den beiden Flics noch einmal ein, was er mit ihnen machen würde, wenn dem kleinen Mousse etwas passieren sollte. Diese Ermahnung muss so drastisch ausgefallen sein, dass sich die beiden Polizisten unwillkürlich an ihre Kronjuwelen fassen, um sich zu versichern, dass sie noch am richtigen Platz sind.

Der wartende Streifenwagen bringt Commissaire Carlucci und Nénette zuerst einmal auf das Cap d'Antibes, wo auch Richterin Lucia Carlucci, Lieutenant Jean-Baptiste Carlucci mit seinen beiden Freunden, Olivier Petacci und »Commissaire Josse« schon ungeduldig auf ihre Ankunft warten.

Flavio Carlucci betrachtet den Schwerverletzten lange und berät sich dann mit dem ebenfalls anwesenden Arzt. Der Doctor und eine von ihm eingeweihte freiberufliche Krankenschwester (Infirmière) informieren Flavio Carlucci über die zahlreichen Verletzungen des Patienten.

»Am schlimmsten sind nicht die fürchterlichen Prügel, die zertrümmerten Zehen oder die Stromstöße, die durch den Mann gejagt wurden, sondern das sogenannte ›Waterboarding‹, das diese Verbrecher dem alten Mann zugefügt haben. Ich glaube nicht, dass er diese Verletzungen überlebt.«

»Dann macht es auch keinen Sinn, ihn dem erneuten Risiko einer Einlieferung in ein reguläres Krankenhaus auszusetzen. Dort schnappen die Jungs vom DGSE den Mann erneut und wir haben gar nichts mehr.«

Olivier Petacci ist da anderer Meinung: »Flavio, so nützt er uns aber auch nichts, wenn er hier stirbt.«

»Doch!«, mischt sich »Commissaire Josse« ein. »Wenn der Kerl hier abkratzt, dann weiß das außer uns kein Mensch und wir können ihn immer noch als Bluff einsetzen. Stirbt er aber in einem öffentlichen Krankenhaus, dann ist das nicht geheim zu halten.«

»Josse, du bist ein Genie und denkst genau wie ich«, grinst Flavio. »Wir benutzen ihn als Kronzeugen, egal ob tot oder lebendig. Jean-Baptiste und seine Jungs, ihr kehrt jetzt unverzüglich an eure Einsatzorte nach Paris und Melun zurück. Ich danke euch für euren großartigen Coup.«

Flavio Carlucci nimmt seinen Sohn in die Arme und küsst ihn liebevoll auf die Wangen. Seinen beiden Freunden klopft er anerkennend zum Abschied auf die Schultern.

Dann ruft Commissaire Carlucci seinen Stellvertreter, Commandnant Bixente Isetegui, an und informiert ihn über die Lage.

»Bixi, du sorgst bitte für den Schutz dieses Herrn hier.«

»Klar, Patron!«, Bixente und Flavio verstehen sich blind.

Dann wendet sich Commissaire Carlucci an den Arzt und die Infirmière. »Tun Sie bitte alles, was der Mann medizinisch braucht. Auch ein Mörder hat Rechte. So wie hier mit einem Verdächtigen umgegangen worden ist, entspricht das nicht der Rechtsauffassung eines zivilisierten Staates. Wer so etwas zu verantworten hat, macht sich mit dem Verbrecher gemein und stellt sich mit ihm auf die gleiche Stufe. Und es ist die unabdingbare Aufgabe eines jeden Organes eines zivilisierten Staates, die Verbrecher, die Verdächtige grausam foltern, hart zu bestrafen. Tut der Staat dies nicht, so hat er jede Glaubwürdigkeit verloren.«

Commissaire Carlucci, seine Tochter Lucia Carlucci und Nénette lassen sich von dem Streifenwagen, der sie auf das Cap d'Antibes gebracht hat, zum Plage de la Gravette im alten Antibes fahren, wo Colonel Philippe Desfreux bereits mit einem Hubschrauber auf sie wartet.

44.

Kaserne der 27. Brigade
der Gebirgsjäger
Barcelonnette
Region Provence-Alpes-Côte d'Azur (PACA)

Colonel Desfreux weiß, dass dieser Einsatz nicht einfach wird. Deshalb hat er noch eine Einheit des Sondereinsatzkommandos der Gendarmerie Nationale (GIGN) angefordert, die mit zwei weiteren Hubschraubern Kurs auf Barcelonnette nehmen.

Mit der Police Nationale hätte Richterin Lucia Carlucci schon gar keine Chance gesehen, den Zutritt zu einem militärischen Sperrbezirk zu bekommen. Ob das mit Hilfe der Gendarmerie Nationale klappte, die immerhin Polizeigewalt hat und eine Teilstreitkraft der französischen Armee ist, wird sich noch herausstellen.

Richterin Carlucci gibt per Funk an alle Piloten der Gendarmerie Nationale den Befehl, mitten auf dem Kasernenhof zu landen. Dieser Landeanflug bleibt dem wachhabenden Offizier der Kaserne natürlich nicht verborgen. Er gibt sofort Alarm und informiert den Kommandeur der Brigade, Général Loïc Le Floch.

Der hochdekorierte 2-Sterne-General ist ein wüster Haudegen und verfügt nicht über die geschliffenen Manieren eines Absolventen der Grande Ecole. Er musste sich seine beiden Generalssterne über viele Jahrzehnte durch Mut, Tapferkeit und Draufgängertum bei Einsätzen in Afrika, Afghanistan und bei den UN-Friedenstruppen im Kosovo, in Kroatien und Ruanda hart verdienen. In den vornehmen, oft auch adeligen Generalstabskreisen in Paris wird er wegen seiner einfachen Herkunft wenig geschätzt. Er ist der Sohn eines Fischers aus dem Finistère in der Bretagne.

Kaum sind die Hubschrauber gelandet, stürzt Général Le Floch, gefolgt von seinem Adjutanten und dem Offizier vom Dienst, auf Colonel Desfreux zu und brüllt ihn an:

»Colonel, was hat das hier zu bedeuten? Machen Sie gefälligst Meldung, wenn Sie einem General entgegentreten, Sie Witzfigur in Uniform. Und überhaupt, wie kommen denn diese vermummten Gestalten und diese Tussi auf meinen Kasernenhof, eh?«

»Mon Général«, entgegnet ihm kühl Richterin Carlucci, »erlauben Sie mir, dass ich mich vorstelle. Ich bin Untersuchungsrichterin am Landgericht Nizza und kläre gerade einen Entführungsfall auf. Die Spur führt nach unseren Ermittlungen direkt in Ihre Kaserne. Gegen den Lieutenant-Colonel Jean de Sobieski und fünf seiner Helfer vom DGSE habe ich heute morgen Haftbefehl wegen des Verdachtes des Menschenraubes und des Mordversuches an einem ehemaligen Militärangehörigen erlassen. Hier sind die Haftbefehle. Ich weise Sie an, diese Geheimdienstmitglieder sofort an mich zu übergeben.«

Verdutzt liest der Général die Haftbefehle und bricht dann in schallendes Gelächter aus.

»Erstens, Chérie ...«

»Mon Général, ich bin nicht Ihre ›Cherie‹, meine Anrede ist ›Madame la Juge‹, ist das jetzt klar?«, unterbricht Lucia Carlucci den Offizier. Rote Flecken steigen an ihrem Hals auf.

»Und zweitens«, zischt Commissaire Carlucci den ungehobelten General an, »ist das meine Tochter, und wenn du nicht auf der Stelle einen anderen Ton hier anschlägst, dann zeige ich dir einmal, was ich alles mit meiner Beretta machen kann und wozu die GIPN in der Lage ist.«

Auf ein Zeichen von Commissaire Carlucci umzingelt das Kommando der GIPN die Armeeoffiziere und entsichert laut hörbar ihre Maschinenpistolen.

Da kann der General nur lachen. Er streicht sich über seinen Schnurrbart. Dies scheint ein eingeübtes Zeichen für seine Einheit zu sein. Denn plötzlich hört man das deutliche Entsichern von einigen hundert Maschinenpistolen und das Durchladen von schweren Maschinengewehren vom

Kaliber 50 mm. Auf den Dächern rund um den Apellplatz ist das erste Bataillon der 27. Gebirgsjägerbrigade in Stellung gegangen.

»So, Monsieur«, grinst der verwegene General, »nun haben wir also ein klassisches Patt. Fangen wir also noch mal von vorne an. Madame la Juge, bei allem schuldigen Respekt, Sie befinden sich hier in einem militärischen Sperrbezirk. Hier haben Sie gar nichts zu befehlen oder anzuordnen. Sollte ein Offizier oder Soldat sich eines Vebrechens schuldig gemacht haben, so ist dies Sache der Militärjustiz. Übergeben Sie mir Ihre Ermittlungsakten und ich werde sie an die dafür zuständigen Stellen weiterleiten. Und dann, Madame la Juge, verpissen Sie sich!«

Mit höhnischem Lachen dreht sich Général Loïc Le Floch um und geht seelenruhig wieder in sein Büro zurück.

45.

Cabinet III
Untersuchungsrichter
Palais de Justice
Nizza

Immer noch wutschnaubend kehrt Richterin Lucia Carlucci in ihr Büro zurück. Wie angewurzelt bleibt sie an der Tür stehen und schaut fassungslos auf das Treiben. Richterin Colette Mouchard richtet sich gerade häuslich ein. Sie hat Handwerker der Justizverwaltung beauftragt, einen zusätzlichen Schreibtisch in das Büro von Lucia Carlucci zu schaffen. Die Techniker sind gerade dabei, weitere Telefone und Computer zu installieren. Die Greffière Annie Gastaud packt die Ermittlungsakten in die neu aufgestellten Schränke von Richterin Colette Mouchard.

»Oh, Frau Kollegin, da sind Sie ja, wo waren Sie denn den ganzen Tag?«, will Richterin Colette Mouchard wissen und streckt Lucia die Hand zum Gruß hin.

Lucia Carlucci ist nicht in Stimmung. Sie übersieht die ausgestreckte Hand geflissentlich, dreht sich um und geht in die Gerichtskantine, um erst einmal einen Café zu nehmen. Dann betritt sie den großen Platz vor dem Palais de Justice, geht auf und ab und raucht eine Zigarette nach der anderen.

Völlig von der Rolle ist sie, als sie plötzlich von einer ihr vertrauten Stimme von hinten angesprochen wird. Als sie sich hektisch umdreht, fällt sie fast zu Boden, wird jedoch von den starken Armen Jean de Sobieskis aufgefangen.

»Aber, aber, Lucia, sei doch nicht so wütend. Das ist doch alles nicht deine Schuld. So läuft das nun mal in der ganzen Welt. Die zivilisierte Justiz aller Rechtsstaaten ist doch nur ein Teil eines Staatsgebildes. Es muss auch Organisationen in jedem Staat geben, die für die Schmutzarbeit verantwortlich sind. Wir sind praktisch die Abteilung ›dirty tricks‹ des Rechtsstaates. Wir machen das alles, wozu die Organe der Rechtspflege nicht berechtigt sind. Doch wir schützen die anständigen Bürger dieses Landes genauso wie dein Justizapparat.«

Wütend versucht sich Lucia Carlucci aus der eisernen Umarmung von Jean de Sobieski zu befreien.

»Lass mich sofort los, du Dreckskerl, oder ich rufe die Polizei. Ich habe gesehen, wozu ihr Schweine fähig seid. Und so etwas spielt mir den edlen Ritter vor. Fast …«

»Aber nein, nicht nur fast, meine kleine Sizilianerin, hast du dich in mich verliebt. Natürlich bist du in mich verliebt. Genauso wie ich. Also hör jetzt auf, dich wie eine italienische Furie zu benehmen und beruhige dich.«

Lucia Carlucci will zu ihrem Handy greifen, um die Justizwache im Palais de Justice zu alarmieren, doch Jean de Sobieski nimmt ihr einfach das Telefon weg und hakt Lucia Carlucci unter.

»Hör zu, Lucia, entweder du nimmst jetzt Vernunft an und wir unterhalten uns an einem möglichst ungestörten Ort, oder du siehst mich nie wieder.«

Lucia Carlucci hat eine Idee. Scheinbar willigt sie ein. Sie nimmt Jean de Sobieski mit in ihre Wohnung auf dem Cours Saleya. Wenn sie ihren Vater und dessen »Gang« richtig einschätzt, dann hat Olivier Petacci ihre Wohnung schon längst verwanzt. Dann wird erstens alles aufgezeichnet und zweitens ist innerhalb weniger Minuten Dennis Melano mit seiner Niçoiser Kripo alarmiert. Wenn nicht, dann muss sie sich irgendeinen Trick einfallen lassen, um diesen unverschämten Kerl dingfest zu machen.

Lucia Carlucci bietet Jean de Sobieski einen Rotwein an, den dieser dankend annimmt. Er achtet genau darauf, dass sie die Flasche vor seinen Augen entkorkt und ebenfalls ein Glas dieses köstlichen Weines aus der Provence trinkt. »Bei diesem kleinen italienischen Luder weiß man nie, ob man nicht in einer Zelle aufwacht«, lächelt Jean de Sobieski in sich hinein.

Dann beginnt er zu erzählen. Stundenlang und gebannt hört Lucia Carlucci den Ausführungen Jeans zu. Immer klarer werden ihr die Zusammenhänge der Morde.

Am Ende seiner Ausführungen nimmt Lucia Carlucci Jean in die Arme und küsst ihn leidenschaftlich.

47.

Wohnung von Lucia Carlucci
Cours Saleya
Nizza

Gerade will Jean de Sobieski einen Plan entwerfen, wie man den Anstiftern der Morde habhaft werden kann, da klingelt es an der Tür. Wie Lucia richtig vermutet hat, stehen ihr Vater, Olivier Petacci und »Commissaire Josse« vor der Tür.

»Bonjour, Lieutenant-Colonel, ich bin Commissaire divisionnaire Flavio Carlucci, der Vater von Lucia, und das sind meine beiden Freunde Olivier Petacci und Jocelyn Garbi, besser bekannt unter dem Namen ›Commissaire Josse‹«, stellt sich Flavio Carlucci vor.

»Das ist mir eine Ehre«, lächelt Jean de Sobieski und begrüßt die drei Männer, als ob sie alte Bekannte wären.

»Hatten wir schon das Missvergnügen?«, knurrt Flavio Carlucci den DGSE-Offizier an.

»Nun, sagen wir mal so, ich habe mich natürlich über das Umfeld von Lucia mit meinen bescheidenen Mitteln kundig gemacht.«

»Commissaire Josse« bricht in schallendes Gelächter aus: »Dann kennen Sie sicher auch die Marke der Unterhose unseres Freundes Flavio, eh?«

»Sicher, heute trägt er Calvin Klein«, lächelt Jean de Sobieski.

»Zeig her, Flavio«, kreischt Olivier Petacci.

Zu aller Erstaunen öffnet Flavio Carlucci seinen Gürtel, sodass das Holster mit der 1 Kilo schweren Beretta krachend auf den Fußboden fällt, und lässt die Hose herunter.

Auf dem Bund der schwarzen Unterhose von Commissaire Flavio Carlucci prangt das Schild »Calvin Klein«.

Schallendes Gelächter ist die Folge. Doch Flavio Carlucci flucht vor sich hin: »Ist euch Scheiß-Geheimdienstlern denn gar nichts mehr heilig?«

Jean de Sobieski lädt die Gäste ein, Platz zu nehmen, als wäre er hier in Lucias Appartement zu Hause.

»Kommen wir zur Sache. Ich gehe wohl richtig in der Annahme, dass Sie, meine Herren, das gesamte Gespräch der letzten Stunden aufgezeichnet haben?«

Olivier Petacci grinst: »Sie gehen richtig, Herr General, und nicht nur das, wir haben es auch live und in Farbe auf Video. Die Liebesszene schneide ich natürlich raus.«

»Das ist gut so«, bemerkt Jean de Sobieski etwas süffisant lächelnd, »dann kann ich mir unnötige Wiederholungen ersparen und gleich zum Wesentlichen kommen, nämlich wie wir an die Hintermänner und Anstifter zu diesen Morden kommen.«

»Ich habe trotzdem vorher noch eine Frage, wenn der Herr General gestatten«, grinst ebenso süffisant Olivier Petacci zurück.

»Ich bin für Sie alle ganz einfach Jean, lassen wir diesen Titelquatsch, wir arbeiten alle für dieselbe gute Sache«, wirft Jean de Sobieski ein.

»Aber nicht mit denselben Methoden«, zürnt Flavio Carlucci.

»Wie hängen denn die Morde miteinander zusammen?«, will Olivier Petacci hartnäckig wissen. Er ist ein sturer Korse und lässt sich nicht so leicht vom Charme des ›Lackaffen‹ einwickeln.

»Maître Kerensky hat das Todesurteil dieser verrückten Bande getroffen, weil er Geld für die russische Mafia gewaschen hat. Docteur Jean-Baptiste Schweitzer wurde getötet, weil er für ein humanes Sterben Schwerstkranker eingetreten ist. Colonel Le Gen wurde ermordet, weil er Schande über die Armee gebracht hat durch seine Foltermethoden in Algerien. Capitaine Girardot wurde ermordet, weil er der Spur der Mordserie durch seine exzellente Ermittlungsarbeit zu nahegekommen war. Und Professeur Astier sollte zunächst nur entführt werden und in einer Gruft des Templerordens in einem Kloster auf der Ile Saint-Honorat langsam verhungern und verdursten, weil er sich als Mitglied dieser Bande geweigert hatte, die Mordbefehle mitzutragen. Commissaire Carlucci sollte als Chef der Sonderkommission ebenfalls getötet werden, quasi zur Abschreckung für weitere Ermittler. Der Mord an dem kleinen Mousse Boué war nicht geplant, er war lediglich zufällig an Bord der ›Lady Nabila‹.«

»Wie schön für den kleinen Mousse«, knurrt Flavio Carlucci zynisch, »und was bitte ist Ihr persönliches Interesse an der Aufklärung der Morde?«

»Mein Großonkel, Maître Alphonse Donnedieu de Nièvre, ist nicht etwa eines natürlichen Todes gestorben, sondern vergiftet worden. Mein Onkel, Général Robert Gabriel Donnedieu de Nièvre, hat das als Direktor des militärischen Geheimdienstcabinets des Verteidigungsministeriums mit seinen Möglichkeiten vertuscht, um einen Skandal zu vermeiden.«

»Wohl nicht nur deshalb«, will Lucia Carlucci wissen: »Was hatte denn dein Großonkel nach dem Urteil dieser verrückten Bande verbockt?«

»Mein Großonkel war während des Zweiten Weltkrieges nicht nur Colonel beim damaligen ›Deuxième Bureau‹, also dem militärischen Geheimdienst der Armée France Libre, die unter dem Befehl Général de Gaulles stand, sondern lieferte auch gleichzeitig Informationen an das Vichy-Régime unter Général Petain. Dieser Vaterlandverräter und Kollaborateur der Nazis hat die Informationen meines Großonkels an die Gestapo in Paris weitergeleitet. Dadurch konnten viele Juden und zahlreiche Mitglieder der französischen Résistance von der Gestapo verhaftet und in die Konzentrationslager gebracht worden. Nur wenige haben überlebt. Einer der überlebenden Offiziere der Résistance ist heute Mitglied der ›Wiedererweckten Bruderschaft Saint Sauveur der armen Ritterschaft Christi und des salomonischen Tempels zu Jerusalem‹.«

»Großer Gott, also sind das alles selbst ernannte Moralapostel, die glauben, im christlichen Geiste ihrer verbohrten Moralvorstellungen zu leben. Ganz Frankreich bestand angeblich aus Kämpfern der Résistance. Dabei war das höchstens ein Drittel aller Franzosen. Ein weiteres Drittel waren Mitläufer der Nazis und der Rest waren Kollaborateure. Mir wird ganz schlecht, wenn ich immer höre, wer alles bei der Résistance gewesen sein will.« »Commissaire Josse« reckt seine Hände entsetzt zum Himmel.

Jean de Sobieski bestätigt das: »Diese Bruderschaft ist nichts anderes als eine Geheimloge, die die früher einmal hehren christlichen Werte des Ritterordens der Templer aus dem Jahre 1128 nach Christi pervertiert hat. Diese Loge maßt sich an, die moralischen und christlichen Maßstäbe der Gründer des Ritterordens, Hugo von Payans und Gottfried von Saint-Omer, zu verkörpern und in ihrer Geheimloge weiterleben zu lassen.«

»Was waren denn diese so hehren Ziele des Ritterordens?«, will Olivier Petacci wissen. »Waren das auch alles Mörder?«

Jetzt kann Flavio Carlucci auftrumpfen, denn er hat im Hospital so ziemlich alles zu diesem Thema gelesen, was er in die Finger bekommen hatte.

»Der ursprüngliche Orden der Templer vereinte die Ideale des adeligen Rittertums mit denen der Mönche, zweier Stände, die bis dahin streng getrennt waren.«

»Und gibt es den Ritterorden heute noch?«, Will Lucia Carlucci wissen. Ihr Vater ist stolz auf sein angelesenes Wissen.

»Lucia, eigentlich ist die Geschichte des Templerordens tragisch. Zunächst prosperierte der Ritterorden enorm. Durch seine Ausweitung auf England, Spanien, Italien und ganz Frankreich sowie durch die vielen Schenkungen von Landbesitz an den Orden, insbesondere durch Bernhard de Clairvaux, der Abt des Zisterzienserklosters von Clairvaux war, wurde der Orden reich und berühmt. Im Jahre 1129 fand das Konzil von Troyes statt. Dort wurden die Ordensregeln schriftlich festgelegt. Starke zisterziensische Einflüsse sind darin erkennbar. Am 29. März 1139 wurde der Ritterorden von Papst Innozenz II. durch die Bulle ›Omne datum optimum‹ bestätigt. Dadurch wurde der Orden praktisch ein Staat im Staate. Der Anfang vom Ende des Ordens begann, als er den Antrag auf Mitgliedschaft von König Philipp IV., auch als ›Philipp der Schöne‹ bekannt, ablehnte. Da König Philipp IV. hoch verschuldet war, vernichtete er die Templer und beschlagnahmte ihren ganzen Besitz. Die Mitglieder des Ordens wurden am 14. Dezember 1307 der Ketzerei und der Sodomie angeklagt und auf dem Scheiterhaufen verbrannt. Am 22. März 1312 löste Papst Clemens V. auf dem Konzil von Vienne den Orden auf. Der letzte Großmeister des Templerordens, Jacques de Molay, wurde am 18. März 1314 in Paris auf dem Scheiterhaufen verbrannt.«

»Schönen Dank für den Geschichtsunterricht, Papa, aber was hat das alles mit unserem Fall zu tun?«

»Lucia«, entgegnet ihr Jean de Sobieski, »ich habe schon gewusst, dass dein Vater ein brillanter Polizist ist, doch dass er so gebildet ist, davon hatte ich keine Ahnung. Commissair à la bonheur! Doch die Spur dieser Templer führt uns direkt zum Thema. Nicht alle Templer konnten verhaftet werden. In Schottland und Spanien wurden sie nie verfolgt. Auch der Papst erkannte, dass die Vorwürfe gegen die Templer jeder Grundlage entbehrten, und sprach sie von jeder Schuld frei. 1319 gründete König Dionysius von Portugal den Orden der Ritterschaft Jesu Christi. Die Ritter des Ordens mussten nach den Regeln des Ritterorderns von Calavatra leben. Das waren nach heutigem Verständnis die ›Fundamentalisten‹ der Templer. Diese Regeln gingen unserer Loge jedoch teilweise zu weit und teilweise waren sie wieder zu liberal. So gründeten die ›Ritter der Loge der wiedererweckten Templer‹ eine Geheimloge im heimatlichen Frankreich, wo ja auch der ursprüngliche Sitz der Templer war. Mitglieder dieser Geheimloge sind hohe, meist adelige Offiziere der französischen Armee, Äbte von Zisterzienserklöstern wie Frère Michel von Saint Sauveur, Wirtschaftskapitäne, Wissenschaftler wie der berühmte Professor Astier und einflussreiche Politiker.«

Olivier Petacci ist nicht beeindruckt: »Und diese Bagage maßt sich an, über Leben und Tod von Menschen zu entscheiden? Sie fällt Todesurteile gegen Menschen, die gegen ihre sogenannte Ethik und die Logenregeln verstoßen? Ich kann gar nicht so viel fressen, wie ich kotzen möchte!«

»Olivier, Sie drücken in Ihrer korsischen Schlichtheit aus, wonach mir ist.« Jean de Sobieski drückt dem einfachen Ex-Major der Brigade Antibanditisme von Paris und gebürtigem Korsen die Hand. »Seit über einem Jahr ermittle ich gegen diese Loge. Ich weiß, dass sie einen Ex-Fremdenlegionär zu ihrem Henker gemacht hat, und ich weiß jetzt auch, durch die von Ihnen so verachteten Verhörmethoden, wie wir an diese Logenbrüder herankommen. Ich habe einen Plan, der aber nur funktioniert, wenn alle hier im Raum dicht- und zusammenhalten. Wir haben es mit mächtigen Gegnern zu tun. Wenn wir Pech haben und die Sache schiefgeht, dann landen wir alle im Orkus der Geschichte. Wenn wir Glück haben und die Brüder der Geheimloge schnappen, dann haben wir uns die mächtigsten Männer Frankreichs zum Feind gemacht.«

»Na, das ist ja eine tolle Auswahl«, grinst Flavio Carlucci. Niemand im Raum zweifelt auch nur einen Moment daran, dass die Feindschaft der mächtigsten Männer Frankreichs dem guten Flavio Carlucci sozusagen scheißegal ist, wie er es sicher ausdrücken würde.

»Also, dann wollen wir mal den Plan ausarbeiten, ich bin dabei!«, grinst nun auch Jocelyn Garbi und macht seinem Ruf als beinharter ehemaliger Ex-Commissaire der Police Nationale von Algier alle Ehre.

48.

Schloss Monrepos
Fontainebleau
Département Seine et Marne (77)

Der Flug von Cannes-Mandelieu nach Villacoublay im Département Yvelines war etwas stürmisch. Der Jet des französischen Militärgeheimdienstes DGSE ist gar nicht so spartanisch ausgestattet, wie man denken sollte. Ein Soldat serviert reichlich Drinks und gut gemachte Sandwiches mit wahlweise Lachs, Salami oder Käse belegt.

Kurz vor dem Schloss Rambouillet geht die Falcon in den Landeanflug über und kommt dann auf dem militärischen Teil des Flughafens von Villacoublay zum Stehen. Hier starten und landen vor allen Dingen die Maschinen der Regierung der Republik einschließlich der Maschine des Staatschefs.

Sofort nach der Landung steigen Lieutenant-Colonel Jean de Sobieski, Commissaire divisionnaire Flavio Carlucci, Jocelyn Garbi und Olivier Petacci in einen Hubschrauber um.

Verwundert schauen sich die drei Freunde um. Dies ist kein Hubschrauber des Militärs, sondern ein mit allem Komfort ausgestatteter ziviler Hubschrauber. Doch wie kommt dieses Fluggerät in den militärischen Sperrbezirk?

Jean de Sobieski befriedigt die Neugier seiner Gäste: »Der Hubschrauber gehört einer der einflussreichsten und vermögensten Familien Frankreichs. Der Comte de Billancourt war bis vor kurzem der größte Produzent von nuklearen und konventionellen Waffen, U-Booten, Kriegsschiffen, Flugzeugträgern und Fluggeräten Frankreichs. Nachdem seine Familie von einer Terrororganisation bedroht wurde, die dabei war, über Strohmänner Aktien seiner Gesellschaft zu kaufen, um so an die Atomwaffen Frankreichs zu kommen, verkaufte die Familie de Billancourt diese eine Sparte ihres Industrieimperiums und zog sich auf Schloss Monrepos bei Fontainebleau zurück. Sie betreibt heute nur noch Bank- und Immobiliengeschäfte.«

»Und wer sind diese Leute?«, will Flavio Carlucci wissen.

»Die Besten, die man sich vorstellen kann. Der Vater des Comte de Billancourt, Honoré Comte de Billancourt, hat während der Besatzung der Nazis zahlreichen Juden das Leben gerettet, indem er sie aus dem Sammellager Drancy herausgeschmuggelt hat und in seinen zahlreichen Schlössern bei Monrepos versteckt hielt. Er hat zwei Söhne. Der Jüngere hat die Geschäfte des Vaters weitergeführt und den Titel geerbt, während der ältere Sohn, Henry de Billancourt, Stabsoffizier unter de Gaulle war. Der alte Haudegen kämpfte in Nordafrika, landete in der Normandie, schritt Seit an Seit mit Charles de Gaulle am Tag der Befreiung von Paris die Champs Elysées hinunter. Dann setzte er mit seiner Einheit die Verfolgung der Wehrmacht fort, befreite das KZ Natzweiler-Struthof im Elsass und war dann Militärkommandant von Ravensburg in der französisch besetzten Zone Württemberg. Danach wurde er nach Indochina versetzt, kam in Dien Bien Phu in Gefangenschaft und übernahm sofort nach seiner Entlassung das Kommando über ein Fallschirmjägerregiment in Algerien. Danach hatte er die Schnauze voll vom Militär und wurde Senator des Départements Seine et Marne im Palais Luxembourg. Nun ist er ausgeschieden und lebt bei seiner Familie in der Orangerie des Schlosses.«

»Dann muss der alte Herr ja schon ein Fossil sein! Wie will der uns denn helfen?«, Olivier Petacci ist enttäuscht.

»Der alte Knabe ist tatsächlich ein Fossil. Er ist am 18. August 1918 geboren und wird jetzt 91 Jahre alt. Aber erstens ist er geistig vollkommen fit und zweitens hasst er diese Logenbrüder wie die Pest. Gleichwohl bemüht sich diese Bande seit Jahren darum, ihn zu bewegen, in ihre Loge einzutreten. Er hat mir zugesagt, dass er das für mich zum Schein tun würde, wenn er damit diese Verbrecherbande zur Strecke bringen kann.«

Jocelyn Garbi nickt anerkennend mit dem Kopf: »Na, der alte Sack hat ja noch richtig Eier. Wenn die sein falsches Spiel durchschauen, dann machen die den doch ebenfalls kalt.«

Schon während des ganzen Fluges saß ein drahtiger Zivilist schweigsam bei den Passagieren. Zur Überraschung aller Gäste an Bord ergreift der undurchsichtige Kerl das Wort. Man merkt sofort, dass es sich um einen Ex-Militär handeln muss. Er spricht jedoch einen französischen Dialekt, den man nur aus dem tiefsten Süden Frankreichs oder aus dem Catalan kennt. Also schließt Olivier Petacci zielsicher auf einen Ex-Legionär mit spanischen Wurzeln.

»Ich bin Pierre Gomez, Ex-Adjudant-Chef des $2^{\text{ème}}$ REP (2. Fallschirmjägerregiment der Fremdenlegion, d. A.) in Calvi auf Korsika und seit zehn Jahren der Chef der Leibwache der Familie de Billancourt. Nun, meine Herren, es steht mir nicht zu, Ihnen Auskünfte über die Familie de Billancourt zu geben, doch ich rate Ihnen dringend, den alten Herrn nicht in Gefahr zu bringen, sonst werden Sie es mit meiner Einheit zu tun bekommen. Dagegen ist der DGSE ein Kindergarten. Zweiter Rat: Unterschätzen Sie den alten Herrn nicht. Er kann zwar nicht mehr so gut gehen, doch er hat noch alle Fäden der Familie in der Hand und verfügt über Verbindungen, von denen Sie nur träumen können.«

Etwas Bedrohliches geht von dem Mann aus, deshalb halten es die Fluggäste auch für angeraten, den Rest des Fluges zu schweigen. Kaum ist der Hubschrauber auf dem Landeplatz des weitläufigen Areals von Monrepos gelandet, werden die Gäste von einer Equipe erstklassig ausgebildeter und austrainierter Männer umstellt. Es herrscht kein Zweifel, wer hier das Sagen hat.

Ohne ein Kommando von Pierre Gomez abzuwarten, reißen die Leibwächter der Familie de Billancourt den Gästen grob die Kleider vom Leib und durchsuchen sie nach Waffen. Als die Suche ergebnislos verlaufen ist, werfen die Männer den Gästen die Kleider achtlos vor die Füße. Pierre Gomez knurrt: »Los anziehen und mitkommen!«

Flavio Carlucci ist »begeistert« von diesem Empfang und bereut es schon, sich auf dieses Abenteuer eingelassen zu haben. Doch er wird bald eines Besseren belehrt.

Die Orangerie des Château Monrepos ist ein wahres Bijou. Sie muss erst kürzlich neu restauriert worden sein. Herrliche Jugendstilelemente aus der Belle Epoque zieren diesen kleinen Prachtbau. Die blumigen Düfte eines Spa mit Dampfbad und Sauna riecht man schon beim Betreten des Foyers. Helles Licht strahlt durch die von Gustave Eiffel entworfene Glaskuppel über der Eingangshalle.

Pierre Gomez führt die Gäste in eine wunderbar ausgestattete Bibliothek, die ganz im Stil eines englischen Herrenclubs eingerichtet ist. Die Wände und Decken sind mit Palisander und schottisch karierten Stofftapeten ausgelegt. Vor dem großen Kamin stehen britische Ledermöbel in traditionellem Grün. An den Wänden hängen zahlreiche Bilder reinrassiger Vollblüter, die offensichtlich in dem Gestüt des Schlosses Monrepos gezüchtet wurden.

In einem Schrank aus dem Empire sind feinsäuberlich alle Orden des Henry de Billancourt auf blauen Samtkissen aufgreiht. Die Offiziersdegen von Saint-Cyr und der Ecole Militaire hängen in der Mitte des Schrankes. Daneben gibt es eine Bildergalerie zu bestaunen, die den alten Haudegen zusammen mit Charles de Gaulle und allen Präsidenten der V. Republik zeigen.

Ein altersschwacher Butler erscheint: »Nehmen Sie bitte Platz, meine Herren, Monsieur de Billancourt kommt sofort. Was darf ich Ihnen anbieten? Zigarren? Zigaretten, Wein, Whisky oder den von Monsieur bevorzugten Calvados?«

Die zweiteilige Tür zum dahinterliegenden Büro des Ex-Senators wird aufgestoßen. Die Gäste erheben sich und sind sofort beeindruckt von der Ausstrahlung und von der kerzengeraden Gestalt des Henry de Billancourt. Er wirkt gar nicht herrisch oder hat irgendwelche Allüren des Adels, sondern seine Aura ist es, die einem einfach nur Respekt abverlangt.

Henry de Billancourt werden die Gäste von seinem alten Butler, Pierre Gorin, vorgestellt. Dann nimmt der alte Herr in einem großen Lederfauteuil Platz und zieht den Duft einer Davidoff-Zigarre tief ein. Danach nimmt er einen Schluck Calvados und wendet sich Jean de Sobieski zu:

»Nun, mein kleiner Jean, sind das die Leute, die du mir so ausführlich beschrieben hast?«

Flavio Carlucci, Olivier Petacci und Jocelyn Garbi sind überrascht von der vertraulichen Anrede an den Lieutenant-Colonel. Henry de Billancourt stellt sofort klar, dass er den »kleinen« Jean schon von Kindesbeinen an kennt.

»Ich war mit seinem Vater zusammen in dem Scheiß- Algerienkrieg und wir mussten zusammen mitansehen, wie unsere Offizierskameraden, die mit uns in Gefangenschaft in Indochina gelitten hatten, zu den Freiheitskämpfern übergelaufen sind, weil sie selbst algerischer Abstammung waren. Das, meine Herren, war ein schmerzhafter Prozess für mich. Von da an war ich gegen diesen Scheißkrieg und bekniete de Gaulle, aufzuhören. Leider haben dann so ein paar Arschlöcher unter den Generälen versucht, gegen de Gaulle zu putschen. Da hatte ich die Schnauze voll und habe meinen Abschied genommen«.

Die Stimmung löst sich. So eine knallharte Ansprache hatte niemand von dem adeligen Herrn erwartet.

»Ich habe mir erlaubt, über euch Grünschnäbel einige Erkundigungen einzuziehen. Man will ja wissen, mit wem man in den Krieg zieht. Besonders in meinem Alter. Nicht schlecht, meine Herren, was ich da über Sie erfahren habe. Sie sind zwar alles irgendwie gescheiterte Existenzen, doch das Scheitern Ihrer Karriere hat nichts mit einer eventuellen Unfähigkeit zu tun, sondern weil Sie alle, wie Sie hier sitzen, einen untadeligen Charakter besitzen. Und das ist heute eher hinderlich beim Aufbau einer Karriere.«

Die vier Männer diskutieren stundenlang, rauchen herrliche Zigarren und erkunden die Köstlichkeiten der Bar. Henry de Billancourt lenkt immer wieder ab, wenn das Gespräch auf den eigentlichen Zweck des Besuches kommt. Offensichtlich will er sich erst einen ausführlichen persönlichen Eindruck von seinen Gästen machen.

»Es ist angerichtet«, beendet Pierre Gorin die lebhafte Diskussion und führt die Herrschaften in einen völlig in venezianischem Dekor gehaltenen Speiseraum. Es wird delikat gespeist. Die köstlichsten Weine werden serviert. Henry de Billancourt beobachtet dabei seine Gäste sehr genau.

Dann scheint der alte Herr müde zu werden. Er steht unvermittelt auf und verabschiedet sich.

Ratlos bleiben Flavio Carlucci, Olivier Petacci und Jocelyn Garbi im Speisezimmer zurück. Jean de Sobieski hat den alten Herrn in die Schlafgemächer begleitet. Nach kurzer Zeit kehrt er zurück.

»Henry de Billancourt ist beeindruckt von euch. Er will morgen gegen 11 Uhr mit euch den Plan durchsprechen. In der Zwischenzeit weist euch sein Butler Suiten im Gästehaus zu, wo ihr übernachten könnt. Ich wurde eingeladen, hier im Gästezimmer der Orangerie zu übernachten. Ich gehöre hier ja praktisch zur Familie.«

Bevor die drei Freunde sich vor ihren Suiten verabschieden, raunt ihnen Flavio Carlucci noch zu: »Mann, hat der alte Knabe Klasse. Das ist ganz großer Stil!«

49.

Eglise Sainte-Marie Madeleine
Place de l'Eglise
Biot

Auf den ersten Blick erscheint Biot als kleines historisches Bergdorf. Es gibt nur eine einzige Straße, die in den alten Stadtkern führt. Von diesem kleinen Sträßchen führen zahlreiche enge Gassen zu den historischen Gebäuden und enden fast immer auf dem Place des Arcades. Es ist so eng in diesen Gassen, dass man zwar mit einem Auto hineinfahren kann, aber nur im Rückwärtsgang wieder herauskommt. Ein Wenden des Fahrzeuges ist praktisch unmöglich. Das Rathaus liegt bereits wieder am Stadtausgang Richtung Valbonne.

Dieses historische Bergdorf ist jedoch eine der reichsten Gemeinden Frankreichs. Es hat eine riesige Ausdehnung und grenzt bis an Antibes, Valbonnes, Mougins und Villeneuf-Loubet. Dieses riesige Areal wird nach der Stadt Antibes (im Altertum: Antipolis) heute Sophia Antipolis genannt und ist praktisch das Silicon Valley Frankreichs. Die wichtigsten in- und ausländischen Konzerne haben hier in enger Anlehnung an die Universität von Nizza ihre Forschungszentren in die weitverzweigten Wälder von Biot gebaut.

Das alte historische Biot liegt etwa 2 Kilometer vom Meer und nur 70 Meter über dem Meeresspiegel. Es ist außer durch sein Forschungszentrum Sophia Antipolis in ganz Frankreich als Hort der Glasbläserei und der Künstler bekannt. Der achtmalige César-Gewinner Claude Autan-Lara hat hier die Drehbücher für seine Filme mit Marlene Dietrich und Jean Gabin geschrieben.

Doch dieses Jahr feiert Biot das größte Fest seiner tausendjährigen Geschichte. Die Ritter des Templerordens sind am 25. März 1209 in Biot einmarschiert und haben durch eine Abtretung des Grafen der Provence, Alphonse II., die Schlüssel der Stadt und das Besitzrecht erhalten.

Vor genau 800 Jahren ist also die Gemeinde Biot mit einem feierlichen Akt in der Eglise Sainte-Marie Madeleine in den Besitz der Ritter des Templerordens übergegangen.

Dieses historische Ereignis ist Anlass des größten Festes, das die Stadt je gesehen hat.

Die Bürger der Gemeinde waren aufgefordert worden, in den historischen Gewändern und Rüstungen der Tempelritter an den Festlichkeiten teilzunehmen. Die einen erscheinen in historischen Ritterrüstungen mit Kettenhemden, Helmen, Schwertern und dem typischen weißen Umhang mit dem roten Kreuz des Ordens auf der Brust. Die armen Ritter und Knappen tragen nur den weißen Umhang mit dem roten Templerkreuz.

Das ganze Wochenende wird gefeiert. Biot ist festlich geschmückt. Ritterspiele und Fackelumzüge finden statt. Die ganze Bevölkerung von Biot und Umgebung ist auf den Beinen. Schon am Freitagabend dieses aufregenden Wochenendes wird die feierliche Übergabe der Stadt an die Tempelritter zelebriert. Festliche Gesänge der Ordensritter in voller Ritterrüstung schallen aus der Kirche Sainte-Marie Madeleine. Am Samstag wird eine Skulptur vom Bürgermeister der Stadt enthüllt und eingeweiht, die an diesen historischen Festtag erinnert. Es finden Ritterspiele, Konferenzen, Bälle und Fackelumzüge statt. Am Sonntag werden feierliche Hochämter in der Kirche mit allen an den Ritterspielen Beteiligten zelebriert. Spät am Abend wird noch einmal die historische Jagd nach dem Schatz der Templer nachgestellt. Die ganz Bevölkerung versammelt sich zu diesem Spektakel am Fuße der Stadt.

In diesem ganzen Trubel fällt es nicht auf, dass von allen Seiten bekannte Persönlichkeiten aus Politik, Wirtschaft, Wissenschaft und öffentlichem Leben in das kleine Bergdorf einsickern und sich dann unter die Menschenmenge mischen. Am Sonntagabend, während die Jagd nach dem Schatz der Templer mit Ritterspielen nachgestellt wird, verschwindet eine der eingesickerten Personen nach der anderen in einem Gewölbe unter der Eglise Sainte-Marie Madeleine. Das Gewölbe ist nur durch lodernde Fackeln beleuchtet. Dies ergibt eine gespenstische Atmosphäre.

Alle Anwesenden tragen weiße Umhänge mit Kapuzen, die die Gesichter verdecken. Auf der linken Brustseite prangt das rote Kreuz der Templer.

Der Kanzler der »Ritter der wiedererweckten Templer« zelebriert zu Beginn der Versammlung eine heilige Messe mit anschließender Kommunion. Die Hostie wird auf die Zunge der vor ihm niederknieenden Logenmitglieder mit den Worten »Dies ist der Leib Christi« gelegt. Am Ende der Messe erteilt der Kanzler den Segen. Danach setzen sich die 49 Logenmitglieder in die Chorstühle der Gruft.

Nur ein Mann bleibt stehen. Er hat noch nicht das Recht erworben, sein Gesicht zu vermummen. Heute wird über seine Aufnahme in die Loge beraten. Sollte er einstimmig gewählt werden, wird er zum 50. »Ritter der wiedererweckten Templer« geschlagen.

Der Kanzler beginnt mit der Aufnahmezeremonie:

»Brüder und Schwestern im Geiste der ›Ritter der wiedererweckten Templer‹. Wie ihr alle wisst, vertrete ich heute als Kanzler unserer Loge den bedauerlicherweise in Haft sitzenden Großmeister unserer heiligen Gemeinschaft, den geliebten Frère Michel von der Chapelle Saint Sauveur auf der Ile Saint-Honorat. Durch unser einstimmiges Urteil sind einige Mitglieder unserer Loge durch eine Gerichtsverhandlung der Loge gegen Ketzer zum Tode verurteilt und hingerichtet worden. Die entstandenen Lücken sind bis auf einen Platz in der Zwischenzeit wieder geschlossen worden. Heute gilt es nun, den letzten Platz wieder neu zu besetzen, damit die Zahl 50 der ›Ritter der wiedererweckten Templer‹ wieder vollständig erreicht ist. Ich schlage im Namen des Großmeisters den hier anwesenden großartigen Henry de Billancourt als 50. Mitglied unserer Loge vor. Ich frage euch also, meine Brüder und Schwestern im Geiste, seid ihr mit meinem Vorschlag einverstanden, so legt eure rechte Hand auf das Kreuz der Templer an eurer Brust. Ich sehe, dass alle Brüder und Schwestern dem Vorschlag des Ordenskanzlers, Henry de Billancourt zum 50. ›Ritter der wiedererweckten Templer‹ zu schlagen, zustimmen. So frage ich dich,

Bruder Henry de Billancourt, willst du das feierliche Gelübte unserer Loge ablegen? Antworte mit einem deutlichen ›Ja, ich will‹. Dann knie nieder und lege die Hand auf unser Kreuz und spreche mir nach.
Doch Henry de Billancourt bewegt sich nicht. Im Gegenteil. Er reißt seinen Umhang von den Schultern und ruft laut einen für alle Logenbrüder völlig unverständlichen Satz in die hallende Gruft:

»Verwunden mein Herz in eintöniger Mattigkeit.«

50.

Café des Arcades
»Chez Mimi«
Place des Arcades
Biot

Das ganze Wochende war für Mimi und ihre Söhne sehr anstrengend. Die zahlreichen Besucher des Festes wollten bewirtet sein. Während die alte Wirtin normalerweise täglich etwa 20 Mittagessen zubereitet, waren es das ganze Wochende täglich weit über 100 Essen. So war sie eigentlich dankbar, als vor einigen Tagen ein drahtiger Bursche mit kurzgeschorenen Haaren an die Bar des Bistros trat und sie um einen merkwürdigen Gefallen bat.

Er verlangte nichts weniger, als dass Mimi ihr Bistro ab dem Sonntagnachmittag schließen und ein Schild «Geschlossene Gesellschaft» an die verschlossene Tür des Bistros hängen solle. Als Entschädigung für den Verdienstausfall bot der Mann ihr 50.000 Euro in bar an.

Das Angebot war zu verlockend. So viel verdiente Mimi nicht einmal abzüglich aller Steuern in einem Jahr. Also nahm sie freudig das Geld, steckte es, natürlich schwarz, in ihren Sparstrumpf und harrte der Dinge, die da kommen würden.

Sobald die letzten offiziellen Gäste gegangen waren, schloss Mimi ihr »Café des Arcades« für den Publikumsverkehr. Der drahtige Bursche, der ihr das verlockende Angebot gemacht hatte, läutete wenig später am Hintereingang. Er war in Begleitung dreier weiterer Männer.

»Madame«, spricht der Mann Mimi in seinem Catalan-Dialekt höflich an, »darf ich mich und meine Freunde vorstellen. Ich heiße Pierre Gomez und bin der Chef der Sicherheitsabteilung der Banquiers de Billancourt, de Montalcione, Leblanc & Fils mit Sitz in Fontainebleau im Département

Seine et Marne. Die beiden Herren neben mir, Monsieur LoGrasso und Monsieur Santini, gehören ebenfalls unserem Sicherheitsdienst an.

Der große Herr in der Uniform eines Lieutenant-Colonel ist Jean de Sobieski vom militärischen Geheimdienst DGSE. Es werden im Laufe des Nachmittags noch die Richterin am Landgericht Nizza, Lucia Carlucci, der Commissaire divisionnaire Flavio Carlucci von der Police Nationale in Antibes sowie Olivier Petacci und Jocelyn Garbi hier eintreffen.«

Mimi wird kreidebleich: »Was zum Teufel soll das? Wollen Sie mich denunzieren, weil ich das Geld von Ihnen genommen habe?«

»Aber nein, Madame«, lacht die soeben eingetroffene Richterin Lucia Carlucci und weist sich aus. »Kein Mensch wird Sie deswegen behelligen. Das verspreche ich Ihnen. Sie stellen uns lediglich Ihr Lokal für eine verdeckte Ermittlung zur Verfügung. Das Geld stammt aus einem ›Fonds‹ der Justiz und ist als Lohn für die Ergreifung eines oder mehrerer gesuchter Verbrecher natürlich steuerfrei.«

»Einzige Bedingung«, lacht der neben ihr stehende Commissaire Flavio Carlucci, »Sie und Ihre Söhne dürfen ab jetzt bis zum Ende des Einsatzes das Haus nicht mehr verlassen.«

»Das ist mir keine Strafe«, lacht Mimi auf ihren letzten Zähnen, »ich bin ohnehin todmüde und werde durchschlafen bis morgen früh. Meine beiden Söhne werden die Dame und die Herren bedienen. Sie werden sicher im Laufe der Zeit Hunger und Durst bekommen.«

Olivier Petacci, Jocelyn Garbi und die Leibwächter von Henry de Billancourt Pierre Gomez, LoGrasso und Santini, sowie Jean de Sobieski nehmen ein ausführliches Mittagessen zu sich und machen sich bei Einbruch der Dunkelheit, schwer bepackt mit allerlei technischem Gerät, auf den mühsamen Weg in die Gruft der Eglise Sainte-Marie Madeleine.

Rund um die Kirche und den Place de l'Eglise sowie die Rue de la Garoute und die Rue du Barri gehen gegen 22 Uhr 60 vermummte und schwerbewaffnete Elitepolizisten der Sondereinsatzkommandos GIPN und GIGN in Stellung.

Im Rathaus von Biot in der Route de Valbonne haben Xavier Quinti, der Directeur für die öffentliche Sicherheit des Départements, Dennis

Melano, der Directeur der Kriminalpolizei von Nizza, sowie Colonel Philippe Desfreux, der Kommandeur der Gendarmerie Nationale des Départements Alpes Maritimes mit ihren Stäben die Einsatzleitung zu diesem Großeinsatz aufgeschlagen.

Rund um die historische Altstadt von Biot sind je eine Esquadron der Bereitschaftspolizei CRS und der Gendarmerie Nationale von Sophia Antipolis in Bereitschaft versetzt worden. Der Einsatz ist generalstabsmäßig geplant und vorbereitet.

Gegen 21 Uhr erhalten die Leitstellen der Einheiten die ersten Bilder der Gruft auf ihre Monitore überspielt. Alle Bilder sind mit einem starken Grünton gefärbt, da es sich ausschließlich um Infrarotaufnahmen handelt. Wenig später kommt auch die Tonübertragung zustande.

Kurz vor dem Eintreffen der Logenbrüder verstecken sich Gomez, LoGrasso, Santini, Garbi, Petacci und Jean de Sobieski unter dem Altar und unter den Grabplatten der Gruft, die sie so präpariert haben, dass sie mühelos mit einem plötzlichen Ruck zu öffnen sind. Diesen sechs Männern obliegt nur die Aufgabe, nach der Nennung des Kennworts den persönlichen Schutz von Henry de Billancourt bis zum Eingreifen der Sondereinsatzkommandos sicherzustellen. Denn eines ist klar, wenn Henry de Billancourt statt der Eidesformel auf die Loge das Kennwort ruft, dann ist sein Leben keinen Pfifferling mehr wert.

Auf Wunsch des alten Haudegens wurde das Kennwort aus einem Roman des Dichters Paul Marie Verlaine (geb. 30.3.1844 in Metz, gest. am 8.1.1896 in Paris), eines Freundes von Rimbaud, gewählt. Die berühmteste Zeile aus diesem Gedichtband ist in die Geschichte eingegangen:

Verwunden mein Herz in eintöniger Mattigkeit
Blessent mon cœur d'une langueur monotone

Diese Zeile wurde in der Nacht vor der Invasion der Alliierten an der Küste der Normandie am 6. Juni 1944 ununterbrochen über BBC London ausgestrahlt. Es war das Zeichen für alle Kräfte der Résistance für die bevorstehende Invasion in der Normandie.

Bei dieser wohl größten Landungsoperation der Kriegsgeschichte war Henry de Billancourt als Capitaine und Kompaniechef seines Regiments der Armée France Libre an vorderster Front und unter schwerstem Beschuss der Deutschen gelandet. Bei dieser waghalsigen Operation wurde er auch verwundet.

Die sich in der Gruft versteckenden Leibwächter sowie Olivier Petacci, Jocelyn Garbi und Jean de Sobieski, die unter dem Altar Deckung gesucht hatten, stürzen sich auf das vereinbarte Kennwort hin auf Henry de Billancourt und reißen den alten Mann zu Boden. Olivier Petacci, Jocelyn Garbi und Jean de Sobieski decken ihn mit ihren Körpern, während Gomez, LoGrasso und Santini die völlig überraschten Logenbrüder mit Maschinenpistolen in Schach halten.

Im Rathaus von Biot gibt Xavier Quinti in derselben Sekunde den Befehl: «Zugriff, Zugriff, Zugriff!»

Die Sondereinsatzkommandos der Police Nationale und der Gendarmerie Nationale stürmen auf dieses Zeichen hin in die Kirche, brechen mit einem schweren Rammbock die mittelalterliche Tür zur Gruft auf und stürzen sich auf die Logenbrüder. Die in Alarmstellung wartenden Einheiten der Police Nationale, der Bereitschaftspolizei CRS und der Esquadron der Gendarmerie Nationale verlassen ihre Warteräume und sperren die gesamte Altstadt von Biot ab.

Nach wenigen Minuten ist der Spuk vorbei. Die 49 Logenbrüder liegen auf den kalten Platten der Gruft und sind an Händen und Füßen gefesselt. Henry de Billancourt wird von seinen Leibwächtern in Sicherheit gebracht und bedient sich bei Mimi aus einer vorbereiteten Flasche mit Calvados. Der Duft seiner Davidoff-Zigarre durchdringt den Raum.

Commissaire Carlucci will dem alten Herrn seinen Dank und seine Anerkennung für dessen Kaltblütigkeit aussprechen. Doch der lacht herzlich und nimmt Flavio in die Arme.

»Mein lieber Flavio, merken Sie sich eines: Wechseln Sie nie eine Mannschaft aus, die nichts mehr zu verlieren hat!«

Da lacht auch Flavio Carlucci, schüttet sich ein Wasserglas voll Martini in den Hals und antwortet ebenso schlagfertig:

»Diesen Spruch habe ich doch vor der neuen Regierungsbildung im ›Canard Enchaîné‹ gelesen.«

»Das war ein Kommentar von mir, den das satirische Wochenblatt verwendet hat, als es über die Regierungsumbildung gelästert hat.«

Die Richterin Lucia Carlucci hat nur auf die Meldung des Sondereinsatzkommandos gewartet. Als über Funk die Meldung »Sicherheit« an alle Einsatzleitungen gegeben wird, steigt sie zusammen mit ihrem Vater, dem Commissaire Flavio Carlucci, in die Gruft hinunter.

Sie mustert kurz die gespenstische Szene, holt aus ihrer mitgebrachten Aktentasche mehrere Papiere heraus und verliest dann die vorbereiteten Haftbefehle:

»In meiner Eigenschaft als Untersuchungsrichterin am Landgericht Nizza verhafte ich den Kanzler und die 48 Mitglieder dieser Geheimloge, die sich den Namen ›Ritter des Ordens der wiedererweckten Templer‹ gegeben haben, wegen Bildung einer kriminellen Vereinigung und des Verdachtes der gemeinschaftlichen Anstiftung zum Mord in sechs Fällen. Meine Herren vom Sondereinsatzkommando, ich ordne an, dass diese 49 Herren unter strengster Bewachung und ohne eine Möglichkeit von Gesprächen untereinander, streng getrennt in die für diesen Einsatz extra vorbereiteten Zellen in der Kaserne von Auvare zu verbringen sind. Ich ordne des Weiteren an, dass die Verhafteten ihrer sämtlichen Kleidung entledigt werden und nur Häftlingskleidung tragen dürfen. Jeglicher Kontakt untereinander oder zur Außenwelt ist richterlich untersagt. Ausführung!«

Nachdem die laut protestierenden Logenbrüder abgeführt wurden, sammeln Olivier Petacci und Jocelyn Garbi die Ausrüstung zusammen. Die Spurensicherung nimmt die gemachten Ton- und Bildaufnahmen als Beweisstücke an sich. Dann wird der ganze Raum von der Police Scientifique gesperrt und alle Spuren, DNA usw. werden in stundenlanger Arbeit dokumentiert. Danach wird die Gruft versiegelt. Xavier Quinti gibt den Befehl zur Beendigung der Operation. Die angeforderten Verbände rücken ab.

50.

Café des Arcades
Biot

Im Café des Arcades in Biot herrscht Hochstimmung. Die Einsatzleiter der verschiedenen Einheiten prosten sich zu. Es wird getrunken, gegessen und gelacht.

Henry de Billancourt macht sich müde, aber zufrieden in Begleitung seiner Leibwächter Gomez, LoGrasso und Santini auf den Weg nach Cannes-Mandelieu, um seinen Privatjet nach Paris zu besteigen.

Auch für den alten Herrn war das alles eine große Strapaze. Außerdem schmerzen ihn seine alten Knochen. Olivier Petacci, Jocelyn Garbi und Jean de Sobieski waren nicht gerade zart mit ihm umgegangen, als sie ihn zu seinem eigenen Schutz auf den harten Boden der Gruft gerissen und sich über ihn geworfen hatten, um ihn vor eventuellen Kugeln zu schützen.

Bei Mimi sind noch die Richterin Colette Mouchard, Colonel Desfreux, Xavier Quinti, Dennis Melano, Bixente Isetegui, der den Einsatz der Police Nationale von Antibes geleitet hat, Commissaire Carlucci, Brigadier-Chef Simone Boué und Commissaire Marie-Antoinette Raibaud geblieben. Nach Beendigung der Operation sind auch noch die Offiziere der Kriminalpolizei von Antibes, Capitaine Sarazin-Ponti, Capitaine Daniel Cohen und Lieutenant Karim Ben Sousson, zu der illustren Runde hinzugestoßen.

Richterin Lucia Carlucci erhebt das Glas:

»Meine Herren und Damen Offiziere und Funktionäre. Ich bedanke mich bei Ihnen und unseren Freunden Olivier Petacci und Jocelyn Garbi, genannt »Commissaire Josse«, für den hervorragenden Einsatz. Auf uns

Untersuchungsrichter, meine Kollegin Colette Mouchard und mich, kommt nun eine harte Aufgabe zu. Die Festgenommenen werden ihre ganze Macht und ihre Verbindungen ausspielen, um uns beiden Frauen das Leben schwer zu machen. Eine gelungene Operation ist aber nicht vollständig, wenn nicht alle in diesem Fall ausgestellten Haftbefehle vollstreckt würden.«

Dann zieht Richterin Lucia Carlucci einen weiteren Haftbefehl aus ihrer Aktentasche.

»Directeur Dennis Melano und Commandant Bixente Isetegui, bitte treten Sie vor. Ich ordne an, dass der der hier anwesende Lieutenant-Colonel Jean de Sobieski verhaftet und der französischen Militärjustiz überstellt wird. Walten Sie Ihres Amtes.«

Während Commandant Bixente Isetegui dem völlig verdutzten Jean de Sobieski die Handschellen anlegt, tritt Richterin Lucia Carlucci ganz nahe an Lieutenant-Colonel Jean de Sobieski heran und küsst ihn vor aller Augen. Dann flüstert sie ihm ins Ohr:

»Jean, Recht muss Recht bleiben, auch wenn ich dich liebe. Das Militär wird schon wissen, wie es deine Sauereien vertuschen kann. Ich habe auf jeden Fall meine Pflicht getan und warte auf dich.«

Flavio Carlucci nimmt seine Tochter Lucia in den Arm und blickt triumphierend um sich:

»Ist das die Tochter ihres Vaters?«

51.

Palais de Justice
Nizza

Richterin Lucia Carlucci ist entsetzt über den Aufruhr vor dem Justizpalast von Nizza, als sie wie jeden Morgen ihre Dienststelle betreten will. Kaum hat sie die erste Stufe zum Palais de Justice erreicht, wird sie auch schon von Journalisten des Fernsehens, der Presse und des Rundfunks bedrängt.

Von dieser ersten Stufe des Justizpalastes aus sieht sie, dass der gesamte Platz vor dem prächtigen Gebäude in der Niçoiser Altstadt anstatt mit den üblichen Marktständen, mit Übertragungswagen vieler nationaler und internationaler Fernseh- und Radioanstalten mit riesigen Satellitenschüsseln auf den Dächern vollgestellt ist.

Die Bauern und Händler aus der Umgebung, die diese Stände gepachtet haben, bangen um ihr Geschäft und sind daher wütend. Sie liefern sich ein rauhes Gerangel und böse Wortgefechte mit den Aufnahmeleitern der Übertragungswagen.

Richterin Lucia Carlucci bittet um Gehör. Nach einigen Minuten kehrt gespannte Ruhe ein.

»Meine Damen und Herren Journalisten. Sie regen sich umsonst auf. Für alle Fälle der Justiz im Landgerichtsbezirk Nizza ist die Pressestelle des Palais de Justice zuständig. Ich habe keine Erklärungen abzugeben. Und nun räumen Sie den Platz und fahren Sie nach Hause.«

Natürlich hat sich Lucia Carlucci nicht eingebildet, dass sie damit ungeschoren der Meute davonkäme, doch sie hat etwas Zeit gewonnen. In der Zwischenzeit hat nämlich die Justizwache Alarm geschlagen und die Gendarmerie Nationale alarmiert. Einige kräftige Gendarme umzingeln die junge Richterin und geleiten sie wohlbehalten bis zu ihrem Cabinet III der Untersuchungsrichter.

»Danke, meine Herren«, lächelt Lucia Carlucci die jungen Gendarmen an, »schade, dass meine Leibwächter nach der Aufklärung des Falles abgezogen wurden. Das war doch sehr bequem.«

Annie Gastaud ist völlig aus dem Häuschen. »Madame la Juge, Sie haben ja vielleicht Courage. Nur kurze Zeit im Amt und schon den Skandal des Jahrzehnts in Frankreich ausgelöst.«

Die Richterin Colette Mouchard betritt gerade, ebenfalls leicht zerzaust, im Schutze weiterer Gendarmen das Cabinet III. Lucia Carlucci graust es vor dieser Zusammenkunft, denn sie hatte ihre Kollegin weitgehend aus den Ereignissen der letzten Tage ausgeschlossen und nur dürftig informiert. Doch Colette Mouchard überrascht Lucia Carlucci.

»Madame Carlucci, machen Sie nicht so ein betrübtes Gesicht. Ich kann mir sehr gut vorstellen, dass Sie nicht gerade begeistert waren, als man mich auch noch in Ihr Büro setzte. Auch teile ich Ihre Befürchtung, dass man dies nur tat, um den Fall durch einen Zickenkrieg unter uns Richterinnen elegant beerdigen zu können. Das ist mir erst gestern aufgegangen, als ich die Liste der Verhafteten in den Händen hielt. Dieses Verfahren sollte totgemacht werden, bevor es zu einem Skandal ausartete. Gut, Sie haben sich nicht einschüchtern lassen und sind den harten Weg gegangen. Dafür zolle ich Ihnen meinen uneingeschränkten Respekt. Vor zehn Jahren hätte ich das auch so gemacht. Nachdem was ich aber heute über die Machtverhältnisse in Frankreich weiß, würde ich einen Teufel tun und diese Büchse der Pandora öffnen.«

»Ich habe Sie, Madame Mouchard, in diesen Schlammassel mit hineingezogen, wie kann ich mir das je verzeihen?«, Lucia Carlucci macht sich große Sorgen. Erst langsam wird ihr die Tragweite dieses Falles bewusst.

»Frau Kollegin, es ist nicht Ihre Schuld. Nicht Sie haben mich in diese Merde, ehm, Verzeihung, hineingezogen, sondern diese Verbrecherbande.«

Colette Mouchard will gerade ansetzen, eine Lösung dieser vertrackten

Situation vorzuschlagen, da wird die Tür zum Richterzimmer aufgerissen und der Präsident des Palais de Justice steht kreidebleich vor den beiden Richterinnen.

»Meine Damen, das ist ja entsetzlich, was haben Sie da nur angerichtet? Seit heute Morgen glühen bei mir die Drähte heiß. Außer dem Papst hat schon jeder Wichtigtuer in dieser Republik bei mir angerufen, um mich mit Vorwürfen zu überhäufen. Wie konnten Sie nur so etwas Dummes tun?«

Das bringt Lucia Carlucci nun richtig in Rage. Rote Flecken steigen für jedermann sichtbar an ihrem Hals hinauf.

»Monsieur le Président. Ich bitte Sie höflich, Platz zu nehmen und sich die Stellungnahme zu meiner ›Dummheit‹ anzuhören.« Dann zündet sich Lucia Carlucci eine Zigarette an, um sich zu beruhigen und legt los:

»Sechs Menschen, allesamt Bürger dieser Republik, haben sie sich nun im Sinne unserer Rechtsordnung strafbar gemacht oder nicht, wurden von einer Geheimloge, ohne Rechtsgrundlage und ohne dafür vom Staat legitimiert worden zu sein, in einem Anfall von religiösem Wahn, zum Tode verurteilt. Das ist eine ungeheuerliche Anmaßung. Danach wurden diese in makaberen Szenen gefällten Urteile von einem Henker dieser Loge vollstreckt. Die Verfolgung dieser Verbrechen nennen Sie, Monsieur le Président, eine ›Dummheit‹? Bei allem nötigen Respekt, in welcher Welt leben Sie eigentlich? Soll Frankreich ebenso vor die Hunde gehen wie Italien, wo das ganze Rechtssystem nur noch durch den Mut, den Opfergeist und die Zivilcourage der Richter und Staatsanwälte zusammengehalten wird? Wollen Sie diese Zustände in Frankreich tolerieren, bloß weil Sie Angst um Ihren Posten als Präsident des Landgerichts Nizza haben?«

Die Gesichtsfarbe des Präsidenten hat jetzt von Weiß zu Kalkweiß gewechselt.

»Aber, Madame la Juge, das Ganze ist doch gar nicht bewiesen. Hätte man da nicht etwas zurückhaltender und diskreter vorgehen können?«

»Woher wollen Sie denn wissen, welche Beweise wir haben. Sie haben doch noch keinen Blick in die Akten und Beweismittel geworfen«, fragt Lucia Carlucci und zieht ihre Augenlider zu einem tückischen Gesichtsausdruck zusammen. »Und hätte ich diesem Mördergesindel vielleicht einen Strafzettel wegen Falschparkens in Biot schicken sollen? Was glauben Sie eigentlich, Monsieur le Président, mit wem Sie hier sprechen? Ich bin eine auf die Verfassung und die Gesetze Frankreichs vereidigte Richterin und damit ist die Diskussion für mich beendet. Wagen Sie es nicht noch einmal, mich in meiner Arbeit zu behindern, Monsieur le Président!«

Der Präsident ist völlig aufgelöst. Seine sonst so an den Tag gelegte väterliche Souveränität wurde gerade von einer jungen Richterin mit einer unverschämten Zurechtweisung den Orkus der Justiz hinuntergespült. Hilfesuchend wendet er sich an die wesentlich ältere Richterin Colette Mouchard.

»Aber, Madame Mouchard, Sie sind doch eine erfahrene Untersuchungsrichterin. Können denn nicht wenigstens Sie mäßigend auf ihre junge und unerfahrene Kollegin einwirken?«

Richterin Colette Mouchard hat die bisherige Diskussion schweigend beobachtet, Zigaretten geraucht und Café getrunken. Lucia Carlucci blickt in das undurchdringliche Gesicht ihrer Kollegin. Mit einer Stimme ohne jede Leidenschaft und von eisiger Kälte antwortet die Richterin Colette Mouchard dem Präsidenten des Justizpalastes von Nizza.

»Monsieur le Président. Hätten Sie mir diese Frage noch vor einer Stunde gestellt, dann wäre ich meinem Instinkt gefolgt und hätte alles unternommen, um meiner Kollegin zu helfen, den Fall unauffällig zu beerdigen. Doch aus den Worten Lucia Carluccis dringt der Durst der Jugend nach den hehren Grundsätzen unserer Republik: Freiheit, Gleichheit und Brüderlichkeit. So steht es in unserer Verfassung und auf jedem verdammten Fetzen Papier, den die vielen Behörden Frankreichs täglich veröffentlichen. Diese Grundsätze stehen auf unseren Fahnen, Emblemen und auf den Kokarden sämtlicher Fahrzeuge der Politiker Frankreichs. Ich bin ebenso wie meine Kollegin Lucia Carlucci auf diese Werte und Rechtsmaßstäbe vereidigt worden. Es ist meine persönliche Schande, dass ich mich erst durch diese junge Kollegin an den eigentlichen Sinn meines Amtes erinnern lassen musste. So, Monsieur le Président, und nun bitten wir Sie, unser Cabinet zu verlassen, damit wir die Arbeit machen können, die uns die Gesetze dieser Republik vorschreiben. Ende der Séance. Madame Gastaud, bitte begleiten Sie den Herrn mit allem ihm gebührenden Respekt hinaus.«

Als der Präsident gegangen ist, schauen sich die beiden Richterinnen einen Moment in die Augen. Dann steht Lucia Carlucci auf, umrundet ihren mächtigen Schreibtisch und umarmt Colette Mouchard.

»Colette, bitte nennen Sie mich ab sofort Lucia. Sie waren großartig. So viel Mut und Tapferkeit hätte ich Ihnen nie zugetraut. Ich habe mich sehr in Ihnen getäuscht. Ich danke Ihnen von ganzem Herzen.«

Colette Mouchard lächelt etwas verkrampft: « Chérie, ich habe vor Angst fast in mein Höschen gemacht. Doch jetzt stehen wir das auch durch. Ich weiß nicht, wo das enden wird. Machen Sie sich keine Illusionen. Gewinnen werden wir den Fall niemals. Entweder jagen sie uns mit irgendeiner schmutzigen Intrige aus dem Amt oder wir landen mit durchschnittenen Hälsen in einer Müllhalde in Garros. Aber vorher wollen wir noch ein bisschen Spaß haben.«

Nachtrag

Beide Richterinnen erhielten vom Innenminister der Republik Frankreich während der langjährigen Ermittlungen Personenschutz. Auf Lucia Carlucci wurden mehrere Mordanschläge verübt, die durch das beherzte Eingreifen ihrer Leibwächter verhindert werden konnten. Unglaubliche Schikanen mussten Lucia Carlucci und Colette Mouchard erdulden. Ihre Telefone wurden abgehört. Ihr Privatleben wurde durch Teile der Presse in den Schmutz gezogen. Die Richterin Colette Mouchard verunglückte schließlich beim Skifahren in den Seealpen tödlich. Die Umstände ihres Todes wurden nie geklärt. Als die Ermittlungen von Richterin Lucia Carlucci abgeschlossen worden waren, übergab sie die gesamten Ermittlungsergebnisse der zuständigen Staatsanwaltschaft. Zahlreiche Anklagen wurden gegen die selbst ernannten »Ritter des Ordens der wiedererweckten Templer« erhoben. Eine rechtskräftige Verurteilung der Angeklagten hat es nie gegeben. Die Beweise für eine kriminelle Vereinigung wurden als nicht ausreichend bewertet, nachdem der einzige Zeuge, nämlich der Henker des Ordens, Ex-Adjudant-Chef der französischen Fremdenlegion Dragan Krcic alias Pierre Godin, nach langer, schwerer Krankheit an den Folgen seiner Verletzungen gestorben war. Lieutenant-Colonel Jean de Sobieski wurde in einem Verfahren vor dem Militärgericht freigesprochen. Jedoch wurde auf dem Disziplinarwege eine Beförderungssperre von zwei Jahren gegen ihn verhängt. Er nahm seinen Abschied und ließ sich auf seinem Gut in der Provence nieder.

Wie man aus politischen Kreisen hört, soll die von Napoléon I. im Jahre 1811 geschaffene Institution des weisungsunabhängigen Untersuchungsrichters der Republik Frankreich im Jahre 2009 durch Gesetz abgeschafft werden.

Und dieser letzte Satz ist keine Fiktion, sondern pure Realität!

Ende